人性的博物馆

七堂小说写作课

黄梵

著

北京联合出版公司
Beijing United Publishing Co.,Ltd.

雅众文化 出品

目　录

第一课
来自观念的启示

古典人与现代人

　　很多人没有意识到,他们读不懂现代小说,或不知道如何写现代小说,不是他们不了解现代小说的形式,而是他们不懂现代小说中的现代人。我先问大家一个问题:人真正了解自己吗?现场只有一个人举手,觉得了解自己,其他人都认为不真正了解自己。我认为,就算你回答"不真正了解自己",也不能作数,关键要看日常生活中,你是否真的贯彻了这一理念。你可以做个测试:如果你的孩子或家人犯错,你会怎么做?多数国人肯定会苦口婆心地做孩子或家人的思想工作,令其改变行为。你为什么认为,光做他的思想工作,就能改变他的行为?依据是什么?你这么做的行为中,隐含着一个假设:人的所有行为,都受理性支配。是不是这样?因为你不怀疑这个假设,就理所当然会做他的思想工作,试图通过改变他的理性来改变他的行为。问题是,你这么做时,每次都能奏效吗?生活经验告诉我们,有时奏效,有时失效。为什么会失效?这就牵涉前面提出的问题:人真正了解自己吗?多数国人的做法说明,他们并不了解现代人,当然就不真正了解自己,他们实则是与现代人相对的古典人。

　　我的朋友菲利普·罗帕特在《散文写作十五讲》中指出,英国小说家 E. M. 福斯特用"扁平人"与"丰满人",美国文学批评家斯蒂芬·格林布拉特用"透明人"与"含混人",来区分作家们想展示的小说人物。罗帕特认为,不管作家"选择如何展现人物——扁平的、丰满的、透明的、含混的或者这几种的杂糅,这些文本中的人物,不管是虚构还是非虚构的都不打紧,重要的在于在透明总体轮廓里具有一些可辨识的、行为可信的特征,而同时又拥有一些自由度来制造一些变数去吸引读者"[1]。罗帕特说的要"制造一些变数去吸引读者",实在点出了二十世纪小说人物的关键。为了方便揣度现代小说人物,考虑到国人习惯借助生活经验去理解小说人物,我打算另起炉灶,用古典人与现代人来区分小说人物。这一对概念不是我的发明,为了能为我所用且具有说服力,我需要对它们重新诠释一番。

大致来说,古典人遵循的思想,可以用笛卡尔的一句话来概括:我思故我在。很多人看到这句话时,只是满足于从字面去理解。字面意思无非是说,当我思考的时候,我已存在。假如我不存在,那个动用理性思考的人又是谁呢?只能是我。我想说,如果只理解到这一层,那么我们还没有抵近笛卡尔思想的核心。笛卡尔实际上是怀疑论者,他敢于怀疑一切,他什么时候才不怀疑呢?就是当他可以用理性去确定某个事物的时候,他才不怀疑,才承认它的存在,否则,他就可以怀疑甚至宣布它不存在。就是说,被理性之光照得到的地方,事物才存在。这是典型的理性至上的思想,是古典人思维的依据,带着理性的傲慢和盲目自信。我在这里说笛卡尔的坏话,不代表我不承认他的伟大,实在是没有时间去颂扬他。对于理解现代小说中的人物,笛卡尔的思想有

---

1 罗帕特.散文写作十五讲.孙冬,译.南京:江苏人民出版社.2021:21

很大局限。比笛卡尔更早的蒙田，同样喜欢运用理性，可是与他相反，蒙田不认为理性可以强大、无敌到能揭示世界的真相。读蒙田的散文，会发现他对理性的态度非常随意，写着写着就跑题，仿佛对刚才一本正经的理性论证、列举事例等，突然感到厌倦了。这是我喜欢蒙田的原因之一。他层出不穷的随意，实则含着对理性的不信任。难怪被称为"美国蒙田"的罗帕特，会把蒙田视为西方现代散文的起点。对理性能力的哲学怀疑，应该说主要来自康德。康德认为，人对秩序的喜好，令他打量混乱的世界时，会刻意"看出"什么规律来。这些所谓规律，实则来人的主观臆想，是人"强加"给自然的。正所谓，心中有什么，眼里就有什么。比如，地心说与日心说的不同，并不在于谁揭示了真相，两者都能解释、描述太阳系的星体运行，只是日心说比地心说简单而已。如果人不怕复杂、繁琐，还可以建立月亮中心说、木星中心说、海王星中心说，等等。

正是按照古典人的理性信念，我们把人群划分为熟人的世界与陌生人的世界。因为相信人人都可以用理性把握一切，包括把握自我，我们才特别信赖熟人。你一旦熟悉了一个人的言行、性格、过去，等等，就等于知道了他的理性世界，他对你不再陌生了，你的理性也就可以把握他的一切，意味着他的未来行为是你可以预期的，你对他会放下戒备。不是说你可以预期他未来的具体行为，而是说他的行为不会超出过去的常态，不会让你感到他举止陌生，令你有不测之虞。一个女子走夜路，愿意让男性熟人护送，是因为她熟悉他的过去，认定他的言行可以预期，不会对她做伤天害理的事。女子让熟人护送的目的，是为了提防路上遇到的陌生人。为什么陌生人需要提防？陌生人就意味着，你不熟悉他的理性世界，没见识过他的理性驱动的行为，你就无法预期他的行为是否对你有威胁。你一旦和陌生人有了接触，时间一长，熟悉了他的理性世界，原来的陌生人就会转变成熟人。所以，那条在熟人和陌生人之间的界限，是相对的，人的一生就是靠理性的打量，不断把陌生人转变成熟人。这些熟人的行为，真的完全可以预期吗？这样的判断，是否含有理性上的自以为是、一厢情愿？女子让男性熟人陪她走夜路，真的安全吗？危险会不会恰恰来自男性熟人？我这样一问，你可能就会蓦然惊醒，是啊，熟人并不像大家想象的那样可靠，很多人都有被熟人骗走钱的尴尬经历。多数时候，我们实则是按照古典人的原则行事。比如，学生犯了错误，班主任会进行思想教育，令他理性上认识到错误，从而改变行为。思想教育能否奏效，当然取决于人的自我是否完全受理性支配。可以说，二十世纪之前，由于人们秉持古典人的理性观念，即理性无所不能的观念，他们想当然地认为，思想教育是可以奏效的，这甚至成了中国当代教育体系秉持的观念。我举个反例。我母亲有个"天赋"，家里请来做饭的任何保姆，哪怕厨艺再精湛，不出一个月，保姆做的菜就跟我母亲做的一模一样。因为经过母亲天天的悉心"指导"，保姆不会做菜了，只会照着母亲的做法做菜。我对母亲进行过无数次的"思想教育"，苦口婆心劝她不要再指导保姆，从未真正奏效。每次谈完话，母亲都意识到自己的问题，但最多管用两三天，她的悉心指导又会卷土重来。为什么母亲理性上认识到错误，仍改变不了行为？这正是问题所在。此例说明，理性对行为的把握，并非像古典人想象的那样，可以百分之百奏效。

我让大家看一张图，这是美国光效艺术家瓦萨莱利的画（图1）。乍看之下，如果光动用直觉等感性，你会觉得挺好看，审美上能接受这幅画。如果我提醒你，请动用理性再仔细观看，是不是会发现这幅画有问题？因为同一个平面不可能伸出一个柱体，不然它们就不在同一个平面了。就是说，你一旦动用理性去判断，会发现画的内容自相矛盾，现实中并不存在这样的平面，你的理性就难以接受。这幅画能把你的感性与理性截然分开，让你的自我发生分裂，分成了感性的你与理性的你：前者能接受这幅画，后者不能接受这幅画。不少现代绘画都有类似的神奇之处，观看时，能把观者的理性与非理性泾渭分明地分开，造成观者自我的分裂。

图1：维克多·瓦萨莱利（Victor Vasarely），AXO，1977
（图片来源：www.pinterest.com）

2021年4月，我受邀出席新加坡"文学四月天"活动，作了四场演讲，结束时，新加坡教育部孙部长向我提出一个问题：如果文学能帮助读者了解自己，那么越认识到自己的独特个性，人与周围理性治理的环境，不就越格格不入了吗？不就越感到痛苦吗？孙部长的问题十分深刻，实则触到了现代文明的自相矛盾。弗洛伊德把"我"分为本我、自我、超我。人小时候主要受本能支配，那时的"我"，基本是本我。等有一天，人完全被社会规范规训，"我"就成为超我。当然，人的内心不可能只居于本我和超我两个极端，人真正的自我，会竭力调和两极，既有本我又有超我，一旦两者不能调和，就容易造成自我的分裂。这样就容易理解，荣格为什么认为，现代文明愈成功，理性与非理性的冲突就愈巨大。毕竟人不是神，人已越来越不能调和本我与超我的冲突。你可能会问，人一旦置身现代文明，为什么不容易调和两者的冲突？我认为，罪魁祸首来自两种不能调和的文化思潮。文艺复兴的要旨，是要解放人，让人获得尊严，发展个性，甚至尊人为神。启蒙运动的要旨，是要倚重理性治理社会，强调理性至上，甚至尊理性为神。两者像经线和纬线，共同交织出现代文明。你只需细想，就能会心现代文明的症结所在。如果强调百分之百的个性解放，理性治理还能奏效吗？反之，如果强调百分之百的理性治理，还会有个性解放吗？新冠肺炎疫情暴发以来，大家就目睹了理性与非理性的巨大冲突。有的国家，个性解放过度，令理性治理难以奏效；有的国家，理性治理过度，令个性解放无从谈起。

法国小说家阿尔贝·加缪的《局外人》，就塑造了一个自我分裂的人物莫尔索。莫尔索参加完母亲的葬礼，跟朋友去海滩游玩，遇到几个阿拉伯人，莫尔索的朋友与其中一人有宿怨，发生了一点冲突。之后他们回到住所，但朋友的枪还在莫尔索的口袋里。后来，莫尔索一个人去海滩散步，再次遇到那几个阿拉伯人。他并无杀人的理性念头，却不知不觉扣动了扳机。

> 我只觉得太阳像铙钹一样压在我头上……此时此刻，天旋地转。大海吐出了一大口气，沉重而炽热。我觉得天门大开，天火倾泻而下。我全身紧绷，手里紧握着那把枪。枪机扳动了……
>
> 我站了起来……说我并没有打死那个阿拉伯人的意

图……他还没有搞清楚我为自己辩护的要领，希望在听取我律师的辩护词之前，我先说清楚导致我杀人的动因……我说，那是由于太阳起了作用。大厅里发出了笑声。[1]

第一段，莫尔索描述自己扣动扳机前的感觉，认为太阳把他晒得恍惚、神志不清，导致他扣动了扳机。第二段是法庭审判，法官先问他是不是有意杀人，他说自己无意杀那个阿拉伯人。接着法官问他，那他为何杀了人？他回答说，是太阳的缘故，这个回答引起哄堂大笑。这个理由乍看十分荒唐，实则揭示了莫尔索自我的分裂：理性的自我，让他并不想杀那个阿拉伯人；非理性的自我，在太阳的刺激下，却驱动他不知不觉扣动了扳机。这是自我分裂的典型例子，现代小说中比比皆是。要了解非理性的自我，还需要了解精神分析学派创始人弗洛伊德的潜意识理论。二十世纪，无数作家和艺术家都十分迷恋弗洛伊德的潜意识理论，因为它帮大家打开了认识自我分裂的门扉。

我用弗洛伊德借用的冰山模型，来讲一讲他的潜意识理论。想象有一座冰山浮在海面，整座冰山代表人的全部意识，那么我们都知道，冰山露出海面的部分很少，大约只占冰山的十分之一，还有十分之九的冰山隐在海水里。按照弗洛伊德的理论，人的显意识像浮出海面的冰山，只占全部意识的很小部分。所谓显意识，就是人自己能意识到的意识。前面谈到的理性，就属于显意识。人的潜意识，就像隐在海水里的冰山，占了全部意识的绝大部分。所谓潜意识，就是人自己意识不到的意识。人哪怕感受

1 加缪 . 局外人 . 柳鸣九，译 . 天津：天津人民出版社 .2016：104

不到潜意识的存在，它仍会对人的言行暗中施加影响。这样问题就来了，人既然无法用意识察觉到潜意识，那么何以证明潜意识存在呢？按照弗洛伊德的理论，有三种方式可以揭开潜意识的神秘面纱，证实它的存在。第一种是做梦，人做梦时，理性不起作用，脑海里出现的众多画面、彼此如何拼接等，都是由潜意识安排完成的，梦既是潜意识的杰作，也是我们窥探潜意识的一个窗口。就是说，潜意识可以通过梦得以泄露。要是我们醒着——比如白天忙碌的我们，也能找到窥探潜意识的窗口吗？答案是肯定的！我举个亲历的例子。我教的课一般在晚上，上课前我会去教工食堂吃晚饭，久而久之，我习惯走一条固定的路线：进了校门一直往转盘走，遇到转盘向左拐，就会看见食堂。有一次，因为下午请客，进校门前已吃过晚饭，我走到转盘处依旧向左拐，闯入食堂才大吃一惊：明明要去教室上课，怎么闯进了食堂？同样的事，发生过好几次。是什么暗中让我不假思索，径直朝食堂走？当然是潜意识！固定的生活习惯，早已铭刻进潜意识，当我某天突然改变习惯，只要理性不干预大脑（路上正想着别的事，没有时刻想着去教室），潜意识就会按过去的惯例，自动接管对身体的调遣，驱使身体朝食堂走去。等理性苏醒过来，身体已犯下错误。弗洛伊德认为，过失与梦一样，同样是窥探潜意识的窗口，人不经意犯错时，背后的指使者就是潜意识。

　　我再举个亲历的例子。初中时，有天班长召集全班开会，当众点了几个班干部的名，让他们出来帮忙。没想到，他竟脱口叫出一个漂亮女生的名字，引得全班同学哄堂大笑。那女生不是班干部，本不该被他点名。是谁让班长迷迷糊糊犯了错？当然是潜意识！班长暗中喜欢那女生的潜意识，令他一不留神，无意间就通过犯错，泄露了他在乎那女生。生活中的这类过失，可谓层出不穷，稍加留意会发现，过失会不经意泄露它背后的潜意识。比如，你正在恋爱，每次约会对方都迟到，哪怕对方每次都有堵车、临时有事等诸多"客观理由"，你仍可以找出"每次迟到"的过失背后的潜意识：要么对方不重视你；要么对方过于自我，向来不在乎他人的感受。通过过失来"观察"潜意识，固然不敢说百分之百正确，但经验告诉我，从过失那里，真的能窥见一些意识的真相。比如，我校规定教师上课迟到五分钟，就算教学事故。暂且不说此规定是否合理，规定颁布至今，每学期都有教师违规，说来不是巧合，违规者皆为上课态度敷衍者，无一例外都有诸多"客观原因"。那些上课认真且口碑好的教师，从未听说有谁违规的。

潜意识还可以通过文艺创作显露。弗洛伊德认为，显意识和潜意识之间，有个所谓前意识区，专门负责审查想成为显意识的那些潜意识，一旦发现其不合社会规范，就不让它们成为显意识。文艺创作恰恰能伪装潜意识，令它们通过文艺的"打扮"，看上去无害，似乎合乎社会规范，使前意识区顺利放行。画家达利一生崇拜弗洛伊德，真的让潜意识把他的创作，带到了前所未有的境地。

我不打算用达利的画举例，我想用中国泼墨写意画和美国滴画来举例说明。唐代画家周昉的《挥扇仕女图》（图 2），表现的是宫怨，采用双勾填彩技法画成，绘画过程十分理性，一笔一画都想好了再下笔，这种理性画法与达·芬奇画《蒙娜丽莎》（图 3），没有什么不同。假如有人觉得这幅画好，打算出高价请周昉再画一幅一模一样的，只要周昉愿意，他是画得出来的。同理，只要达·芬奇愿意，他也画得出一幅临摹之作，与《蒙娜丽莎》一模一样。要想临摹一幅画，且做到一模一样，对原画是有要求的，原画必须是理性的产物，每一笔都有比较明确的目标。达·芬奇作画时的理性是过头的，有时一两笔的深思熟虑，会耗时长达一天，直到按既定的方案把画全部画完。这样的画也意味着是可以复制的，因为画家作画时主要调动的是理性。

图2（左图）：唐·周昉《挥扇仕女图》（局部），现藏故宫博物院
图3（右图）：列奥纳多·达·芬奇《蒙娜丽莎》，现藏法国巴黎卢浮宫博物馆

中国古代的泼墨写意画就完全不同，即兴色彩很浓。比如，五代画家石恪的《二祖调心图》（图4），是怎么表现禅宗二祖的衣袖的？石恪仿佛是拿毛笔随意划拉几下，完全靠即兴发挥，每一笔都不是事先想好的，而是下意识的反应。画这种画，要调动的是画家的潜意识。这种画最让临摹者恼火，它根本没法临摹，就算让石恪自己临摹一幅《二祖调心图》，他也做不到。因为即兴的绘画过程包含太多的偶然、太多的灵机一动，每一笔几乎都是偶然天成，所有偶然又彼此配合得天衣无缝，理性当然难以把握，这是临摹的难点。南京博物院馆藏的《杂花图》（图5），是徐渭的写意画珠峰，画中肆意妄为的即兴发挥，有人敢动念去临摹吗？就算徐渭自己动念，也是妄想。直到二十世纪五十年代，

12

西方才有类似泼墨写意画的画法，美国画家波洛克用沾满油彩的画笔，朝画布滴、洒、泼、甩（图6）。可以想见，他的每个动作都是即兴的、偶然的，他一边来回走动，一边即兴把油彩泼洒到画布上。等他画完，你请他再画一幅一模一样的，他一定会疯掉，对吧?! 因为驱动那么多即兴动作的，是他的潜意识，不是理性，事后他当然无法用理性去一一临摹、复原。你看，弗洛伊德提醒人类有潜意识之前，中国古代已有泼墨写意画，令潜意识成为创作的动力。

 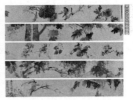

图4（左图）：五代·石恪《二祖调心图》（局部），现藏日本东京国立博物馆
图5（右图）：明·徐渭《杂花图》，现藏南京博物院

图6：美国画家杰克逊·波洛克在用"滴画法"作画

弗洛伊德阐释潜意识之前，作家们以他们的先知先觉，意识到人有不被理性掌控的意识。比如，俄国小说家陀思妥耶夫斯基

13

的大量作品里，都写到人物的自我分裂、多重人格，小说人物有诸多反常行为，是他们无法解释的。俄国小说家托尔斯泰的《安娜·卡列尼娜》写安娜自杀时，除了写到理性的自我要她自杀，也写到非理性的自我试图阻止她自杀，理性的自我因无法解释安娜的矛盾行为，令安娜自己异常吃惊。二十世纪二三十年代，新感觉派小说家施蛰存也写过小说人物自我的分裂，甚至反常人格。他是有意那么做的，因为他熟知弗洛伊德的理论。比如，他的《梅雨之夕》写一个小职员，下班时看见公交车站有个女士没带伞，内心就萌动起潜在的性意识，想把伞递给女士，陪她回家。送女士的途中，他被两个不同的自我相互拉扯着，道德的自我和欲望的自我，令他的理性时时刻刻陷入困境。比如，他既陪着女士，又故意把伞打低，担心有熟人看见。《梅雨之夕》里的自我分裂，还比较轻微、文雅，施蛰存的中篇小说，比如《石秀》中的人物，反常人格就比较极端。我们只有充分理解自我的这类分裂，就是说，意识到人有两个自我——一个自我可以被理性完全知晓、掌控；另一个自我则在理性的掌控之外，受到潜意识的支配，这样才可能理解二十世纪的很多小说人物。比如，卡佛一些小说中的人物，就有反常行为，连人物自己都感到诧异。

荣格是弗洛伊德的得意门生，他认为人的意识中还沉淀着集体无意识，会潜移默化地影响人的行为。我举个例子。不知大家有没有发现，海内外华人有个共同特点，一旦遇到困难、挫折，通常不会放弃，而是会竭力通过自己的努力去克服困难、挫折。他们不会认命，一般不是宿命论者，不会两手一摊，像很多印度人那样认老天给的命，而是要靠自己的努力去改变命运。就像荣格提示的那样，早期的民族神话、传说等，会成为民族集体无意识的原型。我们只需想到精卫填海、愚公移山、后羿射日等神话传说，就会意识到，这些神话意象都含着"人定胜天"的理念，相信命运可以掌握在人的手中，久而久之，这一理念就潜移默化，成为所有华人的集体无意识。遇到什么不利的事，你不用多想，会本能地付出努力，试图改变。

我举个环境造就集体无意识的例子。2011年因两岸作家交流，我第一次去台北，住宿的宾馆里有不少留学生和外国学者。一天晚上回宾馆时，只见两个日本女生站在走廊，我走近时，她们向我鞠躬说对不起。就在我纳闷时，发现我的房门上贴着纸条，上面写着一行字：你晚上关门能轻点吗？我当时十分羞愧，从此努力想改掉关门很重的习气，可是思想稍一放松，又会"旧病复发"。我关门很重，与我这一代人的集体无意识有关。我们成长在缺规少矩的年代，天不怕地不怕，不礼貌，不文明，逞强好胜，成了这一代人的集体无意识，等中年时有了反省能力，已积习难改。你会发现，中国新一代年轻人比我这一代人要文明礼貌得多，原因也简单，他们成长在讲究更多规矩的年代，排队、不乱扔垃圾、有生态意识、礼貌，等等，已成为他们的集体无意识。

潜意识固然会给理性造成不少困惑，令我们难以完全了解自己、把握自己，可是对现代写作恰恰是一个福音。潜意识躲在理性够不到的意识深处，意味着在理性的掌控之外，写作还潜藏着即兴发挥的巨大自由和潜能。唯有了解和进入理性的盲区，你才算真正步入现代人的世界，才开始明了自己的真实人性，开始正视自我分裂的那些经验。意识到人无法被理性完全把握，将令你对写作的认识起变化，会让你开始懂得，真正的现代写作究竟是什么样子。

写作的真实过程

我要讲的写作，完全不同于中小学的作文训练，或大学中文系的训练。众所周知，已有的中文训练，主要是通过经典分析课来完成。常人对写作的认识，恰恰因为经典分析课，一不小心就走入歧途。老师分析每一篇文章时，把文章当作一台精密机器，写文章如同造机器。造机器有个特点：无论部件还是由部件组装的整机，都是预先设计好的。所有部件必须按照设计图纸制造，再送到总装车间组装。比如，为了造汽车，就得先造轮子、方向盘、发动机、油箱、车壳，等等，再用部件组装整车。每个部件组装前后，不会有任何改变。想一想吧，我们的老师是不是用类似造机器的逻辑教写作的？老师要求学生下笔前，务必打腹稿，把文章各部分预先想好，再按起、承、转、合的结构组合成文章，下笔时，文章的各个部分，不允许超出预先的设计。课上老师对经典文章做出的大量分析，大大加强了文章像精密机器的观念，令学生们赞叹每个词、句子和段落，多么准确无误、无懈可击！老师越把文章设计的功效神化，学生下笔就越惶恐，害怕笔力达不到那样的精准（学生当然达不到）。因为结果完美，想当然地认为初始设计也一定完美，这种由结果推想起点的做法，一般称为"逆向工程"。经典分析课或阅读课的实质，就是文学中的逆向工程。作文课或大学的中文训练，被逆向工程笼罩了数十年，蒙它的精心照耀，打腹稿就变得至关重要，它是下笔前的"设计"或"图纸"。为了让学生发现文章的奥秘，老师会把一篇作品拆开，分拆成起、承、转、合，或写景、心理刻画、高潮、点题等大大小小的"部件"，竭力向学生展示每个"部件"的完美无瑕，展示这些"部件"彼此的衔接，多么巧妙、天衣无缝！上多了这样的分析课，你难免会产生大师癖，老师越分析经典，你越觉得经典作家个个是神人，那么多的大小"部件"，那么多复杂、精准的巧妙组合，他们是怎么做到的？老师无从解释，至多叮嘱你写作时，要像作家那样打腹稿。问题是，单靠打腹稿就能一步到位的人，不就是神人吗？分析课不经意就把你的写作，与作家们的写作彻底拉开了距离，他们的"盖世武功"，必然令你自惭形秽。如果此生你只想做读者，有大师癖倒也无害，毕竟有反省力的大师作品也是文明的护身符。如果此生你还想当写作者，大师癖可能就会带来误导，会让你错误地想象或揣摩，或一厢情愿地认定，作家们一定是"那样"写作的。

"那样"勾勒出的写作景观，来自一直轰炸你的经典分析课，它会潜移默化，令你拥有逆向工程的思维，唆使你把写作与仿造一台机器看作性质相同的事。逆向工程的思维，隐匿着两个假设：一是，文章里的"部件"与机器部件一样，从开始"制造"到"组装"完成，"部件"的形状、尺寸，都一成不变；二是，文章结构与机器设计图一样，从制造"部件"到组装"部件"，同样一成不变。想必，以前的老师都教过你如何去制造文章"部件"——打腹稿！学生需要在脑中精密设计出文章的各个"部件"，等文章落笔到纸上，写作已变成无趣的"照图纸加工""组装"，或对脑中文章的"抄写""誊写",部件在组装或抄写前后不能有改变。这样一来，写作的重负就压到了"想"上，即必须先想出腹稿。由于想本身是散漫的、无形的，面对稍纵即逝的众多思绪，欲捕捉其一，则要靠记忆帮忙，记忆成了"想"用来暂时储存的纸。可是，"想"之选择是反复无常的，如蜻蜓点水，甚至雁过无痕，比"写"之选择轻佻许多，记忆无法像真正的稿纸那样，胜任于记录所有"想"的痕迹，毕竟任务太繁重。"想"之无形，碰上记忆的无形，这样在腹中翻来覆去地想，就是用无形去捕捉无形。这导致很多写作者觉得下笔之难，难于上青天。他们常见的写作姿势是：手攥着笔，眉头紧锁，苦思冥想，迟迟写不出一个字。

记得有一次，应老同学钟扬之邀，我赴上海某书院作写作演讲，听众是小学四年级到初一的孩子。我让孩子们当场写几句话，没想到竟有五六个孩子，五分钟写不出一个字。我问他们为什么写不出，有孩子想了半天说："就是写不出。"我问他："会不会骂人？"他说会。我让他把骂人的话写下来，他马上瞪大眼睛叫了起来："骂人的话怎么能写出来呢？这些话是不对的。"这件事让我发现了症结所在——原来他们没有初稿概念。写不出是因为他们认为，一旦落笔纸上，就铁板钉钉了，就是无法更改的定稿，就必须正确——对、完美！所以，他们只能紧攥着笔，皱着眉头，漫无边际地在心里硬想。必须按老师的要求打腹稿，半天想不出，是常有的事。作家们的写作也是这样的吗？在脑中苦思冥想的那个"想"，与落笔纸上既成事实的那个"写"，其实是有云泥之别的。逆向工程的思维，会令你把写作中的自由压缩到几乎没有，会排除潜意识对写作的有利功用。为了让你有直观的感受，我举绘画的例子来说明，毕竟艺术与文学的创作思维过程，十分相像。

英国艺术史学家贡布里希的《艺术的故事》中，配有拉斐尔画《草地上的圣母》的系列草图（图7）。《草地上的圣母》（图8）的三角形构图，达到了完美之境，圣母、耶稣、耶稣的兄弟约翰，三人的姿态与神情配合十分严谨，天衣无缝，优美动人。如果你不幸拥有逆向工程的思维，一定会被此完美画面唬住，想当然地认为拉斐尔作画之前，心里一定已有完美的"设计图"，落笔时只需把预先想好的"设计图"，临摹或者说"抄"下来即可。至于"设计图"是如何想出来的，拉斐尔为何能想得那么完美，你一定喜欢用"天才"来解释，唯有天才方能一步到位，立刻想到该让画中出现三人，各据三角形的一角：圣母垂目望着十字架，耶稣侧倚圣母，与约翰相对，二人都看着十字架，十字架是将三人连成整体的轴心。拉斐尔真是按照这样的逻辑、顺序创作这幅画的吗？拉斐尔创作这幅画的系列草图，揭示了他的构思过程。

图7：拉斐尔《草地上的圣母》草图

图8：《草地上的圣母》
现藏奥地利维亚纳艺术史博物馆

最初的草图中，主要人物只有圣母和耶稣两人，约翰隐约出现在圣母侧后方，与其说是三人的三角形构图，不如说是两人的对角线构图。第二幅草图表明，拉斐尔试图修正最初草图的"错误"，把约翰移到圣母侧前方，出现了三角形构图的雏形。第三幅草图中三人的位置，已接近定稿中的位置。但第四幅草图一定出乎你的意料，拉斐尔没有继续完善第三幅，他把约翰移走，居然开始尝试别的构图，略显混乱的笔触揭示了他心里还有些许不知所措。定稿中非常重要的十字架，始终没有出现在系列草图中，说明十字架是拉斐尔画草图后期的灵机一动，是后来添加上去的，而并非预先设计的。系列草图中耶稣的双眼，要么朝上看，要么朝外看，不像定稿中盯着十字架，说明定稿中耶稣双眼的朝向并非预先设计，同样来自作画时的即兴灵感，就是陆游说的"妙手偶得之"。

2014年夏天，应歌德学院之邀驻留德国期间，我曾赴巴黎参观博物馆，登上罗丹故居二楼时，"发现"了罗丹创作《巴尔扎克》的真相。二楼展示了大量《巴尔扎克》的泥塑模型，姿态各异，与立在院子里的铜塑成品《巴尔扎克》截然不同，能看出罗丹是用泥塑模型做试验，逐一试错。有的泥塑姿态荒诞甚至露骨，常人闭着眼睛就知道，会有损巴尔扎克的形象，为何罗丹仍要做出那样的泥塑模型？答案只有一个：通过不同的泥塑试错，找到最佳方案！他通过一系列泥塑模型，可以直接观察诸多姿态的合适或不合适，通过不断地否定，就能捕捉最佳姿态。这些姿态各异的泥塑模型，说明罗丹没有苦思冥想打腹稿，没有预先想好完美的"设计图"，他把自己的才智，直接投入试错的创作摸索中。

拉斐尔作画的例子，罗丹的《巴尔扎克》泥塑模型，都表明常人对创作的揣摩和设想，对创作怀有的逆向工程思维，只是一厢情愿，并不符合创作的实际。他们一定想不到，连拉斐尔、罗丹这样的大师，创作前心里都没有完美的"设计图"——就是老师叫你打的那种腹稿。拉斐尔没有想好，就下笔开始作画；罗丹没有想好，就动手做泥塑模型。他们都用逐一试错的方法代替打腹稿。试错会牵连到即兴发挥，潜意识就会暗中发挥作用。关于试错，我举个生物学的例子来说明。有学者把一只敞口玻璃瓶放入黑屋，将瓶底朝向黑屋唯一的窗口，再将六只蜜蜂和六只苍蝇放入瓶中。请问，两小时后，逃出瓶子的是蜜蜂还是苍蝇？大家一般会猜，逃出瓶子的是蜜蜂，因为谁都知道蜜蜂的智商比苍蝇高。事实上，学者发现，苍蝇都若无其事地逃出了瓶子，蜜蜂却全部撞死在瓶底。蜜蜂的智商是胜过苍蝇，但偏偏认死理，认定有亮光的地方一定是出口，所以，它们一次又一次撞向有亮光的瓶底，直到把自己撞死，也不放弃死理。苍蝇没有认死理的高智商，是机会主义者，通过不停乱撞乱试，不经意就摸索到了瓶口，成功逃生。你看，智商高的蜜蜂错在方法不当，错在把过去的经验当成不可更改的教条。苍蝇的试错，是根据环境的不断反馈，及时调整自己的行动。拉斐尔和罗丹采取的试错，与智商低的苍蝇一样，说明创作不是按既定的"设计图"进行，像蜜蜂认死理那样，一条道走到黑。创作要像苍蝇试错那样，及时捕捉即兴涌现的种种灵感，不断修正先前的想法。凡认为写作可以完全靠理性设计的人，就不幸落入了蜜蜂的教条境地。

真实的写作，更像一个生命体的进化。人这一物种，从单细胞开始，一步步进化成鱼，进化成两栖动物，进化成哺乳动物，进化成直立人，进化成智人（现代人）的过程，非常适合用来说明创作过程。拉斐尔下笔画草图，或罗丹开始捏泥塑模型，就相当于从进化图的某处开始，比如，从鱼（初稿）开始，再通过试错，达到两栖动物（草稿甲）的阶段，这时离最终的智人（定稿）仍相去甚远。他们会继续试错，比方说前进到哺乳动物（草稿乙），这时，仍然无法通过哺乳动物（草稿乙）想象出智人（定稿）的完美样子，除非继续试错，到达直立人（草稿丙），再到达智人（定稿）。你会发现，越到后面，比如直立人（草稿丙），就越接近智人（定稿）。逆向工程或经典分析课的思维，错在老师赞叹智人（经典）的完美无瑕时，一厢情愿地认为，智人（经典）不可能从鱼或两栖动物（糟糕的草稿）演变过来，也不可能从哺乳动物（糟糕的草稿）演变过来，毕竟鱼或哺乳动物（糟糕的草稿）与智人（经典）的样子，实在差得太远。老师一般会设想，现代人是由现代人的脑袋、皮肤、骨骼、肝、肺、肠胃等已进化好的完美"部件"，像机器那样直接组装而成。经典的完美样子，让老师不敢设想，大师写初稿或草稿时，竟也有那么多错误、混乱、不堪。美国小说家海明威有一句话，颇能帮助我们消除这一认识魔障——"任何文章的初稿都是狗屎"。真实的写作过程，如同生命的进化过程，并没有"最终的形式"，每写一稿，都是作者暂时拼搏的结果，他只是暂时无法再改进它，这样我们就能会心阿根廷小说家博尔赫斯的沮丧。他认为，到了一定岁数，反复修改无法令他"再提高很多"时，"我就任其自然，干脆就完全忘掉已经写好的文字，只去考虑手头上正在做的事情"[1]。一旦跳出由结果臆想起点的窠臼，认识到经典哪怕再完美，初稿或中间的草稿可能与定稿有天地之别，而且这些差别可能大于鱼与智人的差别，写作者就不会被经典的完美模样吓倒。不然，一想到自己下笔，就要像"伟大作品"那样写得完美，写作者就会吓得不敢动弹。上海那几个孩子，光被语文老师叮嘱的"正确""对""优美"，就吓得五分钟写不出一个字，更遑论"伟大"或"经典"二字的千钧重负。没有作家从未写过糟糕的草稿，但作家与爱好者的显著差别是，作家不会看到糟糕的草稿就止步，而是会通过艰辛的修改，令"糟糕的草稿"一步一步进化成杰作。比如《战争与和

1　巴黎评论·作家访谈 2. 仲召明等，译 . 上海：上海文艺出版社 .2015：77

平》的开头，托尔斯泰就写了十五稿，他整本书的写作，是在不断克服困难中慢慢摸索前行的。美国小说家雷蒙德·卡佛也不例外，他说："小说的初稿花不了太多的时间，通常坐下来后一次就能写完，但是其后的几稿确实需要花点时间。有篇小说我写了二十稿还是三十稿，从来不低于十稿……他（指托尔斯泰）把《战争与和平》重写了八遍之后，仍然在活字盘上更改。这样的例子会鼓励那些初稿写得很糟的作家，比如我本人。"[1]

文学爱好者则往往等不及，一瞧见草稿糟糕，发现它与经典的完美相去甚远，就再也没有兴趣付出努力，令其一步一步进化。我有个朋友，就有严重的写作障碍，障碍来自他的写作观念，他认为必须想好文章的每句话，才能下笔，他迷信理性对写作的全面控制和调遣，结果，每写一两句话，他都要苦思冥想好几天……

巴尔扎克并不懂什么潜意识，但他会自发利用潜意识：每次拿到校对稿，他会即兴涂改，插写大量新内容。他将写作置于即兴涌来的灵感中，会推翻或修改原有的构架、内容，与苍蝇的逐步试错，别无二致。据说他从不打腹稿，会直接下笔写初稿，接下来不断修改校对稿，甚至直接重写校对稿。巴尔扎克并不倚重什么"设计图"，说明他的写作中有即兴发挥的巨大自由，他主要倚重被潜意识怂恿的那个自我。古典时期，自我给普通人一个错觉：它只受理性控制。但作家们的实践，让人意识到，一部分自我的源头通向了理性之外。这样就得接受人有两个自我，一个受理性支配，一个不受理性支配。这里，我不打算全部采纳弗洛伊德的术语，什么本我（本能）、超我（社会规范）、自我等，我们搞写作的人，没必要太学究气，还是直抵写作问题的核心为要，

1 巴黎评论·作家访谈 1.黄昱宁等，译.北京：人民文学出版社.2012：177-178

只需知道你的身体里有两个自我即可。承认自我的分裂，能让你看清写作的真相。过去的写作教学，老师总要求你面对已知的东西，要你把写作交给明明白白的"设计图"，要你打腹稿，要你下笔写作时坚持贯彻预先的"设计图"；要你分析经典时，看出结构的精妙，各"部件"衔接得严丝合缝，都来自作家的巧妙"设计"。这些在中小学甚至大学一讲再讲的写作逻辑，主要来自古典时期对自我的单一认识。一旦发现人还有另一个自我，通向理性之外的潜意识，写作就不再是死气沉沉的打腹稿、预先"设计"等，写作中就有任思绪肆意徜徉的自由，即兴发挥，异想天开，面对未知的探索。一旦你知道，作家的真实写作过程中仍有大量的未知，你一定会大吃一惊。海明威说："有时候你写起来才让故事浮现，又不知道它是从哪里冒出来的。运转起来就什么都变了。运转起来就造成故事……"[1] 海明威说的"运转"，就是不知道会遇到什么的试探性写作，离开了已知想法，作家就要靠面对未知的即兴发挥。就算作家有大致的写作提纲，他每天的写作仍要面对未知。海明威谈到写《丧钟为谁而鸣》时说："大体上我知道将要发生什么，但是我每天写的时候虚构出所发生的事情。"[2] 很显然，海明威说的"虚构出所发生的事情"，指的就是计划之外的，预料之外的，具体细节的即兴发挥。"大体上我知道将要发生什么"，指的是粗略的事情轮廓，并不涉及具体细节。

为了让写作者充分感受写作中的自由，法国诗人布勒东发明了"自动写作"。他把自己和朋友关进黑屋，桌上堆满白纸，数小时一直不停笔，迅速写下脑中出现的任何思绪，不管它是否荒

1　巴黎评论·作家访谈 1. 黄昱宁等，译 . 北京：人民文学出版社 .2012：30

2　世界著名作家访谈录 . 王逢，编 . 南京：江苏文艺出版社 .1991：138

诞，或前言不搭后语。布勒东把这种写作实验称为自动写作，"自动"意指写作时理性已不起作用，仿佛有个高于你的作者，正握着你的笔，教你如何写作。这令我想起文艺复兴时期大师卡拉瓦乔画的《圣马太与天使》：天使正握着圣马太的手，教他如何写《马太福音》。对作为大老粗的收税员马太来说，写作是超出他能力的事，只有无所不能的天使能引导他写作，令他仿佛进入了自动写作。布勒东的自动写作涵盖了白日梦、破规、犯错、用写作伪装潜意识，等等。如此松弛的即兴写作，必是对潜意识的一次泄露和释放。我的朋友王珂教授，近年用诗歌来治疗抑郁症患者——用文学来释放不良的潜意识，据说疗效不错。自动写作，会产生大量的写作垃圾，有时也会小有斩获，出现少量灵光一现的句子，比如布勒东用自动写作写的"有一个人被窗子劈成了两半"（邹建林译）等，就成为自动写作的最初标本，也开启了诗歌的超现实手法。自动写作带来的启示，不在它有多可靠，就投入的时间、精力、产出的佳句来说，它效率低下，不值得推广。但自动写作触碰到写作的一根神经：写作中的自由。这根神经早已被经典分析课、逆向工程思维，弄得遍体鳞伤，自动写作能让这根神经有效康复。当你的写作神经被"设计"绷得太紧，感到笔尖承受的压力太大，不妨用自动写作来松弛神经，权当写下将扔进废纸篓的垃圾，写着写着，你就会渐入佳境。把自动写作当作正式写作的前奏，或序幕、一段导轨，可以将被经典压得不能动弹、不敢越雷池一步的写作者，导入有效的写作状态，这种做法值得向大家推广。

日常生活中，有一种不被人看重的写作，能带给你作家一样的写作体验，能让你留意到自动写作强调的即兴发挥，会如何参与写作，那就是写信。当你给家人或朋友写信，当然不会打腹稿，不会预先进行文章设计，不会！你只会凭着感觉，一路摸索着写下去，不用说，信的内容多半不是你事先想到的。写信中，理性起着辅助的作用，监督内容有无重复，警惕结构过于失调。所有人一说到写信，都有跟作家一样的自信，哪怕不知道要写什么，也不会担心写不出，全然没有作文或创作文学作品时的惶恐。写信时，面对未知的边写边想，恰恰最接近作家们的写作。

真正的写作，是让你把写作交给内心的两个自我管辖，让理性的自我预先画出"鱼"的样子，又让即兴探索的自我推动着"鱼"，一步一步向前演变，进化成"智人"。学会同时发掘两个自我的潜力，正是写作课欲达成的目标。

习题：

拿出笔和纸，脑子想着与某人有关的一切（比如母亲），一旦写下脑中的思绪，就不要停笔，不要管你写下的文字是否荒诞、无逻辑等，只管记下脑中与他或她有关的一切思绪，一刻不停地写五分钟。此练习是为了体会，自动写作的即兴发挥与理性的控制（想到某人）是可以彼此合作的。

学生练习：

终于学会做百变的人，对不同的人用不同的方式，真诚的则坦诚以待，狡诈的则多加防范，全能自恋的则让其感觉自己是上帝，没有良心的则敬而远之。不是所有的都会有好结局，不是所有的一定有现世报。善恶，到头终有报应，有良心，凡事尽心尽力，无论结果如何，我都无怨无悔，这是成熟还是虚伪？乱了我年少时的观点，并以为是虚伪，因为我没有尽力和大家说清楚事实真相，年过四十后越发认同这是成熟，因为不是所有人都关心所谓真相，你以为的真相，没准被别人嘲笑嘲讽为阴谋，迫使人家觉得如此……

点评：

可以看出，你不只是写自己，也写得很有条理，潜意识里其实已经有一套逻辑，说明什么？说明你的这种写作逻辑、写作的策略，早已变成你的思维习惯，刻进潜意识了。表述挺不错的！

多重真实与多重主题

　　谈论文学真实之前，首先需要了解什么是真实。我猜想，大家以为的真实，与我要谈论的真实，应该不是一码事，很多人会把"事实"误认作真实。我们的日常生活显得真实吗？很多人一定会说，还有什么能比生活更真实的呢？不知大家有没有发现，日常生活里其实只有事实。所谓事实，就是客观存在且无倾向的事物。比方说，"我活了八十岁"，这句话就是事实；"学员们正在教室听课"，也是事实。如果把有倾向的事物看作有色有味的，那么事实就是无色无味的、中性的、不偏不倚的。这恰恰是人们对生活事实不满足甚至不满意的地方。比方说，"有人把车子朝路边开，撞死了一个女子"，如果警方只给你上述的事实描述，你会满意吗？当然不会！为什么？因为它太客观，太无倾向，或者说只是事实而已。你最想了解的，当然不是案件事实本身，而是隐藏在案件事实背后的动机，即那人为什么要开车撞死他人。如果警方披露"驾车的人与女子有过恋情，因情生恨"，想必你就会释然许多。为什么动机会令你释然？为什么案件判决中人们会竭力寻找作案动机？这就牵连到"真实"。所谓真实指的是，被赋予合理倾向或意义的事实。上述案件中的动机，就是隐在案件事实背后的倾向或意义。说到这里，你大概看出，要想让事实开口说话，人们必须赋予事实以倾向或意义，只有那些背负合理倾向或意义的事实，才配得上用"真实"一词。很多时候，人们出于自私，会把真实之外的一些倾向或意义，故意赋予事实，我想，除了怜悯背负着这些倾向或意义的事实，我们唯一能做的，就是称它们为谎言或偏见。人的一生，大概被太多中性的事实包围，每天从醒来起，满目都是琐碎的生活事实，人难免总想弄明白，这些事实的合理倾向或意义是什么？你不妨找某天做一个试验，从那天睁眼起，就记下你做的每件事，比如从起床穿衣开始，一直记到晚上入睡时。当你回头看一天记下的琐事清单，你能看出这些生活事实合在一起有什么倾向吗？它们能道出你这一天的生活意义吗？你会发现，若不深思，你是看不出来的。因为生活事实本身不具有推断的逻辑和能力，本身产生不了倾向或意义，除非由人来赋予。苏格拉底之所以会说，不经过思考的人生，是不值得过的，大约也是出于类似的理由。对比如下的句子，大致就能领会事实与真实的差别。

事实：我活了八十岁。（无倾向）
真实：我活了八十岁，还看不透你？（有合理倾向）

文学中还有一类"事实"，你不靠想象虚构它，它就不存在，我把这类虚构的事实叫"事象"。比如捷克小说家弗朗茨·卡夫卡的《变形记》中，格里高利清晨醒来，发现自己变成了大甲虫。在小说里，格里高利变成甲虫是事实，但读者会认为，这事实是由作者虚构的。所以，文学作品中"人变成甲虫"这类虚构的事实，统统称作事象。事象与事实一样，也是没有倾向的、不自带意义的，等着人来赋予它倾向或意义。卡夫卡的《变形记》，不会只因为格里高利变成甲虫，就自动获得了文学意义。如果真是这样，小说开头之后，卡夫卡倾注的大量笔墨就白费了。你若想弄明白，卡夫卡用"人变成甲虫"这个事象究竟想表达什么，就得阅读所有段落，这些段落会揭示隐在"人变成甲虫"这个事象背后的意义。比如，格里高利被父母、妹妹疏远的段落，揭示了人置身现代社会的孤独、无助，亲情敌不过"人的变异"，变异（小说里用人变甲虫来呈现）之所以会发生，根源在于现代社会不可避免地到来。当然，文学真实不会这么单一，以上只是对该小说的解读之一。

我再举个例子。海明威写作《老人与海》的原型故事，来自他的亲身经历：他和友人捕到一条八百多磅的马林鱼，把它弄上船之前，遭到了鲨鱼群的围攻；等把马林鱼拖到甲板上，它被啃得只剩五百磅左右。以上描述，不过是海明威遭遇的一个"生活事实"。作为一流的小说家，他当然看得出这个生活事实不够味，他打算据此虚构一个事实，即事象：老人八十四天没找到大鱼，他再次出海碰运气，居然找到一条大鱼，经过数天搏斗，制服了大鱼；他打算把大鱼拖回渔村时，遭到了鲨鱼群的围攻，大鱼被彻底吃空，最后老人用船拖着大鱼的空骨架，回到了渔村。如果海明威只是为了展示事象，即虚构的事实，就没必要渲染老人找大鱼时的困难，渲染老人如何三天三夜才制服大鱼，渲染老人如何徒劳地与鲨鱼群搏斗，渲染老人非要把空骨架拖回渔村……所有渲染的目的只有一个，就是让事象负载一些意义。你把这篇小说读完，这些意义可能就浮上心头。当然，某些意义海明威已在小说中明说，比如，老人说："一个人可以被毁灭，却不能被打败。"[1]

1　海明威.老人与海.黄源深，译.南京：译林出版社.2010：48

这是海明威打算让事象负载的硬汉精神。老人回到渔村，见到他的知音孩子曼诺林，说："它们（指鲨鱼）确实打垮了我。"曼诺林说："它（指大鱼）没有打垮你，那条鱼没有打垮你。"[1]老人和曼诺林说的都是实话。小说最后一句写道："老人正梦见狮子。"[2]这一句的暗示，胜过对意义的明说。普通惨败者一般只会做噩梦，梦见自己如何遭罪。老人却梦见狮子，表明他依旧是强者，狮子是老人自我的化身。仔细琢磨老人与曼诺林的对话，和小说结尾的暗示，大致就能触及"虽败犹荣"这一意义。当然，读者能从作品中看出的意义，仍比作品可能生发的意义要少。《老人与海》的事象负载的意义，当然不止我列出的两条，也不会止于目前诠释的意义，永远有待未来的读者不断去诠释、发掘。海明威写作《老人与海》的例子，能让我们看清，作家遭遇"生活事实"时，为了文学需要，如何把生活事实变成"事象"（虚构的事实），再通过文学手段，让事象负载意义，来达成"文学真实"。

文学真实与科学或新闻真实完全不同。科学真实企图给客观世界提供唯一的解释。比如，哪怕当代物理学有许多模型可以部分解释宇宙，但物理学家们仍坚信，一定存在大一统的唯一模型，能解释宇宙中的一切现象。新闻真实与科学真实十分相像，面对各种新闻事件（新闻事实），记者或有良知的人会竭力挖出造成事件的唯一动因。文学真实要比新闻或科学真实神秘得多，让读者找出作品的唯一解释或意义，倒会让作品显得不真实。没有作家会认为，去发现作品的唯一含意，是令人鼓舞的事。文学真实的价值恰恰就在于，关闭了通向唯一解释的通道，打开了多义、

1　海明威.老人与海.黄源深，译.南京：译林出版社.2010：58
2　海明威.老人与海.黄源深，译.南京：译林出版社.2010：60

朦胧的大门。比如，面对卡夫卡的《变形记》，读者完全可以找出两种以上的解释。第一种，我称之为流行解释，认为格里高利变成甲虫，被家人疏远乃至孤寂死去的悲剧，表达了现代社会中人的异化，异化令人丢失了部分人性（情感等）。英国小说家玛丽·雪莱1818年创作的《弗兰肯斯坦》，让读者首次感受到科学带给人的异化，从实验室出逃的人造怪物，即半人半兽的怪物，不过是人未来的化身，是人对自身将丢失部分人性的预言。第二种，《变形记》表达了"亲情是经不住灾难考验的"，换成一句老话，就是"久病床前无孝子"。从格里高利变成甲虫起，家人无疑认为他"病"了，病得不轻、病得太久，久到连最爱他的妹妹也失去了耐心，任由他死去的悲剧发生。第三种，《变形记》表达了"人在共同体中的孤独感"。家庭是一个小共同体，社会是一个大共同体。人置身共同体中，渐渐会产生孤独感，这是现代人的普遍境遇。卡夫卡在《城堡》中，还推演过土地测量员置身"城堡"共同体时，无法被纳入共同体的孤独。好了，我不再提供其他解释了，你若有兴趣，可以自己去推断。《变形记》的多义、含混、不确定，恰恰是它长久生命力的所在。

你一旦理解文学真实是多义的，就能想通，为何每一代学者都会重新诠释经典。每一次的诠释，都赋予作品新的真实，所有这些不同的真实，令经典变得立体、丰富，成为永远谈不完的话题。欧洲在歌德时代，已有"说不完的莎士比亚"这种认识。"说不完"就说明，莎士比亚作品中的意义不是固化的，而是永远在收容历世历代的诠释。中国的《红楼梦》，也不可避免成为这样的诠释对象，红学的存在等于肯定了《红楼梦》内涵的多义和永远的"说不完"。国内常有当代作者的作品，被收录中小学语文课本，不少语文老师想当然地认为，作者面对自己写的文章，一定知道它表达了什么，不会不知道连学生们都知道的"中心思想"。据说，一些语文老师用考学生的试卷，来考试卷里文章的作者，结果少有及格的，甚至有作者交白卷，不少语文老师想不通为什么。讲到这里，你大概能替我回答为什么。认为作品只有唯一的"中心思想"，是不得已的简化，这是把能得到多重真实的读法，改为只能得到唯一真实的读法，以便适应标准化的考试。作者心中当然不会有唯一的"中心思想"，他写作时，触及的真实是多重的、立体的、复杂的，他并不知道语文老师会把哪种真实或意义，规定为作品的唯一真实或意义，即中心思想。如果学生们长期这样总结作品的中心思想，久而久之成了阅读的习惯，这就等于让他们离开了文学。

记得有一次我受邀去苏州慢书坊，分享诗集《月亮已失眠》，有位苏大的女生，竭力想弄清我一首诗的"中心思想"。她说："你的每行诗都能触动我，能让我领略其美，感受很丰富，但它们合在一起的意义在哪里？因为我看不出中心思想是什么。"那天与我对话的嘉宾是何同彬，他替我答道："如果你在阅读中有了那么丰富的感受，为何还要去找那个虚幻的中心思想？这是你在语文课上学到的恶习。"何同彬说的没错！中心思想或单一主题，怎么能代替丰富、立体的阅读感受呢？比如，美国小说家赫尔曼·麦尔维尔的巨作《白鲸》，讲述了这样一个故事：亚哈船长被白鲸迪克咬掉一条腿，他发誓要找到迪克复仇，最终他在茫茫大洋找到了迪克，搏斗中与迪克同归于尽。为了让你安心，我可以片面总结出《白鲸》的主题，比如，《白鲸》体现了人与自然永无止境的对抗，没有谁是胜者。你领悟这个主题，真就可以代替你读《白鲸》吗？厚厚一本书的世界，真可以用一句话穷尽吗？其实，作品的每种真实，都可以找到一个主题与之对应，读者能从作品中看出什么主题，看出多少主题，是因人因时而异的。

把作品的多重主题简化成单一主题，不只来自语文老师要考试的苦衷，也来自评论家要评论的苦衷。评论家不可能同时诠释多个主题，这牵涉一篇论文的内容能否前后贯通。为了具有说服力，评论家能找到的最佳方式，仍是每篇文章只谈一个主题。甚至，一些作家为了快速把写作带入丰富、立体的作品世界，也会暂时采用简化策略，**暂时为作品只构想一个主题**，借助这个主题的牵引，进入比主题更立体的作品世界。比如，余华写《活着》时，据说就采取了主题先行的策略。有一天，他脑子里突然冒出"活着"二字，他明白可以下笔了……

单一主题只是进入作品世界的入口之一，一旦进入作品世界，作家的所思所想就会被人物或意象左右，领他入门的那个主题，常常也就死了。所以，写作中作家背叛初始主题的事常常发生，这几乎是写作的常态。读者会发现，《活着》把读者带入了一个多主题的世界，与余华当初的主题设想并不一致。以下是《巴黎评论》记者与海明威的对话。

> 《巴黎评论》：有人说，一个作家在作品中始终只贯彻一两个理念。你能说说你的作品表现的一两个理念吗？
>
> 海明威：谁说的？听起来太简单了。说这话的人自己可能只有一两种理念。[1]

他们的对话，一则提醒人们不要从作品的完美结果出发，去

1　巴黎评论・作家访谈 1. 黄昱宁等，译 . 北京：人民文学出版社 .2012：36

妄想写作的初衷，等于宣布了逆向工程思维的有害。二则揭示了作品中的主题总比你预设的多，作品常会脱离你的控制，离开初衷，冲向你始料不及的方向。我写长篇小说《第十一诫》时，就惊奇地发现，小说人物已不受我的控制。按照写作的预设，小说结束时，我没想让青年助教杀死"师母"，但人物经过前面情节的步步演绎，让我感觉，"师母"正一步一步滑向死亡，助教最后不得不动手。书稿的结尾曾令数个朋友情绪激动，竭力反对让"师母"死去，也反对助教自毁人生。多年后我再问他们，他们才发现这样的悲剧结局最有力量，令前面的情节演绎更具效率。只是，他们并不知道，不是写作之初的设想把人物带到了这个结局，而是写作过程改变了小说进程和人物结局。

习题：

找一个搭档，各想一个主题，就此主题写一段文字（五分钟左右），把主题写在纸背面，只向对方出示这段文字（不出示主题），请对方根据你写的文字揣摩主题是什么。一般情况下，两人就同一段文字体会到的主题是不一样的。由此体会主题的多重性和主观色彩。

怎么写：人天生喜好夸张

作家常会考虑"怎么写"的问题，了解具体怎么写之前，我们应该先在观念上知道该怎么写。目前国内对怎么写的观念认识，哪怕在许多专业人士那里，仍显得不专业。不专业的观念认识，不只误导了许多人的写作，也误导了许多评论家的评判依据。怎么写的问题，牵连到文学表达的实质，为了看清这一点，我先讲海鸥实验。

英国学者做过一个海鸥实验，发现海鸥雏鸟并不认识自己的母亲，只认识母鸟鸟喙上的一道红杠。雏鸟只要啄红杠，母鸟就会把胃里的食物反刍给雏鸟。学者把画了一道红杠的小木棒放入雏鸟群，雏鸟的反应并不意外，它们纷纷去啄木棒上的红杠——它们不认识母亲，只认识红杠。学者再把画了三道红杠的小木棒放入雏鸟群，看它们选择啄哪根木棒，结果令学者大吃一惊。雏鸟们全去啄三道红杠的木棒，完全不理睬一道红杠的木棒。按说一道红杠的木棒更接近母鸟的鸟喙，雏鸟为何偏偏选择与鸟喙差别更大的木棒？找出缘由的学者，是五十年后的神经科学家 V. S. 拉马钱德兰。他当时想解开早期维纳斯之谜：为何早期的女神像都有硕大的胸部、肚子、臀部，却没有手臂，也完全忽略脸部的雕刻？

中国早期的地母神，也有类似特征，雕像着重突出硕大的肚子和臀部。拉马钱德兰从五十年前的海鸥实验推断出缘由。他认为，所有动物都有性喜夸张的本能，但选择夸张什么，取决于生存需要。什么东西对生存重要，它们就选择夸张什么。海鸥雏鸟眼里的红杠，是它们的生存保障，饿了啄红杠就有食物，它们就偏向喜欢更加夸张的红杠，即偏向喜欢比一道红杠更醒目的三道红杠。拉马钱德兰认为，人脑一样有类似偏好，即性喜夸张对生存重要的特征。早期维纳斯或地母神雕像，起着交感巫术的作用——原始人类十分迷信，他们相信女神雕像能提高部落的生育率，让他们多子多孙。最能体现繁衍生存需要的，当然是女性的生育特征，原始人类便选择夸张维纳斯或地母神雕像的生育特征，比如夸大肚子、胸部、臀部。

人类进入文明社会以后，失去原始期的夸张本能了吗？当然没有！乍看希腊时期的女神雕像，不再有大肚子，变得写实，但人类原始的夸张本能仍保有自己的表达形式——为了克服写实的平常，艺术家本能地拉长了女神的腿、臂、脖子，使其身体比例达到常人难以企及的"理想比例"；同时让女神摆出经过严格设计的夸张动作，即对立平衡的肢体动作，来放大观者的视觉美感。希腊所有伟大的雕塑，都出现在《克里特翁男孩》之后，佐证了人类本能地不喜欢写实。当希腊人经过数百年努力，雕刻出完全逼真的人体雕像《克里特翁男孩》，他们立刻停止了写实努力。与现实人体一模一样的雕塑，令他们觉得乏味、无趣，转而寻求夸张肢体的其他表达方式。意大利雷哥市收藏的瑞尔奇双青铜像，就是希腊人放弃写实后的两尊伟大雕像。雕像都没有尾椎骨，背部的脊椎凹槽和胸前的凹槽，是真人不可能拥有的；雕像的腿和臂也都比真人长，相邻的两块肌肉，一块紧张一块松弛，更是真实人体做不到的……到了今天，我们身上仍背负着性喜夸张的本能。比如，当代女性为何会描眉涂唇？为何游戏里的女子都有夸张的长腿和蜂腰？与原始人类一样，这仍然是生存需要的体现。进入现代社会，长相好坏会影响生存，颜值高的人会获得诸多生存便利，结果就是，人人都设法夸张与颜值相关的特征，比如涂口红、描眉、抹粉、戴假睫毛、染发烫发、健身塑形、隆胸整容，等等。我去台北时，发现年轻女孩个个都戴假睫毛。看来，那古老的夸张本能，早已跟随基因闯入了我们的当代生活，无处不在。

海鸥实验也为我们认识文化，提供了应该尊重的人性法则，它一样会暗中"指导"我们的文学。你想一想，海明威写作《老人与海》时，为何不直接采用原型故事？你去问海明威，他也不一定能回答。但他本能地知道，只有夸张原型故事的某些部分，小说才能变得迷人、惊心动魄。你看，夸大老人找大鱼的困难，夸大老人如何三天三夜才制服大鱼，夸大老人与鲨鱼群的搏斗，夸大老人要把空骨架拖回渔村的意志……现实生活中，哪个渔民会把一副巨大的空骨架，辛辛苦苦地从外海拖回岸边？是性喜夸张的人类本能，暗中"指导"海明威如此夸张地改造原型故事。文学写作的一些方法背后，就隐藏着人类性喜夸张的本能。我来举一些例子。比方说，大家相信"性格决定命运"吗？大家全举手了，看来都相信。这句话乍看确实有道理：性格决定你遇到挑战时会怎么行动，行动就会有结果，结果必然决定你的命运。但我想提醒大家，这道理放到文学中能成立，放到现实生活中就要大打折扣，甚至多数时候会失效。为什么？比如，有人性格暴躁，怒起来会杀人，但他置身现实生活时，就有很多因素阻止他蛮干。首先法律会以无期徒刑或死刑进行威慑，令他冷静或三思而行；他的亲朋好友会毫不犹豫地劝阻他；家人对他的期待，他对家人的情感依赖，他自身的荣誉感、对生活的眷恋，等等，都会成为他想蛮干的羁绊；最后，就算他真的动手，对手的实力可不像作品中是可以预先设定的，他能不能战胜对方，还得打个问号。作品中的人物行动时，要么不需要考虑这些婆婆妈妈的羁绊，要么作家会替人物想出万全之策，绕过法律、感情等羁绊，使人物能心无旁骛地蛮干。博尔赫斯在《埃玛·宗兹》里，为了使替父报仇的埃玛杀死老板的同时还能避开法律惩罚，作家替埃玛找到了万全之策：先去码头找水手糟蹋自己，预先留下老板"强奸"自己的"证据"，杀死老板后报警，声称老板强奸了自己，她自卫时杀了老板。在无法做基因检测的年代，这是绕过法律的万全之策。实际生活中，有太多因素可以阻止"性格决定命运"成立。一旦置身文学作品，作家就可以放开手脚，大刀阔斧清除这些障碍，或找到万全之策，确保"性格决定命运"不失效。清除或避开会打乱这一逻辑链条的全部因素，当然是十分夸张的做法。

还有一种逻辑关联，若赋予生活也会显得夸张，就是大家熟悉的因果律。我把福斯特举过的例子[1]，稍加改造用来说明。如果你只是这样讲：国王上午死了，王后下午也死了，晚上宫廷发生了政变。你没有主观推断三件事之间的关系，只是客观讲了三件独立的事，那么读者真的不知道你要表达什么。假如换个说法：国王上午病死了，王后过于悲痛，下午自杀了，晚上宫廷卫队乘虚政变。可以看出，后一种说法引入了因果关系。国王病死是因，王后自杀是果；白天国王和王后双双死去，使宫廷权力出现真空是因，晚上宫廷卫队乘虚政变是果。后一种说法离不开因果律，原本独立的三件事，通过因果律产生了逻辑关联。你读完

1 福斯特.小说面面观.冯涛，译.上海：上海译文出版社.2016：79

后一种说法，不再一头雾水，会不由自主地同情国王和王后。如果你打算在实际生活中寻找因果律，基本要靠主观臆想。生活由千千万万的事实构成，你把哪两个事实用因果律关联，不可避免要靠主观虚构。比方说，我今天在先锋书店的诗人之家给大家讲写作课，假如把它看作果，可以为它找到唯一的因吗？我试一试，大家就知道了。2019年春天，我在先锋书店分享新书时，碰到先锋书店的策划人员，他们与我偶然聊到上课的事，一拍即合。可以说，若没有那场新书分享会，我就不会来先锋讲课。这么说来，新书分享会是来先锋讲课的因。且慢！2018年群学书院与大众书局合办了我的第二期课，学员爆满，反响甚好，众人就推动我办第三期课。若没有第二期课，我同样不会来先锋讲课。这么说来，第二期课也是来先锋讲课的因。事情并没有完。2017年初夏，青年才俊李子俊认为，我该把写作课推向社会，让更多写作者受益，他愿意牵头做此事。可以说，若没有李子俊的提议，也不会有先锋的课。这么说来，李子俊的提议也是因。事情还没有完。2011年因两岸作家交流项目，我赴台驻留两个月，其间作家许荣哲邀我到他课上讲写作，回大陆不久，他邀我合作，为台湾写作者开设了三年小说课。若没有那次在台北讲写作，一定也不会有先锋的课。这么说来，那次在台北讲课也是因。你看出名堂了吧？要回溯一个结果的肇因，你有太多的选择，并没有想象中的唯一原因。

记得我小时，很迷惑人的来源，曾把母亲问哑过：我问人怎么来的，她答猿变来的；我问猿怎么来的，她答两栖动物变来的；我问两栖动物怎么来的，她答鱼变来的；我问鱼怎么来的，她答海水变来的；我问海水怎么来的，她只好摇头说不知道。你发现没有？要从结果回溯到最初的原因，就算置身科学也办不到。这样就能明白，当牛顿弄清是万有引力让行星围绕太阳公转，他仍无法解释行星最初的速度靠什么力量获得。他无法用科学回答，只好借助神学，说是上帝推了一把，提出上帝是第一推动力。科学中永远存在第一推动力的问题，你哪怕可以用大爆炸理论解释宇宙的一切，也解释不了宇宙之初为何会有奇点爆炸，奇点又从何而来。你的每一次回答，不过将问题往前推移而已，不会让你找到终极原因。回到生活中也一样，你从结果很难推断初始的肇因。比如，你严冬出门游玩，不幸把脚冻伤了，你会说寒冷是"冻伤脚"这一结果的原因。如果你没有出门游玩，脚会冻伤吗？显然，你游玩的念头和冲动，也可以看作脚冻伤的原因。我还可以认为，防护不当也是造成脚冻伤的原因，如果防护得当，你严冬出门游玩也不会冻伤。这样一来，真的就看你怎么想，怎么去选择那些可能关联的事物。人们为了不让自己迷茫，常会凭一己之印象，挑选一个事物作为肇因了事。所以，你不要奇怪，人们为何常能说清某事是什么，却说不清为什么。讲到这里，我说因果律是虚构的，你就不会觉得这说法过分了。这是人们为了避免陷入一堆事实的迷宫、为了让自己安心，用因果律进行的主观关联，实质是虚构、反常、夸张。作家在文学创作中使用因果律，会更加肆无忌惮、问心无愧，考虑人物的行动或结果时，可以根据作品需要，甚至挑选毫不相干的事物（指实际生活中毫不相干）作为因果。文学中的其他做法，比如创造秩序、对抗、诗意描述、陌生化，等等，实质都是让表达变得夸张，不再像生活那样平实、散漫、无所用心。这些夸张的做法，就留待后面再逐一介绍。

小说的作用及本质

体裁的界限

我讲诗歌写作时曾提到，小说与诗歌正好相反，整体难、局部易。很多诗人往往不经意间脑海会冒出几句诗，诗人会把它们记下来，真正写诗时，再通过补写，把它们捏合成一个整体。但你写小说恐怕就不能这么写，你首先得把握住整体，再处理局部。讲小说之前，我们需要先厘清体裁的界限，以便能更好地理解小说。为了让你一目了然，我列表如下。

> 生活不表达什么，只有事实。
> 哲学（科学）表达→用概念和模型
> 文学表达→用文学真实（赋予事实意义）
> ↓
> 诗歌表达→用意象
> 戏剧表达→用情节
> 小说表达→用故事（或非完整的故事）
> 散文表达→用观感（印象与感想）

从表中可看到，生活不表达任何东西，它只是一堆事实而已。置身在生活事实中，人就很难获得意义。人其实是离不开意义的，经常会有人问自己，我生活的意义是什么、在哪里。就算他一时间找到了让自己安心的意义，过段时间，他又会迷惑，因为面对每天不断涌向他的生活事实，已找到的意义能说明新的事实吗？不一定！他还得继续寻找新的意义。人不时受困于意义的匮乏，原因就在于，生活本身不能提供意义的答案，它只拥有无数没有倾向的事实。如果只是无脑地活着，也许人能忍受活着的无意义，但对一个读书人来说，苏格拉底的话大概是活着的底线：不经过思考的人生，是不值得过的。生活不提供意义，那么一些人视为必需品的"意义"，该到哪里去寻找呢？捷径当然是到文学中寻找，文学不只满足于表达事实，它的己任恰恰是，通过提供意义来说明事实。我的写作课，就是想告诉大家，文学的意义具体如何产生。

我们可以对照哲学和科学，它们表达世界用的是概念和模型，二者有诸多相似之处，只是科学偏重模型描述，哲学偏重概念描述。表中列出，文学表达世界靠的是文学真实，这里的"世界"是广义的，既包含人之外的广大外部世界，也包含人之内的自我等。前面讲过，文学提供的意义，就藏身于文学真实。这是笼统的说法，如果细分到具体的体裁，那么诗、戏剧、小说、散文又各有不同。大家看列表，诗歌表达是用意象，戏剧表达是用情节，小说表达是用故事，当然，进入二十世纪，小说故事已演化成非完整、非线性的故事。情节与故事的区别，我稍后再详细讲，这里只笼统地简略讲一讲。如果两个事件有因果关系，我们说它们构成了一个情节；如果一些事件并不一定有因果关系，但能构成一个整体，我们就说它们构成了一个完整的故事。戏剧舞台有一个限制，剧作里不能有闲笔，不然会分散观众的注意力。你不能演戏演得好好的，突然把主线停下来，让演员演一些无关紧要的事，观众的注意力一旦分散，再想重新聚合就非常难。所以，戏剧舞台必须做到情节环环相扣，牢牢抓住观众的注意力。情节的最大作用，说白点，就是现在网剧作者津津乐道的反转。戏剧的这种做法，与戏剧早年诞生时的环境有关。希腊戏剧的剧场是露天的，都建在山坡上，戏剧得跟美丽的风景、鸟叫虫鸣，争夺观众的注意力；中国戏曲的演出场地，一般是大户人家的院子。大家可能知道，民国时期中国人看戏的习惯是一边看戏，一边喝茶吃东西，热毛巾在观众头上飞来飞去，台下呼幺喝六，甚是热闹。戏曲不得不跟台下的这番热闹，争夺观众的注意力。环环相扣的情节，和中国戏曲的独特唱腔，都是克服风景吸引、台下吵闹的法宝。

小说就不一样了。小说是用来阅读的，中间你可以暂时停一停，很少有人不上班、不吃饭、不睡觉，用数十小时，一口气读完一部小说。读者通常像看连续剧那样，每天读一部分，断断续续，慢慢悠悠，用数天、十数天甚至数十天，把一部小说读完。这样一来，小说就可以有大量闲笔。人坐在安静之所读小说，并不怕闲笔分散注意力，闲笔恰恰成为适度的放松，额外的雅趣，回味的时机。表中列出，散文表达是用观感，我将来可能会把讲散文的录音，整理出来成书，到时你就会知道，"观感"不是一个单一的词，它包含印象和感想两个部分，它们彼此构成隐匿的特殊关系，了解两者究竟是什么关系，会大大改善你的散文写作，会让你发现好散文不散的原因所在。

相对诗歌、散文的早慧，小说出现得最晚。中国魏晋时期出现的小说，据说与僧人传播佛教有关，讲故事与绘画一样，对帮助目不识丁者理解教义十分有用。中国小说的正式诞生，应该归功于魏晋时期的笔记体小说，之前的神话传说、寓言故事等，只能说含有小说元素。西方小说主要诞生在文艺复兴时期，可以看作从史诗分离出来的体裁。捷克裔小说家米兰·昆德拉认为，塞万提斯促成了小说的再生，他倾向于把现代小说的真正精神，归为塞万提斯这个起点，认为塞万提斯小说的智慧是不确定的智慧，"塞万提斯的古老智慧——它告诉我们认识的困难和真理的难以捉摸"[1]。直到十九世纪初，西方短篇小说才由美国作家爱伦·坡，将它从小说中单列出来，并专门为它创造了小说理论。中国的短篇小说，大约起于先秦两汉的《燕丹子》等，成熟于明代的冯梦龙。考虑到现代小说续接的，是爱伦·坡开创的小说谱系，民国时期兴起的中国现代小说是迟到者，我们将把小说写作的重点，放在对这一谱系的追踪和把握上。

小说的作用

小说在人类生活中，悄悄发挥着不可或缺的作用，它设法满足了人类一些本能层面的需求。比方说，人人都有角色意识，这种意识体现在我们日常生活的方方面面，只要有机会，人人都想扮演先知、英雄、受难者等角色。人什么时候会泄露这种意识呢？不知你是否有过类似经历：你第一个知道了某个消息，你的家人和朋友还不知道，你是不是会急不可耐，想把消息告诉他们？为什么你会有这么做的强烈冲动？原因挺简单，你潜意识中想让大

1　昆德拉.小说的艺术，唐晓渡，译.北京：作家出版社.1992：19-20

家觉得，你是消息最灵通的人，是他们中的先知。你会把消息藏在心里一直独享吗？除非披露消息会给你带来惩罚，通常你会首选与人分享消息，不然你一定会百爪挠心，这就是想扮演先知角色的意识。就算披露消息会带来风险，有些人仍抵御不了透露消息的强烈诱惑，无法保持恪守秘密的清醒。如果你是评委，得知好友获奖，好友尚未知悉，而评委会规定正式公布前，评委不得向任何人透露，你这时会怎么做？我身边的太多事例揭示，你通常会冒险把消息透露给好友，因为你实在抵不住扮演先知角色的强烈诱惑。好友在公布前从你这儿得知消息，你就成为他眼中的先知。

你有没有发现，有些人在日常生活中还特别喜欢逞能？明知自己能力不足，却自不量力，偏去逞能。如果是真正的强者，就更喜欢用逞能来表现自己。这是什么意识在作祟？扮演英雄角色的意识！当评委的例子中，如果好友得知消息的同时还知道你是评委，他一定会想到，你为他获奖进行了斡旋，斡旋成功充分体现了你的影响力，你就成为他眼中的英雄。再比方说，当你在人际交往中处于弱势，比如被朋友骗走了一笔钱，心理上处于弱势时，你会怎么做？人会坦然接受自己的弱势？不会的！这时，人会设法把弱势转化为优势。如何转化？你通常会对其他朋友诉说，描述自己对朋友如何好，仁至义尽；朋友又如何忘恩负义、欺骗你，通过这些描述，你树立起自己是受难者的完美形象。人们一般会同情受难者，甚至相信受难者有高尚的品性，这样你就把心理弱势转化成心理优势。这种扮演受难者的角色意识，也突出体现于中国古代的隐逸文化。许多仕途受挫的文人，不会在心理上一直维持挫败的弱势，而是会设法把心理弱势转化为心理优势，用的方法也简单：通过归隐，即所谓朝隐、市隐、林隐等，标榜隐居生活的高洁，以获得鄙视仕宦生活的心理优势。宋代画家李成仕途受挫，选择归隐，通过创作"寒林"题材，来标榜归隐山林者的精神高洁，令仕途成为归隐者的心理凹地。"寒林"题材后来成了历代失意文人的精神依托，一处俯瞰仕宦生涯的心理高地。正是这种受难者完美的角色意识，帮助元代文人走出心理阴影，创造出文人画的高峰。大家都知道元代文人的可悲处境——社会地位低于妓女，仅高于乞丐，位居十等人中的第九等。他们无力改变处境时，会坦然接受这种弱势吗？当然不会！看看他们是怎么做的：江南文人几乎把自己与主流社会隔绝，推崇与主流社会疏远的价值观，赵孟𫖯因为进京入仕，遭到江南文人圈的唾弃。文人画因为抛弃了宫廷画的官家样，适合表现文人精神的特立独行，成为文人借画寄志的主体。元代戏曲起的作用，与文人画类似，同样是文人把弱势化为优势的精神工具。

美国学者做过一个心理实验，证实人有扮演角色的强烈意识。1971 年，斯坦福大学的菲利普·津巴多教授从学生中找来二十四位自愿者，分成两组，一组扮演狱警，一组扮演囚犯，共同待在模拟的监狱环境中。教授告诉"狱警"，你可以用你想到的任何方法维持监狱秩序。原来准备实验十四天，但实验进行到第五天，就不得不停止。为什么？大家都没想到，学生进入角色的速度之快，令人咋舌。第二天他们已进入角色，"狱警"甚至想出各种残酷的方法来折磨"囚犯"。"囚犯"屡屡反抗，皆被镇压，变得逆来顺受。有个"囚犯"受不了，打算离开，遭到其他人的嘲笑，他感到羞耻，决定不离开。他对教授说，我不离开，因为我是 819——囚犯没有名字，只有编号。教授提醒道，你不叫 819，你是某某某。学生这时才大梦初醒，想起自己是学生，不是囚犯。就连教授自己也同样如此，实验中"狱警"的一些做法不妥当，他应该叫停实验，但教授沉浸在实验中不能自拔，忘了他有权干预实验，直到来访者质疑"狱警"的行为，教授才紧急叫停实验。虽然后来有人质疑这个实验有若干虚假的内容，但我认为，其结论不受影响。实验表明，人性表现随环境而变化。人置身不同的环境，就会有不同的人性表现，会自觉扮演环境给予的角色。这个结论与我出境到一些国家或地区的观感，十分一致。

我常听到这样的议论：某某省的人不好，某某省的人好。走出国门，也会听到类似议论：某某国家的人不好，某某国家的人好。这样的议论，实则含着错误的假设，假定不同省份或国家的人有着完全不同的本质。实际上，无论人生在何处，无论东方或西方，国内或国外，人的本质并无不同。不同省份或国家的人，之所以言行表现有所不同，完全是环境使然。如果非要说人有什么本质，我看就是一句话：人是环境的奴隶。不同的国家或地区，等同于不同的人性环境，环境不一样了，人性表现也会有差异。相反，不同国家的人到同一个国家生活，时间一长，他们的人性表现也会变得相近。比如，不闯红灯的德国人，到法国或中国生活久了，可能就会闯红灯。王朔说，他的一些"坏人"朋友一到美国生活，都变成了循规蹈矩的"好人"。英国小说家约瑟夫·康拉德在《黑暗的心》中，就描述了文明的欧洲人，到了非洲如何变得不文明，如何令文明变得腐化，腐化的原因是环境变了。一旦离开受到束缚、必须文明礼貌的欧洲环境，"落草"到不受束缚的非洲环境，一些欧洲人的人性表现，同样会"野蛮"起来。这样一来，我们就可以把小说，看成一个类似津巴多教授做的实验，只是纸上营造的环境，让纸上的人物扮演不同角色而已。津巴多教授做的是监狱实验，我把小说做的实验，称为纸上的人性实验，通过虚拟各种环境，呈现人性的各种表现。一旦用小说的眼光，去看待不同的国家或地区，就容易理解为什么会有民族性。不同国家就等同于不同的小说，小说环境不同，小说里的人物就必然在人性表现上有差异，这些差异就是所谓民族性。我去德国时，有人告诉我，德国人认为意大利人是西方的中国人，中国人是东方的意大利人。比如，意大利人与中国人都重视家庭，注重美食，说话大嗓门，等等。这说明两个国家的人际关系和生活环境，有不少相似之处。

你会发现，小说不过是纸上的人性实验，国家或地区不过是人性实验的现实版。当我们谈论生活智慧，谈论把握人生和未来时，不要忘记，书店和图书馆里的那么多小说，都是可以学习的人性案例。那么多可以启发思考的人性卷宗，就摆在书架上，只等着你去翻开，这比去占卜算命、独享困惑要靠谱得多。你了解小说人物，实则是在了解你自己。比如，你读了法国作家圣埃克苏佩里的《夜航》，就会意识到，人在上下级的发号施令与服从中，尊严会悄无声息地制约着各自的言行，勾画出各自的言行边界。只要打开《夜航》这部人性卷宗，你对职场的认识和感受就会骤然加深，令你有了若干新的智慧。这不是说你内心原本没有尊严的需要，还得从小说中习得，实在是生存、晋升等压力，令它隐藏得太深，有时你得靠小说把它挖掘出来，令你观察现实时有了一双更真实、敏锐的眼睛。对常人来说，这双眼睛也是一双新眼睛。

人扮演角色的意识，在人们阅读小说时也会有所体现。不知大家有无这样的体验：女性阅读《简·爱》时，会觉得自己慢慢化身成书中的简·爱；男性阅读《简·爱》时，会觉得自己慢慢化身成罗切斯特。读者感觉自己与书中的人物合二为一，这叫移情作用。移情之所以会发生，原因就在于，人有扮演角色的潜在需求。人置身于日常生活，能扮演英雄、先知、受难者等角色的机会并不多，小说恰恰通过移情作用，满足人扮演各种角色的需求。至于人为什么会有扮演角色的需求，我有个老同学叫蔡恒进，他对此做过研究，认为是人的自我肯定需要在作祟。为了应对各种不利的环境，在对己不利时化不利为有利，或对己有利时扩大有利，以肯定自我，人需要扮演各种角色，来维护自己的心理优势，不让自己陷入心理困境。阿Q的精神胜利法，实则是人普遍有的自我肯定需要，借着"举世皆浊，唯我独醒"的先知角色意识，化心理弱势为心理优势。如果没有小说、戏剧、电影等，平日里你有多少扮演角色的机会呢？相当稀少！比如，英国小说家威廉·戈尔丁的《蝇王》中的人物西蒙，就满足了读者扮演先知和受难者角色的需求：西蒙最先发现岛上的水源，最先发现机长并没有死，最后又不幸被狂欢中的同伴误杀。西蒙因此成为小说中最迷人也最令人怀想的人物之一。通过阅读小说产生的移情作用，读者就能实现内心需要的角色认同，同时达成对人生至关重要的情感和智性训练，这是小说至今强大的内在原因。

小说的本质

我在《意象的帝国：诗的写作课》[1]一书中，曾提到人是携带着辩证法的动物，人出于追求安全和冒险的双重本性，会把这种人性悖论投射到人创造的所有文化中，诗歌不例外，小说当然也不例外。诗歌的本质是把不同的事物并置，这样就不涉及过程，对时间免疫了，也就是对时间不敏感——除非你刻意在诗中叙事。

1　黄梵.意象的帝国：诗的写作课.桂林：广西师范大学出版社.2021：154

古往今来，抒情诗之所以是诗的主体、王冠，原因就在于，意象完美应和了诗意背后的人性需要。你只需想一下，小说的本性是什么？当然是行动，没有任何行动的小说，会完全静止，就成了抒情诗。席勒和歌德曾探讨抒情诗与史诗的区别，认为抒情诗是静的，史诗是动的。你也可以看出，小说不过是史诗流落到当代的散文形式。我们如何从人性的辩证法，来理解小说的本质呢？辩证法同样会要求小说关涉两个旧事物，与诗歌把它们并置不同，小说是设法让两个旧事物对立。为何会要求它们对立？为何不像诗歌那样直接并置它们？因为并置不会导致人物的行动，不能产生新事物。如果你只是并置这样两个旧事物——"亚哈在海上打鱼"和"白鲸在海里生存"，亚哈不时出海打鱼，白鲸到处游弋，两者相安无事，除非亚哈刻意寻找白鲸，不然两者遭遇的概率几乎为零。如果这样，人物的行动，就产生不了任何新事物。一旦你将两者对立设置，像麦尔维尔的《白鲸》那样，设为"亚哈想找白鲸复仇"和"白鲸会反抗，甚至反杀捕鲸者"，对立就会迫使亚哈去行动，产生惊心动魄的新事物。比方说，亚哈带领一船人去大洋寻找白鲸，遭遇后两者殊死搏斗，最终同归于尽，等等。再比如，如果你只是设置"文书想到连队锻炼"和"连队对来者不拒"，文书来到连队，连队欣然接受，这样文书下到连队的行动就不会产生新的内容。一旦你像苏联小说家伊萨克·巴别尔的《我的第一只鹅》那样，设为"文书想下连队锻炼"和"哥萨克连队讨厌知识分子"，两者的对立就逼迫文书干出意想不到的事：他杀了房东的一只鹅，还打了房东。两个旧事物的对立，必然涉及较量的过程，这样的过程就是我们常说的推进，这样一来，小说就无法像诗歌那样对时间免疫，它不得不成为时间的奴仆。有些实验小说想像诗歌那样摆脱时间，说句实话，小说一旦摆脱了时间，就等同扬短避长，去捡拾诗的牙慧，它何尝能比诗歌做得更好呢？

如何理解文艺中的现代性？

不知你有没有察觉，现代小说与传统小说的最大不同，不是小说形式和手法的不同，而是小说意识的不同。我认为，小说意识的改变，是促成小说一个多世纪以来，不停冒险的真正原因，也是让部分读者对现代小说不理解甚至恼火的根源。关于小说意识，人们可以给出各种各样的定义和言说，但我想打个浅显的比喻：小说想探索的世界，好比一个女人，所谓小说意识，说白了，就是你看待这个女人的不同眼光。把她当情人看，她的缺点是你眼里的珍珠；把她当妻子看，她的优点你会视而不见；把她当母亲看，哪怕她与你格格不入，你也要处处袒护她。接下来你会追问，究竟是什么让你看待女人的眼光大相径庭？当然是你与她的关系！你是她的情人、丈夫还是儿子，会让你对她的关切点截然不同。什么重要、什么不重要，不是一成不变的，会随着你与她关系的改变而改变。回到小说，作为叙述者，你与世界是什么关系，会让你看待世界的眼光有霄壤之别。我在前面区分过古典人与现代人，你要么二者必居其一，要么是两者的混血。你究竟是古典人还是现代人，成了你如何看待世界的依据，也确定了你与世界的关系。

假如你是古典人，你见到的世界，就是笛卡尔信任的理性世界，你对理性的无条件支持，反映了启蒙运动的理想：认定理性能把人类带向美好的未来，即人人称羡的乌托邦。人对理性的信任，是否应该这样问心无愧？古典人是不会质疑的。现代人的起点，恰恰来自对理性的质疑。先不说生活中有多少事是理性很难把握的，比方说情感、性喜夸张和扮演角色的本能等，就算用理性构建的文明，仍然是一把双刃剑。按说，同为人类，国与国的纷争应该可以用理性化解，可是始料不及的战争总是会不时出现。按说，启蒙运动设想了理性的完美功用，一切与它接触的人都接受了它的理想，可是"一战""二战"的灾难恰恰说明，人一旦组成社会群体，个人有理性并不等于社会有理性。就算个人能像公式一样做到百分之百的理性，社会也不会像个人一厢情愿的那样，表现出百分之百的理性。制度能在多大程度上抑制社会的非理性，是尚未解决甚至无解的问题。再说，混沌学已揭示，公式也做不到百分之百的理性，比如，流体力学公式中就藏着蝴蝶效应，用大白话说就是，"如果有一只蝴蝶在南京扇动翅膀，纽约就会下一场暴雨"。这就是说，人信赖的理性中，悄然藏着避免不了的不确定，那是人把握不了的。混沌学让人如梦初醒：人期盼的长期天气预报，永无实现的可能。数学中的哥德尔定理还揭示了逻辑理性的局限，通俗地说就是：一个不自相矛盾的理性系统，无法判明自己系统内的事是真还是假，要想判明真假，必须借助系统外的其他系统。这里说的系统，可以是一个国家，一所学校，一家公司，一个人，等等。人们在哥德尔定理出现之前，早已懂得类似的道理，知道国家、公司、学校、个人等，自己对自己的评价很难客观，所以才会希望引入第三方评价。这也是普通人在乎别人怎么看自己的原因，再狂妄的人，内心也会对自夸心虚，深知他人嘴里的评价比自夸更客观。

　　理性中暗藏的种种魔鬼，把被启蒙运动过度赞美的理性，很多人心心念念追逐的工具理性，拖入了不可靠的境地。如果回头再看人自身，我认为，弗洛伊德揭示的无意识，让古典人认定自己可以百分之百理性的信念流于说教。理性本身的不可靠，加上人无法做到百分之百的理性，再加上就算个人有理性也不代表社会有理性，这些雪上加霜的不确定，就是现代人面临的理性困境，决定了启蒙运动信以为真的乌托邦——完美理性带来的完美社会——只是墙上的画饼，难有实现之日。如果大家意识到，那个一直折磨我们的自我，很多来自环境的塑造，即文明展示的都市生活，让每个人接受的竞争压力迫近极限，这样就容易理解，现代人不再像古典人那样，相信只有一个可以被理性把握的自我，现代人是信从自我可以分裂的，至少可以分裂出一个理性把握不了的自我。我认为，卡夫卡的《变形记》中，格里高利变成甲虫，就是将分裂的自我变成一个可见意象，即人兽合体的现代人，变成兽体人心的甲虫。格里高利起初还像古典人那样，抱定什么都可以挽回的古典信念，直到家人，即认定人是人、兽是兽的古典人，完全抛弃他，并不接受他的分裂，他才像现代人那样，无奈地接受困境带来的悲剧。

古典人被迫转向现代人的惊惧内心，我以为电影《海上钢琴师》已准确表达。电影主角，即邮轮上的弃儿1900，完全是个古典人，当他无师自通成为钢琴天才，为世人仰慕，他却对邮轮依依不舍，始终不肯下船。他爱上一个上船来又下船去的女孩，在朋友怂恿下决心下船去找她。他沿着舷梯下到一半，突然站住了，接着转身回到船上，从此再也不下船。多年后，报废的邮轮即将炸毁，朋友知道他一定还在船上，前去劝他下船，他死活不肯，最终与邮轮同归于尽。是什么挡住了1900唯一一次下船的冲动？当然是现代人生活的城市环境。下船那天，他站在舷梯上，看着对面纽约那无边无际的摩天大楼，他害怕了。是纽约无法把握的无限、陌生、未知、不确定，让他害怕。邮轮的有限、熟悉，让他可以把握一切，他迷恋狭小天地里的确定、不含混、可以预见，这是典型的古典人心理。他宁可与狭小熟悉的旧世界同归于尽，也不肯步入把握不了的新世界。施蛰存的《梅雨之夕》，揭示了一个古典人转为现代人时的困惑。读者可以感受到小说中"我"的分裂，那是一个顾及旧世界道德、想做到无可指责的"我"，要不然，"我"就不会特意把伞打得很低，生怕被熟人看见自己与少女同行；要不然，"我"回到家就不会撒谎，说和朋友吃过点心，害得自己晚饭只能少吃。"我"把握不了的另一个自我，始终被少女牵制着，路上这个自我逼迫他向少女献殷勤，令他幻想。如果这个自我是他可以把握的，当少女提醒雨停了，"我"就不会"蓦然惊觉"，回家路上失落之余，竟几度不知不觉想张开伞。民国时期的不少现代小说，都涉及古典人与现代人的冲撞与平衡。郁达夫的《沉沦》中，也表现了类似的自我分裂，只是主人公无法平衡两者，即难以把控的性需要与读书人的道德自审，屡屡难以调和、平衡，令主人公最终走向溺海的悲剧结局。

说一道万，一旦用现代人的眼光看待世界，古典人眼中的世界就成为你眼中的幻梦，变得不真切。古典人认为能实现的现代性，即通过启蒙理性可以实现的美好未来，你会认为已脱离人性与社会的实际。就像戈尔丁的小说《蝇王》把先知先觉赋予象征艺术家的西蒙那样，法国社会变动的残酷情节，让波德莱尔们率先察觉新的现代性。它大约可以称为文艺中的现代性，对启蒙运动料想的最后胜利，即现代性的实现（理想社会的实现），持相反的态度，认为并无可能。或者说，与启蒙运动的现代性正好相反，它是反对启蒙运动的现代性的，着眼于揭示现代性无法实现的尴尬、困境、肇因。这样的先知先觉，让诗人波德莱尔勾勒的巴黎，不再是光明之城，而是阴森幽暗的《恶之花》，人物的颓废似乎不可避免，也顺理成章。诗人 T. S. 艾略特诅咒伦敦是《荒原》，爱尔兰小说家詹姆斯·乔伊斯搬出当代平庸之辈布卢姆，与古代英雄奥德修斯对照，让布卢姆作为当代能贡献的可怜"英雄"，说明作家们不再把目光投向未来。为了拯救无可救药的当代，他们开始把人类的早期，视为无懈可击的理想，就如同中国古代文人进谏或陈情时，均会搬出远古的尧舜禹，作为治理天下的理想。进入二十世纪，一些质疑更直截了当的反乌托邦小说接连出现，如《我们》《美丽新世界》《1984》等，它们反映了现代人的焦虑：理想已破灭，理想甚至可能是更大的陷阱，这时该怎么办？启蒙运动并未料想，那些理性可控的古典人，没有一个能逃脱现代社会的异化，眼睁睁变成了理性不可控的现代人，没有一个不受自我分裂之苦。我认为，启蒙运动在赞叹理性的伟大时，忽略了一个重要事实：人不是机器，人有自身克服不了的人性悖论，令其文化也充满悖论，无法完全靠逻辑理性治理一切。或者说，启蒙运动的理想要想实现，必要求人成为机器人。

　　古典楷模已逝，未来还不可期，这就是现代人被堵在困境里的现实。一旦你认识到现代人的境遇，开始用现代人的眼光看世界、写小说，你的小说意识与古典小说的意识就有天渊之别了。所以，二十世纪的小说大师都是找到问题的大师，而不是解决问题的大师。他们与古代的冯梦龙迥然有别，冯梦龙的众多小说不只找到了问题，还自信可以用儒家思想轻易解决。解决的时代真会来临吗？我表示怀疑。有没有解决之道，你考察下自己的人性，似乎已了然。比如，你能在秩序井然、没有陌生感、没有惊喜的熟稔环境，生活多久而不想改变？人何时能克服"安全久了就渴望冒险，冒险久了就渴望安全"的悖论？如果你不能理解悖论不是谁强加给人的，而是人性的天然喜好，你就无法明白，为何悖论是创造诗意的法宝，矛盾和冲突是小说的真正动力。中国人自古以来的礼仪智慧、文艺创造，可谓各司其职，知道把人性安顿到社会和文艺中时，必须有不同策略。比如，朱熹当年有感于浙江、福建一带，抢婚、私奔等人性冲突过多，写下《家礼》一书，通过推广礼仪来减少人际冲突。可是，人总有不切实际的另一面，这类不谐、矛盾、冲突，也必须有地方安顿、释放，文艺就成了收罗这类冲动的箩筐。人天然喜好的矛盾、冲突，并不适合大量安顿到社会，让文艺大量接纳和安顿它们，是最无害的选择，所以，说文艺是社会的减压阀，并不为过。这样就可以看清，一旦要求文艺像礼仪那样，发挥消除冲突的和谐功用，人性中的大量矛盾和冲动，就会流向社会。

我将对比两首简单的诗，让你对现代性问题有具体、直观的感受。

普希金《假如生活欺骗了你》

假如生活欺骗了你，
不要忧郁，也不要愤慨！
不顺心时暂且克制自己，
相信吧，快乐之日就会到来。

我们的心儿憧憬着未来，
现今总是令人悲哀：
一切都是暂时的，转瞬即逝，
而那逝去的将变为可爱。[1]

---

1 普希金.假如生活欺骗了你.穆旦，译.南京：译林出版社.2017：241

黄梵《爱情挽歌——致 ZXL》

请你接受我迟来的问候吧，那时你一尘不染
玉、丝绸一样爱着心中的皇帝
回想起来，你是一朵玫瑰，却没有怒放过
那天，蜻蜓在幽绿的水面即兴弹奏
我带给你的，只是一场落日的完整

回想起来，那天多辽阔，而生活多破碎
你的心在缩紧，我却婉言告别
只要轻轻一说，你的苦恼就属于过去
我偏停在那个时刻……现在你依然
不能代替我选择，沉默依然是生活的炼金术啊

但我在你的爱中，懂得了虚妄、多余
遥远的你，还会问："可以吗？"
现在，我的心里没有了寒光闪亮的刀子
风吹夜窗，我在为你撒下几滴眼泪
人生多神秘，而你的旧爱已日渐沉重 [1]

第一首诗看待世界的态度，是典型的古典人态度。普希金很自信，认定诗中描述的生活哪怕遭遇挫折，依旧是可控的，未来完全可期，会抵达理性期盼的"快乐之日"。正因为我们等待的未来，会用幸福来补偿过去的挫折，那么当下的困难就变得可以

---

1 黄梵 . 月亮已失眠 . 南京：江苏文艺出版社 .2018：72

忍受，它终将成为回忆中的"可爱"。第二首诗看待未来的态度，则大相径庭。按正常逻辑，一个女子期待与你恋爱，却被你拒绝，此后彼此再无联系，你的未来就跟她没什么关系了。可是诗中是怎么写的？现在的你，心里没有了"刀子"，就是不再有当初拒绝她的冷酷、寒气，你在为女子撒下"眼泪"，"人生多神秘，而你的旧爱已日渐沉重"。就是说，你从过去走向未来（现在）的历程，令你发生了始料不及的变化，女子那份原本不会影响你的"旧爱"，竟然在你心中慢慢生根，越来越"沉重"，你从当初拒绝女子的冷酷，变成现在为她撒下"眼泪"的有情，完全出乎你的预料。你现在的心境，并不是你当初可以预期的，说明你的未来根本无法预见，正是这种无法把握的无常，才是"人生多神秘"的肇因。第二首诗主要传递的是，人在过去笃信的未来不会像信念那样一成不变，人来到未来，可能会后悔过去的所作所为。一言以概之，普希金用理性描述的对未来之信念，一旦移植到现代生活中，难免会失效。

这样就可以理解，为何易卜生会用一生的戏剧，反复考察人性之谜。比如戏剧《人民公敌》，就反映了个人有理性与社会无理性的冲突。剧中医生坚持的理性，之所以会给他的命运带来无常的变化，根子当然还在人性里。个人组成的人群，对事物的理性思考甚至远远低于个人，这样一来，非理性的看法就容易大行其道，反过来，对个人理性还会产生排斥。剧中，小镇的人为什么会对污染温泉的事实视而不见？当然是害怕财富受损。若进一步追溯人性的原因，会发现，人们害怕失去自我肯定，而唯有源源不断的财富可以帮他们完成自我肯定。人们对医生理性陈述的怀疑、不信任，不过是鸵鸟策略，用幻想的"事实"自欺欺人，这样当真相出现时，可以继续用幻觉进行自我肯定。可以想见，一旦人对自我肯定的事反应过度，他就并非真的很自信，只是为了不让自己滑向自我怀疑。所以，剧中医生命运的无常，来自他人人性中那些自我肯定与怀疑的较量，这是各种不确定产生的根源。

我再举生活中的例子。大学毕业时，我的同班同学都认定，他们这辈子肯定会从事与专业有关的工作。三十多年过去，现在从事本专业工作的同学，只剩寥寥数人，其他同学从事的职业五花八门，比如其他专业的教授、中学教师、官员、校长、厂长、商人、企业家等等，我则阴错阳差成了作家。毕业时，哪怕我们都用理性严谨规划过未来，自认用专业能力夯实了未来，未来仍脱离了当初的预期。所以，人生无常，未来不可期，是大概率的事，也是现代社会的特质之一。这类现代性的困境，要求写作者不要把人、社会、未来过度理想化，现代社会的复杂现实，早已让人很难相信乌托邦了。美国小说家 F. S. 菲茨杰拉德的小说《了不起的盖茨比》，可以视为讲述爱情乌托邦破灭的心酸故事。盖茨比对黛西一往情深，他如同一个古典人，对爱情怀有乌托邦的信念和期许。但他不知黛西嫁人以后，已非他初恋时的黛西，她是一个不期待未来、只及时寻求利益的现代人。黛西出车祸，撞死了丈夫的情人，盖茨比表现出古典人的自我牺牲精神，主动顶包，承担了车祸责任。黛西的丈夫煽动死者的丈夫，开枪杀死了盖茨比，黛西竟没参加盖茨比的葬礼。举办葬礼那天，她悄然和丈夫赴欧洲旅行。一个古典人和一个现代人的恋爱故事，谁会成为牺牲品？结果可想而知。

第二课
小说的整体结构

穿甲模型

模型背后的人性

我打算利用自己的所长，谈一谈小说的整体结构。所谓所长指的是什么呢？我的本科专业是飞行力学，毕业后留校任教，在实验室待过两年。实验室每天会产生大量数据，需要用模型把数据联系起来，进行分析。从数据中找出模型，就是我的任务或所长，与我现在要做的事十分相像。我脑中存着大量小说文本，我能否找到一个模型，足以概括多数小说？如果有这样的模型，就意味着大家可以掌握大部分小说的写作规律，对想闯入小说之门的写作者足堪大用。我在大学开设文学写作课以来，有时做梦都在找模型。在新诗写作课中，我为写新诗诗句找到了四种模式，教学效果甚佳。我自然寻思，小说中是否也找得到这样的模型？把写作说得玄而又玄的书很多，但能给写作者提供具体抓手的书，少之又少。2019 年我讲小说时，给学员提供的是"山坡模型"；2020 年我找到了更好的"穿甲模型"，不只与多数小说文本高度吻合，还让初写者更容易掌握。所以，一开始，我不会教大家写有缺漏成分的非完整小说，我会竭力引导大家先探究小说的常规结构。

假如把小说人物看作一枚穿甲弹，那么，我们先考察第一种情景：穿甲弹会如何表现？穿甲弹从地面出发，假如在空中没遇到任何障碍物，它当然会毫发无损地落回地面。图9中的地面代表顺境，穿甲弹的飞行轨迹表明，人物从顺境出发，经历整个故事而没有受挫，故事结束时依旧处于顺境。

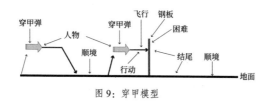

图9：穿甲模型

穿甲弹的目的是穿甲，只是毫无阻拦地飞一遭，穿甲弹的意义就没有实现。穿甲弹代表人物，穿甲弹向前飞行，表示人物在行动；穿甲弹没有受阻，表示人物在小说中没有受挫。就是说，一开始是顺境，中间也是顺境，最后还是顺境。如果人物觉得自己一直处于顺境，始终是幸福的，还会努力改变现状吗？如果人物不做出努力，只是按部就班地生活，行动就不会有什么新意，这样的小说恐怕连你自己的生活都不如，还有什么看头？至少你在生活中还会受挫，受挫后免不了有种种人性表现，或采取行动，或一味消沉，或敷衍了事，等等。所以，小说对穿甲弹不穿甲，即人物的行动不受挫，不会感兴趣。你添加再多的幸福之事，比如吃得幸福、住得幸福、玩得幸福，都无法让行动焕发生机；只有让行动遭遇挫折，行动与阻挡它的东西才能碰撞出新事物。设法让行动受挫，阻挡行动的障碍物，就是穿甲模型中穿甲弹想射穿的一块块钢板。小说里可不能一块"钢板"都没有，无论如何都不能也不该让人物顺顺当当地行动。

穿甲弹穿甲的具体情景是：穿甲弹起飞后，遇到一块钢板，我把它称为困难。为什么要设置困难？主要是利用人遭遇困难时的应急反应，来推动人物行动。我举个例子。如果有人把你推进水里，除非你得了严重的抑郁症，本来就不打算活了，否则，你一定会拼命挣扎，不会甘心让自己往水底沉。曾有学者做过实验，把得了抑郁症的老鼠扔进水里，它扑腾两下就不动弹了，认命了。但凡一个正常人被扔到水里，都会做出一切努力，克服溺水的困难。小说要利用人遭遇困难时的反应，来推动人物行动，所以，困难的设置非常重要，它正是穿甲弹想克服的对象，这也意味着人物的行动会有方向。就像落水的人会拼命浮出水面，而不会拼命往水底钻，人物克服困难的愿望，使人物的行动不会无的放矢。现代小说中的人物所遭遇的困难，不一定来自外部，很多来自人物的内心。比如，博尔赫斯的《埃玛·宗兹》中，埃玛为了替父报仇，必须让水手糟蹋自己。对一个从未恋爱的十八岁女子而言，困难来自她的内心，如果无法克服内心的厌恶和排拒，就无法实施下一步的复仇行动。再比如，英国作家弗吉尼亚·伍尔夫的《到灯塔去》中，拉姆齐一家想去灯塔，因天气不好未果。直到战后的一天，拉姆齐才带着孩子到达灯塔。拉姆齐去灯塔遭遇的困难，乍看只是小小的坏天气，似乎是换一天就可以克服的小困难，伍尔夫为何偏让拉姆齐到战后才克服呢？实际上，拉姆齐等人遭遇的困难，不只有天气的小困难，还有来自内心的大困难，直到历经了"一战"的沧桑，他们才予以克服。

困难的大小和多少，对应着钢板的厚薄和数量。如果穿甲弹最终卡在钢板里，没有落地，说明人物没有克服困难，小说以逆境结尾，是悲剧。如果穿甲弹射穿了钢板，落到地面，说明人物克服了困难，小说以顺境结尾，是喜剧或悲喜剧。穿甲模型之所以可以用来描述小说，主要是它模拟了人性中最深刻的关切——碰撞。宇宙中的星体运行，归纳起来只有两种样貌：要么各行各的稳定轨道，与其他星体和睦相处，井水不犯河水；要么因引力失衡，与其他星体发生碰撞，引发灾难。置身社会的人，和星体十分类似，归纳起来同样只有两种生活样貌：要么与他人和睦相处，要么与他人发生碰撞（冲突）。人类漫长的进化史，令人积累了太多碰撞的经验教训，不管碰撞来自星体对地球的摧残，还是来自地壳板块之间，暴风雨、沙尘暴、洪水、海啸与人之间，人兽之间，部落之间，种族之间，国家之间，人际之间，等等，这些碰撞都给人留下了恶劣印象，成为人刻骨铭心的记忆和关切。人心理上会偏向铭记挫折，这样就容易吸取教训。比如，为了避免人际碰撞带来的不良后果，人类发展出了礼貌，用来规避陌生人之间甚至熟人之间的碰撞。每个国家的礼貌背后，都是血淋淋的冲突史，礼貌可谓人际碰撞教训倒逼出的文明之花。与和睦相处相比，人偏向于铭记挫折、失败、灾祸等，无非是因为，人要想正常生活，和睦相处必须是常态，必须避免人际碰撞，必须时刻警惕碰撞的发生。老话说的"好事不出门，坏事传千里"，其背后的心理机制，就是人对坏事的警惕。当人渲染别人的坏事，使之成为笑料，不经意会起到警示自己和他人的作用，对维护共同体的和睦十分有利。人置身于日常生活，会竭力用礼貌等避免碰撞，这不代表人愿意忘记碰撞的教训，相反，担心自己会遭遇碰撞、身陷灾祸的心理，令人对碰撞之事格外关切。只是，他希望这样的关切，对己是无害的，他可以找到一处安全之所，旁观那些碰撞的发生，"亲眼"目睹那些碰撞造成的严重后果，同时还不会连累自己。这样的神奇所在，人类已经为自己创造出来，它，就是小说！可以说，碰撞是小说的粮食，没有碰撞，小说一天也活不下去。如同人类胚胎的生长会重现人类的进化史，人置身于彼此和睦的生活，会靠小说来"重现"碰撞的教训史。用小说来消遣的社会学意义，不言而喻，它既能释放人对碰撞的本能关切，也能通过"预演"种种碰撞，起到暗中警示个人、维护共同体安全的作用。穿甲模型比星体更加专注碰撞之事，专事穿甲的穿甲弹们，仿佛是为碰撞而生、为"制造"碰撞而设计的，这是穿甲模型可以有效模拟小说，揭示人性深层关切的根本原因。

最简单的穿甲模型

穿甲弹穿过第一块钢板后，落到地面。（图 10）

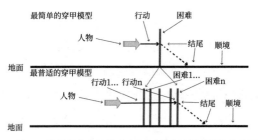

图 10：最简单的穿甲模型（上）/ 最普适的穿甲模型（下）

它对应的小说结构是，人物从顺境出发，遇到第一个困难，激起人物克服困难的行动；人物克服困难后，得到顺境的结局。巴别尔的《战马后备处主任》就完全符合此模型。农民们一开始就围住红军，辱骂首长，并叫参谋长评理，因为红军骑兵用疲惫、生病的驽马，换走了农民健硕的使役马。骑兵们要继续打仗，只有此招可使。面对农民要求评理的困难，参谋长除了佯装聆听，完全无计可施。就在此时，战马后备处主任打马而至。主任刚说出致敬农民的漂亮话，就见一匹驽马应声倒下。倒在地上的驽马令困难倍增。这就是说，穿甲弹要穿过的钢板，比我们预料的还要厚。不过，钢板再厚，也难不倒穿甲弹。主任是个会周旋的老油条，他开始与农民说歪理，说如果马倒下就不再是马，农民可以找苏维埃赔偿；如果马又能站起来，它就仍然是马。主任认为刚倒下的那匹驽马肯定能站起来。他一边抓住鬃毛，一边用鞭子拼命抽马，驽马居然真的站了起来。这相当于穿甲弹成功射穿了钢板，主任克服了困难。最后，战马后备处主任威风凛凛地进了队部，令农民哑口无言。这相当于穿甲弹穿过钢板，落到了地面，表明小说以顺境结尾。当然，结尾对农民来说可不是顺境，但小说人物主要是写主任，写马争气地站了起来，令农民有苦说不出，对主任来说当然是顺境。

如果钢板很厚，穿甲弹穿不过，一直卡在钢板里，就代表人物行动到小说结束时，仍没有克服困难。这样的小说有卡夫卡的《城堡》。土地测量员 K 面临的困难是，城堡不接纳他，直到小说结束，城堡当局也只给他送来临时居住证，还是没有真正接纳他，他仍置身于困境中。最简单的穿甲模型，已可以概括一些高深的现代小说，我把它写成如下公式：

最简单的穿甲模型（一般适合中短篇）

穿甲弹→（飞行→钢板）→结局（或卡在钢板里，或落地）

↓

人物→（行动→困难）→结尾（或逆境，或顺境）

上述模型极其简单，穿甲弹要么穿过钢板，要么卡在钢板里，分别代表小说的两种结局：要么经历磨难后，皆大欢喜，进入顺境；要么费尽周折，仍未克服困难。前者是喜剧或悲喜剧，后者是悲剧。当然，很多小说不会像模型揭示的那样简单，可是，再复杂的小说，它的基础还是上述的简单模型，万变不离其宗。也就是说，最简单的穿甲模型，是构成复杂小说的基本单元。

最普适的穿甲模型

再来看更复杂的穿甲模型。其实说起来也不复杂，只需增加钢板数量。你可以设想有两块或两块以上的钢板，那么，钢板数量的上限是多少呢？没有上限！完全由你根据小说需要来设定。不管有多少块钢板，穿甲弹穿甲的结果只有两种，要么穿过最后一块钢板，要么卡在最后一块钢板里，没有第三种情况。你可能会说，穿甲弹有可能穿过了前几块钢板，后几块钢板毫发无损。如果是这种情况，后几块钢板的设定对小说就没有意义，可以拿掉。因为小说中的任何困难，如果不被人物行动去经历、去尝试克服，就是没有用的摆设。你看，无论有多少块钢板，都是前面那种简单模型的叠加，穿甲弹不管穿过多少块钢板，最后要么落地，要么卡在钢板中，它对应的小说结局是，人物要么克服了困难，要么还卡在困难中。海明威的《永别了，武器》中，男女主人翁为爱付出了行动，克服若干困难后，结尾时还是卡在最后一个困难中。两人成功偷渡到瑞士，却遇到最后一个困难——女主人翁面临流产。不幸的是，困难没有克服，女主人翁因流产死在医院里。大家可以参看图10中的"最普适的穿甲模型"，那是设置了若干钢板的穿甲模型，可以揭示小说的普适结构，我把它写成如下公式：

最普适的穿甲模型（适合中短篇或长篇）

穿甲弹→（飞行1→钢板1）……（飞行N→钢板N）→结局（或卡在钢板N里，或落地）

↓

人物→（行动1→困难1）……（行动N→困难N）→结尾（或逆境，或顺境）

（N没有上限，但至少为1）

人物在小说中的命运，跟穿甲弹的命运是一样的，就是注定跟阻挡它的钢板较量。再复杂的小说无非是跟穿甲弹较量的钢板比较多。总之，小说中的人物跟穿甲弹一样，是苦命的，要不断对付一块又一块钢板。卡夫卡的《变形记》中，格里高利清晨醒来就遇到第一个困难：他变成了甲虫。这个困难出现后，你看他是怎么行动的？他首先试图以人的方式驾驭甲虫的身体，也就是说，他并不认同自己的甲虫身份。之后，他作了一番努力，吃尽苦头，才开始学会以甲虫的方式驾驭身体。比如，慢慢习惯在墙壁和天花板上爬动。当他不得不接受自己的甲虫身体，他遭遇了第二个困难：面对他的甲虫样貌，父母还认同他是儿子、妹妹还认同他是哥哥吗？他如果不行动、认命，家人就会认定他是甲虫。所以，他采取行动，竭力证明他还是格里高利，是父母的儿子、妹妹的哥哥。可是他的行动没有奏效，随着家人越来越讨厌他的甲虫特性，比如爬动时把墙壁和天花板弄脏，家人对他的认同危机愈演愈烈。最后他没有克服这个困难（相当于卡在最后一块钢板里），在家人的疏远中孤寂死去。从《变形记》可以看出，设置困难很重要，要是没有"人变甲虫"这个困难，后面的认同问题根本不会出现。

海明威的《老人与海》，作者设置的第一个困难是：八十四天了还没找到大鱼，老人接下来会怎么行动呢？如果老人认命，不继续出海找大鱼，这部小说也就不会诞生。老人当然会迎难而上，为克服困难继续出海找大鱼。等老人克服了第一个困难，终于找到大鱼，第二个困难适时出现：他能制服大鱼吗？小说用了相当多篇幅来体现老人克服困难的行动，他和大鱼搏斗了三天三夜，筋疲力竭时才制服大鱼。紧接着，第三个困难出现了：他拖着大鱼返航时，遭遇鲨鱼群，鲨鱼开始疯狂撕咬大鱼。老人怎么办呢？他继续采取克服困难的行动，用绑着刀子的船桨与鲨鱼搏斗，试图驱赶鲨鱼。等到鲨鱼群散去，大鱼被啃得只剩了空骨架，老人面临第四个选择：要不要把空骨架拖回渔村？拖回渔村，就意味着第四个困难出现——把空骨架从外海拖回陆地，不只疯狂，也要付出相当多努力。如果选择就地扔掉空骨架，等于第四个困难没有出现。海明威毕竟是大作家，没有放弃设置困难的良机，他适时给老人设置了第四个困难：他能否看似荒唐地把空骨架拖回渔村？当老人拖着空骨架回到渔村，小说的意义也得以显现。对渔民而言只剩空骨架固然是悲剧，可是对老人而言却虽败犹荣，恰恰体现了海明威推崇的硬汉精神。这同样是人类需要的精神胜利法，与阿Q的精神胜利法一样，都来自人的自我肯定需要。

卡夫卡的《变形记》和海明威的《老人与海》，完全吻合普适穿甲模型中的第一种情况，即人物没能克服最后的困难。巴别尔的《我的第一只鹅》，乍看吻合第二种情况，即小说结束时人物克服了最后的困难，转入顺境，实则吻合第一种情况，且听我详述。有博士文凭的文书来到六师师部，打算下连队锻炼。师长首先警告他，这里会把戴眼镜的人整死，问他是否真来住上一阵？文书没有被第一个困难吓住，仍跟着设营员去了哥萨克连队。一到哥萨克营地，有个哥萨克战士给他来了个下马威，不只嘲讽他，还把他的箱子扔出院子。面对这第二个困难，文书的反应与遭遇第一个困难时一样，仍是毫不畏惧地克服，他捡起箱子回到院子里。接着，他面临第三个困难：所有哥萨克人都不搭理他。文书为了与哥萨克人打成一片，起身行动，狠心杀了房东太太的一只鹅，拳打了房东太太，得到哥萨克人的赏识，最终融入了哥萨克连队。文书遭到警告、扔箱子、受众人排斥，相当于穿甲弹遇到第一、第二、第三块钢板；文书杀鹅以克服困难，相当于穿甲弹射穿最厚的第三块钢板；文书融入连队，转入顺境，相当于穿甲弹成功穿甲落地。细看小说结尾会发现，巴别尔还为文书悄悄设置了第四个困难，此困难不来自外部，而来自文书的内心：

> 苏罗夫科夫这话是指列宁，他是师部直属骑兵连的排长，后来我们到干草棚去睡觉。六个人睡在一起，挤作一团取暖，腿压着腿，草棚顶上尽是窟窿眼，连星星都看得见。
>
> 我做了好多梦，还梦见了女人，可我的心却叫杀生染红了，一直在呻吟，在滴血。[1]

1　巴别尔.红色骑兵军.戴骢，译.杭州：浙江文艺出版社.2003：39-43

当文书与哥萨克官兵融洽地睡在一起，表面上他达到了目的，似乎已进入顺境，可是他的内心百般煎熬——他为自己打了房东、杀了房东的鹅，做了违背知识分子良心的事感到痛心。小说结束时，他未能克服内心的这个困难，所以，巴别尔特别强调，他的心"在滴血"。

博尔赫斯的《埃玛·宗兹》，则完全吻合普适穿甲模型中的第二种情况。埃玛是个十八岁的青年女工，从未谈过恋爱。一天她接到外地来信，说她父亲自杀了。想到父亲被她现在的老板栽赃，被迫流落到外地，她决定为父报仇，杀死老板。博尔赫斯为埃玛设置了两个主要困难。第一个困难，为了留下被老板强奸的"证据"，让自己不被警方追究，她必须去码头找个水手糟蹋自己。让一个完全白纸一张的女子做这件事，她内心会面对巨大的困难。所以，她被水手糟蹋后，博尔赫斯写道："由于身体受到糟蹋而引起的悲哀和恶心淹没了恐惧。悲哀和恶心的感觉缠住她不放，但她还是慢慢地起来，穿好衣服。"[1]第二个困难，是要求她"演戏"，假扮成告密者，赢得老板的信任，以便进入老板的办公室，设法杀死老板。对一个涉世不深的单纯女子而言，演戏和杀人当然有着巨大的难度。所以，她给老板打"告密"电话时，博尔赫斯写道："她说话声音颤抖，很符合告密者的身份。"[2]读者与老板对她声音的颤抖，感受完全不同。读者意识到，颤抖来自她涉世不深的杀人恐惧；老板认为，颤抖来自告密者的惯常反应——怕自己告密的行为被别人知晓。埃玛历经内心的磨难，先后克服了博尔赫斯设置的两个困难，成功杀死老板，随即转入顺境。以下是《埃玛·宗

1　博尔赫斯.阿莱夫.王永年，译.上海：上海译文出版社.2015：69

2　博尔赫斯.阿莱夫.王永年，译.上海：上海译文出版社.2015：66

兹》的结尾部分。

> 狗的吠叫提醒埃玛现在还不能休息。她把长沙发搞得乱糟糟的，解开尸体衣服的纽扣，取下溅有血点的眼镜，把它放在卡片柜上。然后，她拿起电话，重复说出已经练了许多次的话："出了一件想不到的事情……洛文泰尔先生借口要了解罢工的情况，把我叫了来……他强奸了我，我杀了他……"
>
> 这件事确实难以想象，但是不容人们不信，因为事实俱在。埃玛·宗兹的声调、羞怒、憎恨都是千真万确的。她确实也受到了糟蹋，虚弱的只是背景情况，时间和一两个名字。[1]

因为有强奸的"证据"，埃玛为自己卸掉了杀人罪名，既实现了为父报仇的初衷，又让自己步入顺境，能继续正常生活。

如果你把**最简单穿甲模型**中的一块钢板，灵活地理解为多块钢板，就是说，把最简单小说模型中的一个困难，灵活理解为多个困难，把行动理解为多个行动，那么你记住最简单的穿甲模型足矣。这样，小说的最普适结构，就可以简单表述为如下公式：

穿甲弹→（飞行→钢板）（多段飞行、多块钢板）→
结局（或卡在钢板里，或落地）
↓

1 　博尔赫斯 . 阿莱夫 . 王永年，译 . 上海：上海译文出版社 .2015：71-72

人物→（行动→困难）（多个行动、多个困难）→结尾（或逆境，或顺境）

钢板厚度相当于困难大小，越厚、穿甲越困难，相当于人物行动时越难克服困难。钢板加厚，人会设法造出更具穿透力的穿甲弹，困难变大，也会造成人物产生自发性行动。什么叫自发性行动？作家写小说时，一般不会只设置困难，还要把如何克服困难的每个情节、步骤、细节都想好。写作中有即兴发挥的巨大自由，写作者要充分利用这种自由，在设置困难后令人物产生本能的自主反应。就像人落水后的自救或呼救，格里高利变成甲虫后，渴望摆脱认同危机，即让家人认同他还是人。比方说，高考的难度偏低，只要你上培训班就能考上大学，那么人物遇到高考困难时，就不会想尽办法去克服，只会上培训班了事。再比方说，你突然被困电梯，这个困难比较大，你这时还需要别人告诉你怎么行动吗？你马上就知道该怎么行动，会想尽办法自救，这些行动就是由本能驱使的自发性行动。如果突然发生地震，你正坐在屋子里，难道你会继续坐着一动不动？不会！你会立刻行动，且是自发性地行动！小说人物也一样，只要置身于较大的困难中，你作为拥有人物心灵的写作者，就会自发推动人物去行动。这些行动往往不是事先想好的，这是很多作家的写作秘密。比如，英国小说家萨克雷的小说情节，都是下笔时临时拟就的。你只要设置好困难，**让困难比较大**，下笔时，困难就会自动推动人物朝前行动，这种写作也可以称为**自发性写作**。讲到这里，你可以看出，规则与自发性写作是写作的左膀右臂。没有规则，自发性写作一来得不到有效激发，二来会变得散漫无边。而没有自发性写作，规则的意义很难完全体现，你写作时也很难兴奋，因为把什么都想好的写作，跟抄写没什么两样。这样的写作激发不了想象力，缺少即兴发挥产生的奇思妙想和灵光一现。

我前面讲的小说普适结构模型就是规则，可以用理性把握，可以下笔前预先想好。但规则之外，可以自由畅想的空间还很大，就可以悉数交给自发性写作。

人物行动的推动力：需求

讲完小说的整体框架结构，我们来聚焦人物的行动，看人物行动究竟包含哪些内容。我们还是回到穿甲模型，穿甲弹穿甲的时候，穿甲弹与钢板的较量，必定会给穿甲弹施加**作用力与反作用力**。作用力是穿甲弹的冲击力，相当于促使人物行动的推动力；反作用力是钢板阻止穿弹前进的阻力，来自阻挡人物行动的困难。（图 11）。作用力与反作用力构成对立，是一个对子，会同时施加到人物身上，这是小说的核心，甚至可以说是文学的核心。如果你在一篇作品中，发现不了作用力与反作用力，或者说发现不了加诸人物身上的对立力量，这篇作品就很成问题。作用力与反作用力，或者说对立，不仅存在于文学，也普遍存在于人类的所有文化中。你在文化的任何领域都能找到对立，原因就在于，对立来自人性深处的悖论。**人天然有追求安全与冒险的双重本能**，这是令人性充满悖论的原因。比方说，落实到希腊雕塑，你会发现，人性悖论演化成了对立平衡原则。你看，古希腊艺术家波留克列特斯的著名作品《持矛者》（图 12），雕像肩高的一侧，就追求胯低；肩低的一侧，就追求胯高；腿用劲的一侧，手臂就放松；腿放松的一侧，手臂就用力。

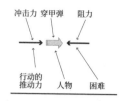

图 11：穿甲时的力学分析图示

图 12：波留克列特斯《持矛者》，罗马大理石副本，
现藏意大利那不勒斯国立考古博物馆

　　希腊人通过摸索发现，人体姿态只要遵循对立平衡原则，视觉上会给人完美之感，让人本能地喜爱。对立在古希腊雕塑中比比皆是。对立同样存在于体育比赛中。甲方与乙方比赛时，观众为什么会看得津津有味？无非是甲方与乙如同作用力与反作用力，彼此构成了对立。你想想看，如果甲方以 100 比 0 大胜乙方，这样的比赛还有看头吗？为什么观众不喜欢看比分悬殊的比赛？如果是 3 比 1、3 比 2 甚至 3 比 3 呢？你会发现，双方比分咬得越紧，观众就看得越兴奋。我那个研究人工智能的老同学蔡恒

进认为，势均力敌，意味着比赛瞬息万变，随时可能反转，这样会加剧观众的紧张感。一旦一方犯错，被另一方抓住战机，突然拿下一分，这样的骤变，我认为迎合了人性的另一需要——对变化的期待。人天生会冒险的本能，创造出期待变化的心理，与旧诗规定平声或仄声不能连续超过三个，如出一辙，都是靠变化摆脱熟稔的乏味，通俗地说，就是喜新厌旧。同时，势均力敌会令结果难以预料，拉长反转前的期待，令观众产生对己方有利的种种幻想，这些幻想可以一时满足观众自我肯定的需要。蔡恒进和我都认为，就算胜利或失败，赢得艰难、输得不易也比赢得轻松、输得容易，更能让观众获得强烈的自我肯定。你看，一场势均力敌的体育比赛，活脱脱成了人性的演练场，难怪会撩得观众不能自拔。

我讲诗歌时，曾谈到所谓辩证法，说人根性上是携带着辩证法的动物。辩证法的本质，就是既对立又统一。既然人摆脱不掉辩证法，那么人创造的文化包括文学，同样也摆脱不掉辩证法。希腊雕塑的对立平衡原则，还可以称为对立统一原则，人体姿势不光追求对立，还追求这些对立的整体平衡，就是整体上追求和谐统一。辩证法过去曾被人讲滥，令大家听得耳膜起茧，早已反感。不管你的感受如何，它真的揭示了人的真相：人会把本能中的悖论，投射到所创造的文化中，包括审美。辩证法不让你的认识滞留于事物的某一面，它总让你看到另一面，这会给你带来超越的视角——超越国家、团体的一己视角，拥有一双真正的人类之眼，让你真正看得清、想得透。我举个例子。很多人一定会这样想：只要怀着善意做善事，一定会给社会带来进步，对不对？你看见路边孩子在乞讨，马上出于慈悲心把钱放进他的钱罐，你会觉得自己这是行善，并安心地认为你的举动一定促进了社会文明。如果你有辩证法的思维，看到行善的这一面时，就会看到行善带来的另一面：恶行。无数像你一样心怀慈悲的人，往乞讨儿童钱罐投进的钱，可能养活了一个乞讨产业，这个产业会把无数正常儿童故意弄残，逼他们上街乞讨。你们投进钱罐的钱越多，致残的儿童也越多。你看，是不是事与愿违？印度电影《贫民窟的百万富翁》讲的就是这种事。黑帮控制了乞讨产业，他们弄瞎孩子的眼睛，逼孩子去乞钱。如果大家都不朝钱罐投钱，很多孩子可能就不会致残。反过来，并非出于善意的行为，一定会导致不好的结果吗？不一定！比如，市场经济就是充分利用人的私心，利用人想比别人过得好的非平等心理，激励人们创业，甚至讨价还价，最后带来的结果却是好的：资源得到最佳配置，服务齐全周到，交易公平，社会和谐。难怪奥地利经济学家哈耶克，引用诗人荷尔德林的话说：所有通往地狱之路，原先都是准备到天堂去的。他着重提醒的，就是初衷与结果的背离，两者之所以会出现这么大的背离，当然与人性的悖论有关。

人究竟应该如何去做，才能避免初衷与结果发生背离？好愿望如何才能产生好结果？我以美国 NBA 比赛规则为例来说明。NBA 预见到，赛季过半，强队会全部挤到前头，剩下的弱队可能会弃赛，这是人性必然导致的结果。为了防止球队弃赛令球迷无球赛可看，NBA 设计了挽留弱队的规则：凡打到倒数前三名的球队，有优先选秀的权利。NBA 深谙人性，没有止步于这个规则。你可以设想，如果只有这个规则，会出现什么情况？这个规则的初衷是好的，若只有这个规则，人性会怂恿剩下的弱队比赛时故意输球，确保自己能打进倒数前三名。这样会出现一边倒的比赛，这是球迷和 NBA 不愿看到的。所以，NBA 对这个规则附加了限制：凡打进倒数前三名的球队，有优先抽签选秀的权利。抽签不一定真能抽到新秀，但又极有可能抽到新秀，越早抽签的球队，抽到新秀的概率越大。这样的规则既可以保证球队不弃赛，毕竟还有选秀的诱惑，又可以保证不出现一边倒的比赛，毕竟打进倒数前三名也不一定能抽到新秀，与其不一定抽得到新秀，还不如获得名次尽量往前靠的口碑，万一不敌对手，落进倒数前三名，抽签选秀也算安慰，甚至有可能抽到新秀来个咸鱼翻生。可见，NBA规则包含着对人性的深刻洞察。要想让好愿望带来好结果，不依据人性来设计恰当的规则，绝无实现好结果的可能。文学就是依据人性，对行动进行演练和预判的纸上试验场。

讲了这么多，无非是说对立来自人性。你写的作品里若不包含作用力与反作用力，或者说对立，你也不要写了，因为不符合人性。为什么说我们不能写那种自始至终幸福和谐的小说？就因为它不包含对立，违逆了人性深处的悖论。歌德对此人性早有深刻的洞察："世界上事事都可以担受得起，/除却接连不断的美好的时日。"（歌德《格言诗二十六首》）[1]。歌德的意思是，生命最不能承受的，是延绵不绝的美好。这样的美好意味着一成不变，不再有新鲜感。比如，普通人把长寿视为美好，设想一下，如果长寿的美好延绵不绝，人可以永生，那么再有趣的事，是不是都会被永生化为无趣甚至可怕？事情再有趣，也经不住时间的长久消磨。所以，我们人生的有趣或精彩，恰恰来自人不能永生，短暂使人生迸发活力，精彩纷呈。日常生活中，人总期待变化，喜欢听到戏剧性的消息，或巴望什么事有戏剧性的变化，而所谓戏剧性，它的根基还是对立。比如，看足球赛时，人们一方面期待双方势均力敌，你争我抢踢得精彩；另一方面又期待一方能抓住另

1　歌德等 . 秋日：冯至译诗选 . 冯至，译 . 北京：外语教学与研究出版社 .2019：43

一方的差错，出人意料地实现突破。所谓突破，就产生于原本势均力敌的双方，突然间出现了不平衡，作用力与反作用力的一时失衡，是导致戏剧性出现的原因。借用穿甲模型，当穿甲弹还没穿透钢板时，作用力（冲击力）与反作用力（阻力）彼此较量，一旦穿甲弹成功穿过钢板，表明作用力与反作用力的对抗彻底失衡，反作用力突然消失了，事态就处于戏剧性变化的时刻。如果大家看网剧，就会发现，网剧抓住观众注意力的法宝是戏剧性的剧情，他们称为反转。反转既不能每时每刻出现，又不能相隔太长时间，拍网剧的人都知道，五分钟是最佳间隔。当作用力与反作用力彻底失衡时，反转就会出现。反转没有出现，说明作用力与反作用力还在较量，还在胶着。有趣的是，作用力与反作用力的关系，在小说中与在自然中是一模一样的，没有作用力也就不会有反作用力。

作用力就是人物行动的推动力，它来自何处？美国教创意写作的作家杰里·克利弗认为[1]，激励人物行动的动力，来自人物的渴望。我部分认同克利弗的看法，他相当于解释了穿甲弹的初始推动力，即认为作用力或者行动推动力的来源是**渴望**。我认为，刑警们在各种案件中寻找的**动机**，才是人行动的真正推动力。动机产生于人的需求，需求的轻重缓急可谓大相径庭，小到有人因妒忌拿钥匙尖把别人的新车划出道儿，大到有人因贪财或仇恨杀人越货等。需求与渴望有所不同，不是所有需求都达到了渴望的烈度。克利弗的**渴望说**，比较适合概括古典小说，在那里需求变得比较极端，刻不容缓。根据我的写作和阅读经验，我则提出**需求说**。原本平衡的生活一旦出现不平衡，人就会产生试图恢复平

1　克利弗. 小说写作教程. 王著定，译. 北京：中国人民大学出版社. 2011：53

衡的需求。比如，你一向衣着得体，可是有一天，你的衣服被钩破，得体的生活也就失衡，这时你就会产生买新衣服的需求，以便恢复得体的生活。现代小说中的需求，不一定都很极端，有些需求远没有达到渴望的强度。比如，卡佛小说中的一些人物，导致他们行动的需求就比较轻微。卡佛在《取景框》中，让"我"产生的照相需求既随机又轻微，只起到一时平衡心理的作用，远没有达到麦尔维尔的《白鲸》中亚哈复仇的需求烈度，无法起到试图永远平衡心理的长久作用。当一个不会游泳的人掉进水里，他拼命挣扎的力量，来自他脑中不想死的强烈渴望，这时的求生需求才有渴望的烈度。所以，把小说人物行动的推动力，即作用力的来源归结为需求，这样既能概括古典小说，也能概括现代小说，概括小说中千奇百怪人物的大大小小的行动。

回到穿甲模型，穿甲弹靠初始推动力推动后飞行，代表人物被需求推动着开始行动；穿甲时，出现阻挡穿甲的反作用力，就是物理学说的阻力，代表阻止人物行动的困难出现。这样，就可以把人物行动遭遇的困难，表述为人物需求推动的人物行动遭遇了困难。

行动→困难 = 需求→行动→困难

克利弗的渴望说，是让渴望不断受挫。我提出的需求说，与克利弗的规则类似，就是让人物的需求遭遇一系列困难，令需求不断受挫。古典小说为了让人物的性格典型化，作家会尽量让困难变大，因为他们认为，最大的挑战才能让人的性格展现得淋漓尽致。这当然是有道理的，但也不总是有道理。比如，安娜卧轨赴死的行动，确实充分展现了她性格刚烈的一面，所谓"宁为玉碎，不为瓦全"。但她扑向车轮的刹那，行动中出现的躲闪和意识中的惊诧，却有违她的典型性格。这说明什么？说明人物深层意识导致的反常行动，并不符合通过激烈挑战就能揭示典型性格的逻辑。安娜行动中的矛盾，实则预示了二十世纪的小说人物，将部分脱离揭示典型性格的古典逻辑。

当然，你熟悉现代小说之前，还是应该先熟悉古典小说的做法。古典小说比较倾向同时加大需求和困难，把人物逼到墙角，使人物显现典型性格。比如，你走在大街上，有一个魁梧的家伙突然拿刀子对着你，你会怎么办？你这时的需求当然是求生，需求达到了渴望的烈度，求生与有人对你动刀子构成了对立，对立的烈度会令你的性格显现。有的人撒腿就跑，显现了胆小怕事的性格；有的人从兜里掏出刀子，显现了硬汉的性格；有的人不逃，也没刀子可掏，而是用冷静的言语设法让对方稍安勿躁，显现了冷静、理智的性格。人物在小说中光有这些反应，还远远不够。吓得逃跑的人，如果真跑得没了踪影，动刀子的情节就白白设计了。就算跑，也要让他摔跤，或遇到路障、险情等，要让他的求生需求遭遇一系列困难。如果写硬汉掏出了刀子，就不能写成他一招制敌，瞬间解决了问题，要像博尔赫斯写格斗那样，斗上好些回合方见分晓。这样写才是小说，**小说是过程的艺术，与诗歌作为瞬间的艺术**迥然有别。小说对重要的过程不能敷衍了事，要用过程充分展示人物的需求，与行动时遭遇困难的艰辛对立。

我先举古典小说的例子。麦尔维尔的《白鲸》一开头，就给亚哈船长设置了需求：他有一条假腿，这条腿是被白鲸迪克咬掉的，他决心复仇。复仇的需求很强烈，达到了克利弗讲的渴望烈度。作家为了强化复仇的需求，让亚哈认为，白鲸迪克是故意找他茬儿，咬掉了他的一条腿。接下来，作家给复仇的需求设置了大大小小的诸多困难。最大的困难有二：一、要先找到白鲸迪克才能复仇，可是大海茫茫，到哪儿才能找到迪克呢？二、就算历经艰辛找到了迪克，亚哈能战胜迪克吗？别忘了，上次与迪克的遭遇，已令他丢掉一条腿。小说结束时，找到白鲸的亚哈并未真正战胜迪克，他和迪克打成了平手——同归于尽！只有一个船员活着回来，讲出这个惊心动魄的故事。麦尔维尔作为故事的操盘手是残忍的，如果不是为了留下一个亲历者回来讲故事，他恐怕不会让任何船员活着回来。亚哈一开始就有的复仇需求，最后得到满足了吗？只能说部分得到了满足，白鲸迪克如亚哈所愿，死了；但他也不得不一同陪葬，实非自己所愿。你看，古典小说倾向于把需求和困难都推到极限，以激发人物采取惊心动魄的行动，令人物性格得到淋漓尽致的展现。

现代小说中，需求和困难当然不会消失，只是，需求与困难较量时，烈度不总是那么高，有时甚至比较轻微。以巴别尔的《我的第一只鹅》为例，小说开头，博士生文书的需求是下连队锻炼，他偏偏被派往哥萨克人组成的六师。师长提醒他，这里会把"戴眼镜的整死的"，哥萨克人不喜欢知识分子，把他们称为"四眼"。文书遇到这个前景堪忧的困难，如果马上打退堂鼓，小说就没法继续下去。文书当然会硬着头皮，不顾师长的提醒继续下连队。来到哥萨克连队居住的院子，文书再次遇到困难：有个哥萨克士兵把他的箱子一把扔出了院子。文书没有气馁，捡起箱子回到院子里，可是等着他的是更大的困难——所有哥萨克人都不搭理他。他躺在草堆上，寻思着破解之道。他向房东太太要吃的，房东太太抱怨起来，他马上对房东太太当胸打了一拳，并拔出军刀，劈死了院子里的鹅，恶声恶气地命令房东给他烤鹅。他表现得特别凶，有违他作为知识分子的一贯做派，然而这却是克服困难的破解之道，可以赢得哥萨克人的好感。果然，准备吃饭的哥萨克人主动跟他打招呼，"你的鹅还没烤熟前，先坐下来跟我们一块吃点儿吧……"[1]。文书顺利融入了哥萨克连队，小说开头的需求得到满足。按说小说到此可以结束了，但巴别尔让文书晚上睡觉时，内心遭遇新的困难，那是他凶巴巴对待房东太太时，隐在他心里的困难，他做了有违知识分子良心的事——打了房东太太，杀了鹅。面对内心遭遇的困难，巴别尔让文书在心里采取了行动——忏悔："可我的心却叫杀生染红了，一直在呻吟，在滴血。"[2] 这篇小说人物的需求和困难，都没有达到《白鲸》的烈度：文书想与人打成一片的需求，无法比拟亚哈复仇的烈度；文书被人疏远的困难，无法比拟亚哈遭受的生死之劫。

我再举个需求更轻微的例子。卡佛在《软座包厢》中写早已离异的父亲，决定去探望远方八年未见的儿子。儿子一向与他有隔膜，他甚至认为是儿子造成他与妻子离异，八年来他与儿子未通过一次电话，彼此感情淡漠。某天他一时起意，坐长途火车去看儿子。火车徐徐进站时，他心里突然冒出不想见儿子的念头。

> 他站起来，拿下手提箱，放在大腿上，透过车窗，看着外面这个可恶的地方。他突然觉得自己其实并不想见男孩。这个发现让他吃了一惊，冒出这种想法真有些低劣，让他很羞耻了一阵子。他摇了摇头。在这一生可笑愚蠢的行为里，这次旅行说不定就是他干过的最愚蠢的事。[3]

1　巴别尔.红色骑兵军.戴骢，译.杭州：浙江文艺出版社.2003：42
2　巴别尔.红色骑兵军.戴骢，译.杭州：浙江文艺出版社.2003：43
3　卡佛.大教堂.肖铁，译.南京：译林出版社.2009：59

哪怕他为突然冒出的念头感到羞耻，最终还是没有走出车厢，没有与儿子相见，他跟着火车离开了儿子所在的城市。可以看出，他见儿子的需求，完全没有达到渴望的烈度，不像亚哈为了实现复仇的渴望，可以历经艰辛，可以拼命。没有！他见儿子的需求，轻飘地来自一时起意，又因一时起意的念头，消失无踪。所以，需求对现代小说人物的意义就在于，起因与行动的力度、大小不一定成正比，不一定是大因大行动、小因小行动，完全可以错搭成小因大行动、大因小行动等。《软座包厢》中的父亲，因一时起意的"小因"，触发了坐长途火车的"大行动"；又因临时起意的"小因"，导致了不见儿子的"大行动"。需求说里包含的因果观，与克利弗渴望说里的因果观，是很不一样的。克利弗强调的渴望，都是"大因"，以便与小说中的"大行动"匹配。"大因"导致的"大行动"，确实给古典小说带来了太多的精彩，但这个过于简单的因果观，无法概括更复杂、更微妙的现代小说。需求说里包含的因果观，我留待后面再举例详解。

古典小说《白鲸》里的迪克顶翻了船，令较量双方同归于尽，对立的烈度达到极限。现代小说《我的第一只鹅》里的文书，为了融入哥萨克群体，举刀杀了房东的鹅，对立的烈度降低不少。就算文书采取了打房东、杀房东的鹅这样"激烈"的行动，也没有像古典小说那样揭示文书的典型性格。因为打人、杀鹅的事，是他模仿哥萨克人的性格干的，与他自己的性格无关；或者说，打人、杀鹅的事，压根不能揭示他的典型性格。两篇小说的结尾，人物都没有完全步出困境：同归于尽只能算部分克服困难；而文书内心的忏悔表明，他克服内心困境的努力还在继续。

英国作家夏洛蒂·勃朗特的《简·爱》，是结尾进入顺境的典范。就人物遭受的太多磨难来说，作家的"残忍"可谓"变态"。小说一开头，就让简·爱双亲亡故，她被交给舅舅抚养。可是没多久舅舅就死了，她只好跟着舅妈。舅妈十分刻薄，导致她与舅妈对抗，被送进孤儿院。按说日子可以过顺当一些了，偏偏院长不是善人，简·爱过了近十年磨难的日子，终于有机会摆脱孤儿院，去当家庭教师。你看，作家接着会让人物如何受苦。她让简·爱爱上了像花花公子的罗切斯特，当她答应了罗切斯特的求爱准备结婚时，才发现关在三楼的女疯子是罗切斯特的妻子。这个巨大的困难（法律不允许罗切斯特重婚），不只令结婚化为泡影，还令简·爱仓皇逃离罗切斯特。远离罗切斯特的日子里，作家让简·爱差点跟表兄结婚，赴印度传教，这无疑是给简·爱与罗切斯特的旧情，添加彻底熄灭的风险。好在表兄并不爱她，说简·爱适合做传教士的妻子，令她下定决心离开表兄。不久她得到消息，罗切斯特的庄园被烧毁，他双眼失明，这时简·爱才主动去找罗切斯特，坚定不移地要和一无所有的罗切斯特结婚，令小说结尾转入顺境。你看作家多狠心，为简·爱的一生，为她与罗切斯特的爱情，设置了多少艰辛的困难。可是，不这样设置，小说能触动人吗？能让历代读者着迷吗？

讲到这里，我可以根据需求说列出小说的最终模型和框架公式：

穿甲弹→（初始推动力→飞行→钢板）→结局（或卡在钢板里，或落地）

（初始推动力最好是单个，飞行、钢板可以是多个）

↓

人物→（需求→行动→困难）→结尾（或卡在困难里，或转入顺境）

（需求最好是单个，行动、困难可以是多个）

我有两个个人心得，可以分享给大家。

第一个心得：如何用一句话来理解小说？如果小说用一句话就能洞悉秘密，写作者就容易借助它，形成可以时刻提醒自己的小说意识。穿甲模型的要点，用一句话来表达的话，就是**将穿甲弹的飞行过程陌生化**。换成小说语言，就是**将人物的经历陌生化**。我讲新诗写作时，专门讲过陌生化（参见《意象的帝国：诗的写作课》[1]），这里只作简略介绍。

"陌生化"最早由俄国文学批评家什克洛夫斯基提出，他是俄国形式主义组织彼得堡小组的领袖人物。他有个发现，并称之为"自动化"现象："动作一旦成为习惯，就会自动完成。譬如，我们的一切巧熟都进入无意识的自动化领域。谁要是记得自己第一次握笔或第一次说外语的感受，并以之与自己后来第一万次做这些事时的感受相比较，就会同意我们的意见…… '也就是说作了无意识的行动，那么这就等于根本没有过这回事……如果许多人一辈子的生活都是在无意识中度过，那么这种生活如同没有过一样'。生活就是这样化为乌有。自动化吞没事物、衣服、家具和对战争的恐惧。"[2]他的意思是，日常生活中的某件事只要多做几遍，人们对它就不怎么关注或者视而不见了。比如，你的女同事刚做了新发型，头一天，她会给所有同事耳目一新的感觉，可是随着时间的推移，大家对她的发型就视而不见了。原因就在于，一而再再而三，天天看见她的新发型，就出现了所谓"自动化"现象，

---

1 黄梵.意象的帝国：诗的写作课.桂林：广西师范大学出版社.2021：201

2 什克洛夫斯基.散文理论.刘宗次，译.南昌：百花洲文艺出版社.1997：9-10

通俗地说，就是审美疲劳，大家不再觉得她的新发型有什么新鲜感。日常生活中，堆积着形形色色过于熟稔的"漂亮表达"，比如，风景如画、光阴似箭、明月如镜，等等。可以想见，这类表达第一次出现时，会引起读者的极大关注和赞叹。可是，多少年来，人们一遍又一遍反复使用这类表达，哪怕它们当初再新颖，读者也不觉得有什么新鲜感了。"自动化"现象令读者忽略它们，甚至腻烦这类"鸡汤"式表达。如果你的写作表达落入这样的境地，就太失败了。问题是，文学写作不可能避开日常熟悉的事物，可是过分熟悉又没有人关注，写作者该怎么办呢？什克洛夫斯基提出的解决之道，就是"奇异化"（陌生化），即设法让熟悉的事物变得有些陌生。如何才能做到这一点呢？什克洛夫斯基认为："艺术的手法是将事物'奇异化'的手法，是把形式艰深化，从而增加感受的难度和时间的手法，因为在艺术中感受过程本身就是目的，应该使之延长。"[1]就是说，**增加人感受事物的难度，延长人感受事物的时间，就可以使熟悉的事物陌生化**。比如，大家上课到现在，已经熟悉了我这张脸，与第一次上课相比，它早已失去了新鲜感；也没有什么感受难度，大家对它的感受时间很短，会一掠而过。如果我下次来上课，脸上涂满了绿色或红色颜料，大家会有什么反应？你们一定会盯着我的脸看，很明显，大家会花比平时更多的时间去感受，还会觉得感受难度比平时大，因为原本熟悉的脸变得有些陌生了。

穿甲弹飞行途中设置的钢板，会拉长穿甲弹的飞行时间（与没有钢板相比），钢板也会增加穿甲弹的飞行难度。把穿甲模型用语翻译成小说语言，小说的所有作为可以理解为：**延长人物的**

1　什克洛夫斯基.散文理论.刘宗次，译.南昌：百花洲文艺出版社.1997：10

经历过程，增加经历的难度，其实质是将人物的经历陌生化。从前述的《简·爱》可以看出，勃朗特是用整整一本书来延长简·爱获得幸福的过程，可谓耐心十足，且加大了简·爱获得幸福的难度，比如，罗切斯特的疯妻突然出现、简·爱的表兄差点娶她去印度、罗切斯特园毁眼盲，等等。我把《简·爱》中两个人物经历的陌生化历程罗列如下：

简·爱→*幸福*→*父母双亡*→*舅妈刻薄*→*孤儿院院长人坏*→*家庭教师*

简·爱→*爱情*→*门第*→*疯妻*→*表兄赴印度*→*罗切斯特园毁眼盲*→*结婚*

罗切斯特→*爱情*→*花花公子*→*门第*→*疯妻*→*园毁眼盲*→*结婚*

跟在黑体字后面的楷体字部分，都是让幸福或爱情不容易实现的困难，是让经历陌生化的部分。

写小说时，只要记住两个要点——"延长经历的时间""增加经历的难度"，你就不会陷入束手无措的状态。

关于第二个心得，我写短篇小说时，一旦想好人物，会先设置一个初始困难，让初始困难迫使人物产生需求，这样人物就会在需求推动下采取行动。比如，我写《费马的灵感》时，设置的人物是银行职员，业余演抗战戏，给人物设置的初始困难是他的表演遭到众人指责，令他一时想退出剧团。写到这里，我自然想到该给人物一个需求，来解释为何他演戏心不在焉。什么样的需求，可以让他敷衍当时大家都看重的抗战戏呢？我想出他正逼近解决著名数学难题的核心，因为他是业余数学爱好者。此需求一出，小说剩余的部分就很容易写，只需给需求的实现设置一些困难即可，结尾时解决数学难题也行，不解决也行。考虑到研究数学的需求产生在战争环境，我就利用战争来设置困难，让银行职员在梦中证明了费马大定理，但得而复失——他做梦时遭遇空袭，醒来发现自己躺在医院里，因震成脑震荡，再也想不起梦中的证明。小说结尾，把证明费马大定理的荣耀，给了四十年后的德国青年数学家。这篇小说只有演戏的银行职员和初始困难（职员老演不好戏）是预先想好的，接着出现的研究需求（爱好数学，想解决费马大定理）、研究需求遇到的困难（跑防空洞、死亡威胁、证明得而复失）和结尾（费马大定理被他人证明），都是写作时临时想出的，属于即兴发挥，或者说属于自发性写作。可是一旦写成，整篇小说在读者眼里就仿佛经过了精心的谋篇布局，给人所有情节都是预先设计的印象。当然，你先设置需求，再设置初始困难也行，我反其道而行之，算是如何触发即兴情节的个人经验。此经验用公式可表达如下：

初始困难→（需求→行动→后续困难）→结尾（任何结尾均可）

我以加拿大作家爱丽丝·门罗的《熊从山那边来》为例来说明。小说中的丈夫格兰特与妻子菲奥娜正幸福地安度晚年，却不想菲奥娜出现了失忆症，这是小说开头出现的初始困难。为了治疗菲奥娜的失忆症，格兰特把妻子送进医院。没想到，住院不久，菲奥娜恰恰因为失忆症忘了自己还有丈夫，还与别的病人发生了恋情。格兰特为了克服这个新的困难，夺回菲奥娜，每天去医院旁观这对情人打牌、陪二人看电视等，希望菲奥娜能想起自己，但各种努力均告失败。后来菲奥娜的情人被家人接走，菲奥娜饱受思念之苦，患上心病，身体每况愈下。格兰特为了救妻子，去找菲奥娜情人的妻子玛丽安，请求玛丽安把菲奥娜的情人送回医院，但玛丽安不肯。格兰特不惜与对自己有意的玛丽安发生关系，以"说服"玛丽安。当格兰特把菲奥娜的情人送回医院，准备给菲奥娜惊喜时，菲奥娜再次因为失忆症完全忘了情人，却认出了眼前的丈夫，终于回到格兰特身边。我把小说中格兰特和菲奥娜遭遇的初始困难、需求、后续的种种困难及结局罗列如下。

格兰特→*菲奥娜失忆（迷路）*→**盼治愈**→不舍→菲奥娜忘记丈夫 + 与奥布里恋爱

→**夺回菲奥娜**→屡屡失败→菲奥娜得心病→玛丽安不肯→菲奥娜想起丈夫

菲奥娜→*失忆症（迷路）*→**盼治愈**→忘记格兰特

→**爱情**→奥布里回家→心病→想起丈夫

斜体字部分是两人的初始困难，黑体字部分是两人的需求，楷体字部分则是两人的需求遭遇的困难。可以看出，这个例子与我总结的心得是吻合的。对菲奥娜来说，"想起丈夫"既是她医院恋情遭遇的最后一个困难，即终结恋情的那个困难，也是她小说历程的团圆结局。

习题：

给大家五分钟，自编一个小说梗概，就用我讲的方法和结构，即先想好人物和需求，再设置一系列困难；或者先想好人物，再设置初始困难，这样人物就会产生需求，接着你给这个需求继续设置困难，最后导致任何结果都行。梗概写约一百字即可，不要多写，几十字也行，写梗概时不要出现有代入感的描写，这类描写要到你根据梗概写通篇时才有用。写梗概的目的，是为了让你弄清需求、行动、困难之间的关系。

学生练习一：

我设置的人物是一个农村单身女子，初始困难是她被造谣，说她不守妇道，夜深人静幽会一个男子。她的需求是希望邻里乡亲和谐，能听她解释这个误会。结尾是她独自死在屋里，半个月后才被人发现。故事的起因是：一天晚上她救了一个捕蛇人，需要用酒消毒，她就找隔壁老王借酒。老王很好奇，她干吗要借酒，而且还在深更半夜来借，就偷偷跟着她，发现她屋子里多了一个男人。他的举动被女子发现了，女子就解释说自己其实是在救人。第二天，另一个邻居也察觉夜里的动静，老王跟这个邻居说，这个女人私下幽会男子。谣言很快传遍了整个村子，大家对女子冷言冷语。老王跟女子说相信她的解释，但跟其他人却说她跟人幽会，以此显摆自己消息灵通。女子知道真相后，选择自杀。有个男子救了她，因惧怕舆论，他也不敢站出来为她说话。

点评：

你可以设置这样一个场景：老王在她面前保证守口如瓶，可是她有一天路过某个场合时——比如一群人正在某家院子有说有笑，她与那个院子隔着一堵墙，老王正把她的事情当成笑料说给那群人听，碰巧被她在院墙这边听到了，这对她刺激很大。可以把老王如何做、女子如何知道等变成一个场景性的东西。场景在小说里不仅重要，也更有说服力。你用我心得里讲的方法，把需求确定得更准确些。女子救人后，出现谣言这个困难，她的需求应该是希望别人相信她的清白，一旦这个困难无法克服，她采取了希望消除困难的行动——一死了之，一了百了。需求确定准了，就可以瞄准这个需求，继续为后面的行动设置困难。梗概总体上是成立的，可以做一些避免老套反应的改善，比如，女子不一定非要自杀等。另外，梗概中尽量避免有代入感的描述，这些描述会干扰你，不容易看清梗概最应该呈现的主要关系。

学生练习二：

上世纪90年代有个农村女孩，她一心想到城里来。刚开始她家在农场，农场给每户人家分配一个招工名额，如果招上去，她就可以成为农场的正式职工，她去参加了考试。后来城里有个酒店招工，但她发现很多人走后门，这是她遇到的困难。怎么办？她去找了外公，外公以前是单位的干部，通过外公的关系，她顺利得到招工名额。她到酒店工作后，与酒店一个男孩恋爱。她被招进酒店时需要交一笔保证金，现在她想让酒店把钱退还给她，就撒谎说家里有人得了重病。酒店真把钱给她了，不久发现她在撒谎，把她开除。但男孩还是和她结婚了，婚姻中她地位低下，生孩子时得了病，没得到及时治疗，最后病故。

点评：

我问你一个问题：她不是想进城吗？怎么会去参加农场的考试？（学生回答：对，她是想进城，但初始困难是她素质低，所以在进城的过程中遇到了各种各样的问题。她第一次考试是为了成为农场职工，但被父母逼迫，让给了哥哥。）那这个故事是真实的还是大部分是编的？（学生回答：是编的。）

编得还是蛮好的，你让人物活得很辛苦。你一共设置了五个困难：第一个是农场招工的困难，她把名额让给了哥哥；第二个是酒店招工走后门的困难，她找外公解决了；第三个是被开除的困难；第四个是在家里地位低下的困难；第五个是生病的困难，最后没能克服。你对人物的残酷程度，也不亚于经典作家。只是还需要思考一下需求问题，你给人物设置的进城需求和你设置的五个困难，都可以构成对立吗？如果你把需求设置为她梦想找个城里人成家，过上有品位的生活，这样的需求就能涵盖五个困难。比如，农场里有下放的知青，女孩的第一个目标是招进农场，和知青成家。不然，参加农场招工与进城的需求就不太搭，对吧？

大家千万不要小瞧梗概，很多作家就是靠梗概来写作的。我们课上讲的技巧，他们早已烂熟于心，这些技巧可以帮助他们即兴写作，并不需要预先打腹稿。但梗概对写中长篇是必需的，因为它提供了整体结构、人物关系及故事方向。剩下的情节、场景、细节等，作家完全可以靠即兴写作来应对。我写长篇，往往只拟出一个梗概，就开始写。就好比走路，梗概给你标出了主要的路标，你只要路经这些路标，小说就能大致推进到梗概划出的领地上。前面说过，诗歌是局部难、整体易，小说正好相反，整体难、局部易。大家一开始要学会小说的整体思维观，抓住整体。你写长篇小说抓不住整体，自发性写作就会成为混乱的帮凶。

课后作业：

用下列结构之一编一个自己最想写的小说梗概（字数不超过两百字）。

小说整体结构公式

1. 人物→（需求→行动→困难）→结尾（任何结尾均可）

2. 人物→初始困难→（需求→行动→后续困难）→结尾（任何结尾均可）

结尾写作法

我一直强调写作如写信，等于强调你的笔里有一只野兽，你既要与野兽共舞，尊重它的野性；还要与理性为友，找到适度驾驭它的方法。我有个实践多年的经验，可以作为方法之一。我写作时，会在小说普适结构的规则中，**添加一个规则：下笔前想好小说结尾**。在小说结构规则中添加结尾的方法，很好使，我的很多短篇都是这样写成的。

我喜欢把目光投向生活或新闻，从中汲取的精华不是什么故事，我总是想知道结果——真正让我激动的，是形形色色事件的结尾。这些由现实逻辑演绎的结尾，包含着人们正承受的重负。我并不想走进原型故事，我知道，如果这样的结尾是唯一的，那么导致它的人性逻辑仍千差万别，我就没有必要只依赖原型故事。一来，这些故事过分聚焦利益，对结尾的诠释比较简单，涉及的人性表现也浅表；二来，现实故事固然颇具魔幻色彩，但已经套路化，这些套路来自社会机制对事件产生的潜在影响。我会快刀斩乱麻，把道听途说的故事或新闻，砍得只剩一个结尾。然后，我打算自编一个故事或数个情节，来搭配这个结尾。

这种写法颇像做数学证明题，结论在前面等着你，就看你能否从假设出发，自圆其说，演绎出结论。数学证明题里的假设，相当于作品开头的场景，就看你有无本事从某个场景出发，用即兴编造的故事或情节，演绎出你选好的结尾。有没有这个结尾，写作可大不一样！打个比方，你从南京出发，要去上海，"上海"就相当于选定的结尾。你可以从苏北绕过去，可以坐沪宁高铁直接过去，可以从赣南绕过去，还可以先到杭州再去上海。因为途中没有规定怎么走，你可以自由选择线路，或短或长，或有趣或有想象力，或浪费时间或节约时间，只要抵达上海，你旅行的意义就达成了。不知情的外人回头看你的旅行路线，就觉得你"别有用心"，很像经过精心的预谋。从南京到上海不止一条路，相当于同一个结尾有许多故事或情节与之对应，故事或情节的不同当然来自人性的不同表现。如果你从南京出发，不知道要去哪里，就算途中有即兴选择路线的自由，你旅行的意义也很难达成，因为你不知道途中的自由会把你带到哪里，旅行在哪里结束才算完成、完整。

结尾写作法，一来迫使你的写作面对未知，能极大激发想象力，松开捆绑你的理性锁链；二来，已有的结尾，提供了故事或情节发展的方向和目的地，使即兴发挥的自由，避免陷入漫无目的、混乱、结构失调。我就这样添枝加叶，利用无数现实结尾，写了十数年短篇小说。直到近年教写作课，我才发现，两百年前就有人发明了结尾写作法，发明者是爱伦·坡。我由此明白爱伦·坡为何被誉为短篇小说之父，因为结尾写作法让人的两个自我巧妙配合，让理性的自我守着结尾，耐心等着即兴发挥的自我，朝它一路冲过来。短篇靠数个即兴发挥的神奇冲刺，就能把故事或情节带到结尾；但长篇会改变读者对冲刺的感受，如果即兴发挥的路途太漫长，途中的一个个冲刺，也就失去了方向和目的地。海明威等三大师的伯乐——编辑麦克斯·铂金斯给作者写的建议中，有一条就涉及结尾的使命："你只有到结尾的时候才能了解一本书，所以其余部分必须修改得和结尾相一致。"[1]

有人就算领悟到结尾写作法的妙处，仍会把写作开头和中间拥有过多自由视为一害，感觉无所适从，希望有若干路标能帮他加速孕育场景和情节，这时就得小心谨慎。我认为，至多再提供一个故事梗概，对短篇来说就已足够，以免心头堆积过多的理性限制，会吓退你写信时才能体会到的写作自由。短篇小说大师艾萨克·辛格也说过："故事的构思，这对我来说是最艰难的方面。也就是如何谋篇布局，使故事引人入胜。对我来说最不费力的就是实打实的写作，一旦有了故事框架，写作本身——描写和对话——就自然而然地流泻出来了。"[2]

有人可能会吃惊，我竟然对作品开头满不在乎，因为他脑子里堆积了太多名著开头，什么"幸福的家庭都彼此相似，不幸的家庭却各有各的不幸"[3]，什么"这是最好的时代，这是最坏的时代；这是智慧的年代，这是愚蠢的年代；这是信仰的时期，这是怀疑的时期；这是光明的季节，这是黑暗的季节；这是希望之春，这是绝望之冬"[4]，什么"多年以后，奥雷良诺上校站在行刑队面前，准会想起父亲带他去参观冰块的那个遥远的下午……"[5]，什么"今

1　伯格.天才的编辑：麦克斯·珀金斯与一个文学时代.彭伦，译.桂林：广西师范大学出版社.2017：600

2　世界著名作家访谈录.王逢，编.南京：江苏文艺出版社.1991：193

3　托尔斯泰.安娜·卡列宁娜.姜明，译.北京：北京十月文艺出版社.2004：3

4　狄更斯.双城记.宋兆霖，译.北京：作家出版社.2015：1

5　马尔克斯.百年孤独.范晔，译.海口：南海出版公司.2011：1

天，妈妈死了。也许是在昨天，我搞不清……"[1]。这些开头字字如珠玑，必定会打败他写的任何开头，更关键的是打败他的信心，会使他写的任何开头都变得滑稽可笑。我想说，他脑中铭记的那些开头，恰恰遮蔽了大师写开头的真相。上面列举的这些开头，是大师们所有开头的珠峰，人们常常用来举例，正因为它们是人们的最爱。最爱就意味着他们已忘却或不知道，大师们有更多普通的开头，普通开头才是大师们写开头的常态。我们都知道，必须做的事与意外天成的事，永远成一定比例，大师也无法把每篇开头，都写成令其他开头逊色的珠峰。你不妨想一想，托尔斯泰一生写过无数小说，为何人们乐此不疲地引用《安娜·卡列尼娜》的开头？如果你以《安娜·卡列尼娜》的开头，来苛求你一生将写的所有开头，是否意味着，你自视比托尔斯泰更有才华？

我倒有个方法，可以让无关紧要的开头，通过写作的推进变得不可或缺，挺适合结尾写作法。我写小说时，从不考虑第一句或开头重不重要，一旦预设了结尾，就从脑海冒出的任何场景开始，比如想到人物过马路，马上就写下来。等这个开头慢慢牵引出情节或故事，这时发现开头需变得不可或缺，该怎么办？不难办！你可以让人物再过马路，甚至多过几次，让过马路对人物产生影响，成为推动情节或故事发展的秘密之一，开头自然就变得不可或缺。按照老掉牙的传统说法，如果你前面提到墙上挂着一把枪，后面就要设法让这把枪开火，目的是把所写的普通场景，变成看起来十分巧妙的伏笔。用这个思路来写开头，就是我说的方法，怎么开头不重要，关键是如何通过后续的写作，让开头变

---

1 加缪.局外人.柳鸣九,译.天津:天津人民出版社.2016:3

得不可或缺。这样，写作的实质就是苍蝇的试错策略，因为写作过程中，你有无数机会通过重述或改变小说的方向等，弥补已写部分的不足。

习题：

第一个困难是，穷学生乘电梯时突然停电，被困电梯里；最后的困难是，穷学生被要求付电梯修理费；结尾是，穷学生不得不赔了钱。要求大家自编一个故事梗概（不超过一百五十字），五分钟内写完。

学生练习一：

某个炎热的夏天，穷学生去做家教，进入学生家所在的高档小区的电梯不久，突然停电，穷学生一人被困电梯。他迅速按电梯内警铃无效，打电话也没信号，拼命叫喊，无人应答。随着时间过去，电梯内越来越热，空气越来越稀薄。他从小家贫，营养不良，身体孱弱，经常低血糖，时间一久，觉得自己再不拼死挣扎，恐怕就要死在电梯里。于是他使出洪荒之力，用脚猛踹电梯，果然异常的声响惊动了外面的人，引来救援。他被救出后，物业要求他赔偿电梯修理费，他没钱，只好借钱赔给了物业。

点评：

字数有点超了，梗概还可以更简练。人物遇到第一个困难，采取了一系列行动——按铃、打电话、叫喊，都无效后，遭遇第二个困难——他血糖低，可能有晕厥的危险。第二个困难可以视为隶属于第一个困难，解决了第一个困难，第二个困难也就迎刃而解。相当于第一块钢板的厚度增加了，困难加大了。加大的困难，激发人物采取极端行动，他拼命踹门，终于得救。梗概总体不错，符合练习要求。就是有两处还值得商榷：一处说电梯内空气越来越稀薄，现在的电梯通气都没问题，不知老式电梯会不会这样，需要做研究。另一处的存疑是，究竟踹门声音大还是叫喊声音大，哪种更能引起注意？也需要研究。

学生练习二：

穷学生困在电梯里，本来只是电梯部分停电，他第一反应是按紧急救援按钮，接通了值班的师傅，师傅指导他如何拆开电路板，并故意让他错误操作，造成短路，导致整个大楼停电。这样照明灯和监视镜头都失效了，师傅趁机配了一把钥匙，留待下次作案用。配完钥匙，他修好电梯，救出学生，然后说是学生弄坏了电路板，要学生赔偿，学生只好掏钱了事。

点评：

很有想象力，完全突破了常规思维，简直像一部侦探小说的开头。当然，用这个梗概去写小说时，还必须想到从电梯里拆开电路板不是件容易的事，需要带足工具，学生的身份就需要重新设置。另外，还必须设想能与值班室通话的那种电梯，多数电梯还做不到。

第三课
叙事的核心技巧

生活、小说、戏剧的差别

在讲什么是叙事单元之前，需要先讲讲戏剧与小说的差别。前面讲过，生活是由事实构成的，事实缺的是主观倾向。比如，你今天早晨赶路上班，下午作了一场报告，晚上来听课，这三件事都是生活事实。当然，你还可以记录得更多，它们构成你一天生活的内容，这些生活事实，并没有什么意义要表达。上述三件事的意义在哪里？它们自己不会告诉你，意义要靠你自己赋予。如果你缺钱，上班的意义就在于你挣钱为了生存；如果你不缺钱，上班的意义就在于工作会让你生活得充实。究竟赋予事实什么样的意义，是因人、因时而异的。如果你用这三件事写小说，直接把三个事实不偏不倚地写出来，这样的小说是不成立的，必须赋予它们倾向或意义，小说才成立。小说不能像生活事实那样无色无味、不偏不倚，它必须有主观倾向。小说主要靠故事，故事里或包含情节，或不包含情节，而情节是有主观倾向的。我把生活、小说、戏剧的差别罗列如下：

生活 → 事实（不主观）

小说 → 故事（文学真实，主观）

戏剧 → 情节（文学真实，主观）

戏剧（真实）→ 小说（真实）→ 生活（事实）

（情节，处处有序）（故事，整体有序）（整体无序）

　　戏剧的特点是处处有序，舞台上时间有限，为了抓住观众的
注意力，不允许有混乱和闲笔，所有情节必须环环相扣，这样一
来，戏剧的秩序感就高于小说。小说是整体有序，却不要求处处
有序，由于阅读小说的时间不像观看戏剧那么紧迫，它就允许有
闲笔，甚至还能容忍小的混乱。托尔斯泰写《战争与和平》，写
着写着就跑题，阅读时能感到，他恨不能当一回历史学家，好好
过把评论的瘾，过完瘾才依依不舍地回到故事主线。小说的时空
比戏剧大，欣赏环境没有戏剧那般挑剔，就允许作家有跑题的、
闲笔的、东扯西拉的冲动。麦尔维尔的《白鲸》，主线是写亚哈
船长找白鲸复仇，可是小说提供了鲸鱼的百科全书式知识，比如
什么是中型鲸之类，都是与故事关联不大的闲笔。小说一来整体
有序，二来容忍小的无序，可以说略微模拟了生活，因为生活是
完全无序的。比如，你上午上班，下午偷偷看场电影，晚上谈恋爱，
它们之间本无关联，三者处于无序状态，但你写小说就要把它们
关联起来。你可以写上午上班时，感到工作无聊，突然有挥之不
去的孤独感；到了下午你觉得无法继续待在办公室，就溜出去看
电影。观影时，坐在你身边的女孩，观影反应居然与你一模一样，
有时全场只有你们两人被电影逗乐，哈哈傻笑。观影结束，你觉
得挺有缘，请女孩喝咖啡，她居然接受了。两人聊到晚上时，已

陷入情网。你看，这样写就把三件本不相干的事，全部关联起来了，这才是小说该做的事。有个叫陈海英的学员，写小说梗概时产生了困惑，问我：构造小说梗概时，是不是该与生活中的真实情况进行对照？她说自己不敢篡改生活真实，进行虚构。我告诉她，小说本来就是虚构的，不需要把它与现实生活进行对照，只要纸上有真实感、有合理性就行。有时，你把现实生活直接搬到纸上，反倒觉得虚假、不真实。把纸上有真实感的故事搬回生活，又觉得矫情，甚至不可能发生。这些都提示，纸上的真实逻辑与生活的真实逻辑，是有所不同的。所以，我强调小说的本质就是虚构，虚构是它的灵魂，而我们谈论的小说真实，都是指纸上的真实。

　　我举卡夫卡的《变形记》来说明。格里高利变成了甲虫，卡夫卡可能是想以此表达人在现代社会中的异化。我使用"可能"这个词，表明我并不认为该小说只有这个主题，可能卡夫卡想的是别的主题，比如人置身共同体的孤独感等，至于是哪个主题，并不影响我们的讨论。如果是异化主题，所谓异化，无非是说人不再像过去那样拥有完整的人性，人正在丢失部分人性——情感、美德、是非感等。人有一部分变成了非人，变成了机器化、格式化的人，比如，大量朝九晚五的职业白领，他们的生活已被工作格式化。我想问大家，如果卡夫卡要表达这些东西，他为什么非得让格里高利变成甲虫？为什么不直接写格里高利的内心世界？描述人的内心和环境，照样能传递异化等主题，对吧？真正的原因就在于，让人变成甲虫的虚构，会带来很多便利。如果格里高利还是人的模样，让家人突然疏远他，理由就不充分，就必须赋予他会让家人排斥的东西才行，比如，他突然变得十分古怪。可是，再古怪，他还是父母的儿子、妹妹的哥哥，家人的排斥并不容易达到作家要的烈度。除非让他突然犯罪或吸毒，家人排斥他的理由才充分、烈度才够，但与小说想揭示的平凡都市生活相去甚远。小说是想揭示平凡都市生活中的个人困境，犯罪或吸毒不具普遍性。如何展现生活一直平淡如水，都市里的职业白领却慢慢陷入困境？这时，你会发现，虚构人变成甲虫是十分高明的做法。一旦儿子变成甲虫，父母心理上就难以接受他还是儿子，排斥自然就会产生。你看，这样表现异化或置身共同体中的孤独感，亲情经不住灾难考验等主题，就非常便利，这是虚构的最大好处。

再比如海明威的《老人与海》，它的原型故事来自海明威的亲身经历。海明威有次和朋友出海，打到一条八百多磅的马林鱼，可是拖上船的过程中，被鲨鱼群吃掉了三百多磅。海明威没有把真实经历写出来，他虚构了一个老人，一辈子就想打大鱼，有八十四天一直没打到大鱼，几乎成了村里人的笑话，但他继续出海，终于打到一条大鱼，把它拖回渔村的过程中，被鲨鱼群吃成了空骨架，最后他拖着空骨架回到了渔村。原型经历与海明威写成的小说相去甚远，他通过大量虚构对原型经历进行了改造。比如，找大鱼的数月艰辛；与大鱼搏斗三天三夜；与鲨鱼群搏斗数天；大鱼被吃成空骨架；老人把空骨架拖回渔村；等等，都是原型经历中没有的。我知道大家写作时，容易怀有所谓生活道德，觉得一切应该以生活为准绳，一旦用虚构去改造真实经历，就有恐慌感或负疚感，觉得违反了遵循生活真实的道德。按照生活原样去写小说，是对小说的误解。我前面谈过一些重要观念，有个重要观念是说，文学本质上是虚构的，虚构是为了有说服力，达到最佳的表现效果。如果生活本身有说服力，我们就不用写小说了，天天看新闻就行。新闻的问题不在它没有想象力，神奇的新闻故事我们早已听得太多，人对于新闻的不满足，就在于它的解释单一，就算各执一词的时候，人们仍认为自己站在真相一边，不会接受新闻可以提供多义。新闻真实与科学真实一样，都是追求解释的唯一性。这样人就无法靠新闻提供的单一解释，来应对生活和人生的复杂需要。人需要形形色色的意义，只有提供对生活和人生多种多样的理解，个人才能找到属于自己的一款归宿感。文学这时就能发挥作用，用它丰富多样的理解和意义，满足人的复杂精神诉求。

情节基石

为什么需要情节？

我讲诗歌时，讲过"最小诗意单元"的概念。要表达一个完整诗意，最多不该超过几行？我给出的答案是：不超过四行为佳。现在讲小说，你自然会问，小说是否也有最小单元？有的！小说里的最小单元，我把它叫作"最小叙事单元"，指包含一个完整行动的叙述。什么叫行动？行动就是发生的事，一个完整行动指发生了一件完整的事。比如，你走在路上碰到同班同学，就是一个完整行动；你今天晚上来上课，是另一个完整行动。再比如，你今天坐火车出差，这也是一个完整行动。如果小说只有这样的叙事单元是不够的，它还需要利用叙事单元来做别的事。会是什么事呢？小说需要用两个完整行动来构造一个情节。怎么构造？就是让两个行动彼此结成因果关系，一个行动是因，一个行动是果。福斯特举过一个经典例子：国王死了，王后死于心碎。[1] 发生在国王和王后身上的事，各为一个完整行动；国王的死是因，王

---

1 福斯特.小说面面观.冯涛，译.上海：上海译文出版社.2016：79

后的死是果，两者构成一个情节。如果你仅仅说，上午国王死了，下午王后也死了，这两个行动没有体现因果关联，就不能称为情节，只是两个独立的行动而已。通过因果关系造出的情节，究竟意味着什么？它相当于你在生活中，为一件已经发生的事，找出引发它的另一件事。我举个例子。大家都熟悉所谓阴谋论，阴谋论是指当某件事发生时，人们一般不相信此事是自然发生的，都认为背后一定有鬼，一定有什么人做了什么事才导致此事发生。比如，今天有人上课迟到，本来可能是路上意外堵车，但如果老师心胸狭隘，就可能认为学生是故意迟到。为什么故意迟到？老师猜测是学生对课程不满。这样，学生迟到的事，就被老师安上了莫须有的原因：因学生不满课程，采取了故意迟到的行动。你看，阴谋论的实质，就是为一件自然发生的事安上一件虚构的事，后者是引发前者的原因，等于虚构了一个情节。

阴谋论这样的事，并不一定总与大事或陌生人有关，它也可能纠缠在亲人之间。人其实或多或少有一些臆想症，不是说大家有什么精神问题，这实在是出自人的自我保护本能，精神分裂引发的妄想症除外。比方说，婆媳关系之所以不同于其他亲人关系，就在于彼此关系难弄，是一个著名的死结。一方不假思索说的一句话，只要稍不合适，或者语气不小心重了些，或者说法不同往常，另一方就会认为话中有话，背后一定有针对自己的不良动机，认为"她在故意报复我"，立刻觉得自己受到了冒犯。婆媳相处做不到宽宏大量，就是因为双方会往对方的言行里，注入自己的主观想象，为对方现在的小失误，虚构一个莫须有的原因。原因当然不愁找不到，媳妇可能会想，"上次我妈来时没给她带礼物，她现在寻机朝我撒气"。你看，"我妈没给婆婆带礼物"与"婆婆今天说话语气很重"，构成了一个完美情节。人有时出于功利，也会对自己这么干！我上中学时，通过神秘的对比，似乎发现了一个"规律"：凡考试那天早晨，只要吃了油条，就一定能考好。可能一开始只是巧合，但我通过夸大油条的作用，把它变成了信条，并形成心理暗示，给考试带来了心理干扰。考试那天若没买到油条，心理暗示真会导致考试出问题。你看，我把"考得好或不好"与"买得到或买不到油条"这两件本不相关的事，关联成了一个有因果关系的情节。

人们为什么喜欢把不相干的事，用因果关系勾连起来？那是因为，生活本身是无序的，面对无数生活事实堆积成的混乱，人们不愿意忍受，不愿意有太多困惑，所以，通过虚构或强调事与事的因果关系，人们能立刻获得对发生之事的理解，就算很多因果关系是莫须有的，人们仍乐此不疲。可以说，情节应和了人们对理解生活的期盼，就算是一场球赛的胜利，人们也不满足胜利后的简单夸赞，而会为胜利寻找一个强有力的理由，即为什么会获胜。新闻报道一定会强调队员平时的训练，有多刻苦、所付出的辛劳超出常人想象等，总之，人们不会满足于胜利的结果是不经意产生的。所以，关于情节的本质，福斯特认为，"我们会问'为什么？'"。[1] 人们不会容忍自己一直困惑，他们会追究、弄清一件事为什么会发生，并且强调发生是必然的。如果你今晚和一个人约会，情节推动你要做的就是，找出前面发生了什么事，才导致约会这件事发生。或者正相反，你上班溜出去看电影，情节就要你想出看电影这件事会导致什么事发生，比如，观影时遇到一个女孩，这样就有了晚上的约会。《白鲸》中，亚哈要复仇的行动，导致他出海寻找白鲸，又导致他与白鲸同归于尽。亚哈被白鲸咬掉一条腿的前史是因，亚哈寻找白鲸报仇是果。

1　福斯特.小说面面观.冯涛，译.上海：上海译文出版社.2016：80

情节技巧的核心

情节的实质，是造成**行动的戏剧性变化**。戏剧性变化不是不知不觉的变化，也不是预料之中的变化，而是显得比较突兀的变化。人为什么会关注这类突兀的变化，根子还在人性深处。

无论是观戏还是听故事，在突兀的变化到来之前，人无法长时间忍受平淡无奇，就如前面讲陌生化时讲到的，长时间的平淡无奇会形成"自动化"现象，即令人对平淡无奇的事物熟视无睹。比如，小区搬进来一个陌生人，你刚碰见他时，会特别留意他，但十来次下来，你就不怎么注意他了。为什么？因为他不再陌生，变得熟悉、平淡无奇，你会自动地忽略这个"熟人"，除非他奇装异服，变得重新"陌生"起来。剧作家或讲故事的人，当然害怕观众或读者产生"自动化"惯性，即自动忽略平淡无奇的剧情或故事，他们当然会想方设法吊起观众或读者的胃口。方法就是利用情节，让戏剧或故事里的行动，产生戏剧性的变化。

大家来看图13，这是古代希腊的剧场，它是西方剧场形式的源头。了解希腊剧场的演出环境，可以让大家对情节技巧有更好的理解。希腊剧场通常沿山坡而建，舞台设在坡底，观众一边观剧，一边要面对美景、鸟叫虫鸣等，这样的露天条件，对剧作家是一大挑战。因为只要戏剧稍微平淡或无趣，观众的注意力就会被美景等吸引过去；甚至，哪怕戏剧不算平淡，只要剧情变化的幅度达不到观众的预期，美景等还是会分散观众的注意力。这种挑战产生了意想不到的结果，促使希腊戏剧把情节运用到环环相扣的境地，靠剧情的跌宕起伏，来牢牢抓住观众的注意力。这是一场与美景争夺注意力的博弈，剧作家取胜的法宝就是情节。露天美景把希腊戏剧逼成了最具吸引力的戏剧之一。

图 13：意大利陶尔米纳的希腊露天圆形剧场（Teatro Greco）

图 14：北京颐和园听鹂馆，建于清乾隆年间的戏台

大家再看图 14，这是中国传统戏曲的舞台。演员粉墨登场的地方，一般是大户人家的庭院，戏班子被请进家里，每晚演几出折子戏，一折约半小时，一演就是十天半月。像《长生殿》这类古代昆曲，为了能演很多天，本子会长达一百多折，与两小时内在戏院演完的当代昆曲有霄壤之别。无论是在大户人家的庭院演出，还是民国时在传统戏院演出，或者像一些作家描绘的那样，在江南河汊的大船上演出，戏班子都必须应对嘈杂环境的挑战。与希腊剧场的美景相比，嘈杂声也许更难对付。我相信戏班子一定探索过，单用对白一定不如对白加唱腔，更能在嘈杂环境抓住观众的注意力。希腊戏剧刚开始也是歌队演出，同样以唱为主，后来才转向对白。我依据人性大胆猜测，中国戏曲不仅倚重情节，

还倚重唱腔，可能中国演戏环境的嘈杂，曾经是戏班子的头疼事，单靠情节紧凑的对白还不足以奏效，所以，引入悦耳的唱腔，不失为抓住观众耳朵的一大助力。

当代戏剧或讲故事的环境已大为改善，单用情节紧凑的对白，就足以抓住观众或读者的注意力。戏剧性变化的实质，就是行动的陌生化，故事从一个行动向另一个行动转变时，等于观众或读者眼中的熟悉行动，突然变得陌生起来。戏剧性变化，就是大家常说的事情发生的反转性变化。你讲一件事时，为了引起听者的注意，只要让事情来个反转，对方就会听得津津有味。目前网剧创作者已经探索出吸睛的规律：五分钟就该让剧情来一次反转。他们发现，反转的间隔一旦超过五分钟，观众的注意力就会转移。网剧就是通过接二连三的剧情反转，牢牢抓住观众的注意力。2000年我跟导演牟森有过一次合作，为央视的"630剧场"创作电视剧本，我和顾前、金海曙等人作为编剧，在北京恭王府一起天天磨剧本。这次经历让我对戏剧、电视的本质有了认识，还掌握了抓住观众注意力的技巧——反转。作为小说家，我也得到一个教训：写严肃小说的人最好不要去碰剧本。因为对反转一旦有了习惯性迷恋，会令严肃小说蜕变成通俗小说，原本留给故事和闲笔的空间，会被情节挤占。

当然，只要掌握好情节出现的节奏，严肃小说完全可以借助情节，或曰行动的反转性变化，来充分展示人物的性格。我以海明威的《老人与海》为例说明。小说中的第一个反转，出现在老人一直打不到大鱼之际：老人撞上好运，打到了大鱼。紧接着出现第二个反转：大鱼不服输，一直与老人对抗，老人用了三天三夜才把它制服。就在大鱼服服帖帖地跟着小船返航时，出现了第三个反转：鲨鱼群围住大鱼，疯狂撕咬它的肉。等鲨鱼群把大鱼吃得只剩空骨架，读者以为老人会扔掉空骨架时，出现了第四个反转：老人没有放弃空骨架，拖着它返航。海明威避免了通俗小说使用反转的套路，即只是为了引起读者注意，令读者继续往下读，直到下一个反转出现。我不排除海明威使用反转时，有抓住读者眼球的目的，但紧跟在反转后面的内容，与通俗小说截然不同。通俗小说通过反转产生的悬念，让读者有耐心读到下一个反转，两个反转之间的描绘，不是用来探究人物的心灵，而是为了推动故事的进程。但海明威让每一个反转，都成为老人性格的充分展示。当你看到老人打不到大鱼时并不放弃，看到老人用了三天三夜终于制服大鱼，看到老人与鲨鱼群的殊死搏斗，看到老人不放弃空骨架硬把它拖回渔村，你是否感受到了老人的硬汉性格？老人不服输，虽败犹荣！海明威在小说结尾，不动声色加了一个小小的反转，只不过它看起来像一个独立行动："他仍旧脸朝下睡着，孩子坐在他旁边守着他。老人在做梦，梦见了狮子。"[1] 乍看老人梦见狮子，与他拖回空骨架等前面的行动并无关联，可是你只要看出老人的硬汉性格，就可以为老人梦见狮子找到原因：硬汉性格会让他认为，拖回空骨架是一场失败吗？不会！他仍自认是强者，梦见狮子是强者与强者的会面。所以，拖回空骨架与梦见狮子构成一个隐性情节，或曰隐性反转，用来更充分展示老人的硬汉性格，只不过普通读者不易看出。前面讲过，置身实际生活时，"性格决定命运"并不容易实现，只有置身文学作品中，这句话才真正成立。为了让"性格决定命运"有可乘之机，作家必须设法用文字化解对这一逻辑的种种干扰。海明威让老人执拗的不服输性格，帮他熬过种种困境，最终达成拖回空骨架的命运。

1　海明威.老人与海.张爱玲，译.北京：北京十月文艺出版社.2012：79

如果让老人退出作品，回到现实生活中，十有八九不会发生拖回空骨架的事。一般渔民几天打不到大鱼就会放弃，不会八十四天打不到还会出海。一般渔民也很难做到与大鱼搏斗三天三夜，大鱼被鲨鱼啃光了还不放手，把空骨架拖回渔村。海明威知道作品不是生活，他以卓越的叙述，排除了对老人性格的一切干扰，使老人可以由着性子，奇观般拖回空骨架。

习题：

请试着写一个情节，给大家三分钟时间。

学生练习：

秀因气急败坏地想，我的花心男人肯定又去哪里混了，电话打死都不接。没想到今天早上她无意中在车子里发现了两张机场高速收费单。

点评：

她男人昨天找不到了，这是一个行动，是结果。她今天在他车子里发现了昨天的两张机场高速收费单，收费单提示男人昨天有一个行动，即他去了机场，是妻子昨天找不到他的因。不错，这个情节很标准！

故事基石

为什么需要故事？

　　故事与情节不同，它不像情节那样，有追究原因的迫切期待。我把福斯特的例子改成：上午国王死了，下午王后也死了，晚上卫队发动了政变。这样表述三个行动时，彼此是独立的，没有纠葛，它们不构成情节，但构成故事，是包含三个独立行动的故事。故事不要求行动之间必须结成因果关系，但也不反对行动结成因果关系，**故事就是一些不一定有严密因果关系的行动**。如果把福斯特的例子改成，上午国王死了，下午王后因悲痛自杀，晚上卫队乘虚发动了政变，修改后的例子包含两个情节：国王之死是因，王后自杀是果；国王之死是因，卫队政变是果。由两个因果关系缔结在一起的这三个行动，仍可以称为故事，是包含两个情节的故事。我继续改动福斯特的例子：上午王后与大臣游园，下午国王猝死，晚上卫队乘虚发动了政变。王后上午的行动几乎与下午无关，国王的猝死却导致卫队晚上发动了政变。三个行动中，只有国王猝死与卫队政变有因果关系，我们把这三个行动仍称为故事，是包含一个情节和一个独立行动的故事。故事的本质是，它总想弄清还会发生什么事。它并不在乎已经发生的事或将要发生的事之间有什么关系。就如福斯特所说，人们听故事时，老会问："然后呢？""然后呢？"[1]……故事会被"然后呢？"这样的好奇心一直推着往前走。比如，你早晨上班，中午不想吃饭去逛街，下午溜出去看电影，晚上请老同学吃饭，回家还看了一会儿书。如果这是小说故事，读者读到这里，会善罢甘休吗？不会！他们会被"然后呢？"继续推着往下追问：读完书，你又干了什么事？这就是读者对故事的期待，他们不会满足此刻或过去的某刻，会一直追踪此刻或某刻以后还会发生什么事，不断发出"然后呢？""然后呢？"这类追问。所以，故事对时间的热忱，与诗歌想摆脱时间的热忱，大相径庭。说故事是缔造"未来"的工具，情节是查找事情"元凶"的刑警，并不为过。

讲到这里，你可能已经看出，情节缔结因果关系的神奇功夫，是故事中的高原。《白鲸》中的亚哈船长为什么要复仇，不给他理由是不行的，此前他被白鲸咬掉一条腿是因；此后他在茫茫大洋寻找白鲸的行动，导致他和白鲸相遇并殊死搏斗，最终同归于尽，则是果。麦尔维尔写作《白鲸》的方式，不是只咬住情节的戏剧方式，他会中断叙述主线，插入大量鲸类百科的介绍，我只需列出若干章节的标题，就可见一斑："鲸类学""白鲸的白色""捕鲸索""抹香鲸头——对比图""关于鲸的大画像"等[2]。当然，书中还有许多行动与追逐白鲸迪克并无直接关联。从《白鲸》的庞杂内容可以看出，小说除了靠故事来推进（靠"然后呢？"推进），故事主线靠情节变得紧凑，还给闲笔留下了发挥的空间。如果小

1　福斯特.小说面面观.冯涛，译.上海：上海译文出版社.2016：80
2　麦尔维尔.白鲸.曹庸，译.上海：新文艺出版社.1957：Ⅱ—Ⅳ

说完全由情节构成，那么环环相扣的情节，会让读者紧张得喘不过气来，这是侦探、恐怖等类型小说希望有的效果。类型小说的目的是给读者提供娱乐，并不在意给读者带来多少启发和思考。严肃小说正是凭借故事（包含情节和与情节无关的行动）、闲笔、与主线无关的行动，大大拓展了人物的内心世界，创造出人物身处的复杂环境，令小说的内涵变得厚重、深邃、意味深长。这是在"怎么写"问题上，严肃小说与类型小说的重大区别。大概因为这一本领，严肃小说常被人称为心灵小说，这一称谓可谓恰如其分，阐明了严肃小说与类型小说的不同侧重与嗜好。是的，你很难看到哪部类型小说，对人的心灵会像严肃小说那样，投入那么多的关注，因为过度强调情节的环环相扣，会使小说无暇顾及人物的内涵，使人物滑向简单、脸谱化、类型化。

故事技巧的核心

小说编写故事的目的，当然不是像某些作家所说，只是为了单纯写一个好看的故事，除此不再有别的目的。当然不是！不管故事怎么写，都要完成小说期待它完成的任务，故事结束时，必须完整展示人物命运或心理的变化，以此赋予意义。如果把故事写完，发现人物命运或心理没有变化，你就把小说写成了散文。常有一些成名的诗人，让我看他们写的小说，看完我的感受是：张扬了语言，委屈了故事。他们写的故事，对人物的命运或心理没有任何推进，故事开始和结束时的人物命运或心理，仍处在同一层面，几乎没有落差。推进是小说与抒情诗、散文在时间上的重要区别，历经一个时空过程，并不要求抒情诗或散文，有什么命运或心理上的推进，但小说无法逃开这样的要求。**小说不仅是过程的艺术，它还必须让故事的变化过程，有特定的变化方向。**一般朝什么方向变化呢？为了一目了然，我给大家列出小说故事的变化图式。

小说故事的变化方向：平衡 $\rightleftarrows$ 非平衡

这个图式说明，故事变化的方向，要么从人物境遇或心理的平衡态变到非平衡态，要么从人物境遇或心理的非平衡态变到平衡态。所谓平衡态是稳定和睦的状态，非平衡态是不稳定、不和睦的状态。比如《简·爱》，故事从简·爱父母双亡这样的非平衡态开始，历经无数变化，到故事结束时，简·爱与罗切斯特最终获得幸福，人物境遇和心理都达到了平衡态。再比如卡夫卡的《变形记》，故事从格里高利变成甲虫开始，甲虫身份起初还没有破坏他的亲情关系，他与父母、妹妹还算维持着平衡态，到故事结束时，他的亲情关系已分崩离析，他孤独死去，人物境遇落入非平衡态。如果我们只着眼人物的心理，《变形记》会展示这样的人物心路历程：一开始，格里高利发现自己变成甲虫后，内心是惶恐、不安的，处于心理的非平衡态；小说结束时，父母和妹妹的疏远统统加诸他身上，他临死前内心已变得死寂，不再奢求什么，处于心理的平衡态，与他命运的变化方向正好相反。当然，我们还可以着眼家庭，来观察《变形记》的变化：格里高利变成甲虫，家庭的平静被打破，变得动荡；等格里高利死去，家庭的混乱戛然而止，恢复了往日的平静。这样的变化固然让人心寒，却正是小说可以传递的意味之一。故事这种并非肆意妄为的变化，与古希腊哲学家赫拉克利特说的万物皆变，不是一码事。大家都知道赫拉克利特的名言："你不能两次踏进同一条河流；因为新的水不断地流过你的身旁。""太阳每天都是新的。"[1] 他说的变化，是没有方向的。如果万物每时每刻都在改变，我们寻找变化的"规律"，就没有什么意义，因为我们要找的"规律"，也是万物之一种，如果它每时每刻都在改变，这样的"规律"还不如没有。幸好人在生活中可以忽略很多变化，不会认为二十年前的你与现在的你，因为皱纹和胖瘦的改变，不再是同一个人。小说需要故事变化时有稳定的性情和方向，这样才便于向读者传递倾向、立场、情感、意味，等等。

《城堡》是卡夫卡生前未完成的长篇小说，但已经可以看出故事变化的方向。K是土地测量员，一天，他来到城堡附近的村子，期待城堡当局接纳他，成为村子中的一员。一开始，他内心充满希望和期待，境遇也良好。小说主要篇幅讲述的是，为了跻身城堡共同体的一员，他付出诸多艰辛甚至屈辱的努力，均告失败。当K躺在床上，内心绝望，即将死去，却接到了一份迟到的通知，城堡当局准许他暂时住在村子里。这固然是绝望中的一丝安慰，仍然无法与小说开头的憧憬媲美，小说前后的心理落差甚大。K命运的变化就更大，从开始的境遇良好，到结尾时的即将死去……

习题：

给大家五分钟，试写一个不超过百字的故事梗概（含情节），以体现人物命运或心理的变化。

1　罗素.西方哲学史.何兆武、李约瑟，译.北京：商务印书馆.1991：74

学生练习一：

某大学宿舍里，住了四个女生，分别是小丽、小黄、小朱和小雪。有天清晨，小丽发现父母刚给的五百块钱丢了，钱到手只过了一夜。她按兵不动，没有告诉任何人。过了三天，她下铺的小黄发现自己多了三百块钱。由于她俩关系很好，小丽知道了这件事。她俩就猜是另外两个室友中的谁偷了钱，或者有人闯入了宿舍。一次吃饭时，小丽不小心把此事告诉了小雪。小雪家境比较好，经常送她们衣服或化妆品；小朱比较贫寒，来自农村。她们于是把怀疑的对象锁定小朱。小丽和小黄还在不停丢东西，除了钱还丢了手机、电脑，甚至连生活用品、衣物和月饼都丢了。她们和小朱摊牌，问她是不是把东西拿走了。小朱说："我没有拿你们的东西，不要冤枉我。"小雪从中调和，让她们息事宁人。后来，小丽新买的苹果电脑也丢了，她选择报警。这时小丽和小黄商量对策，决定先从宿舍找线索。经过搜查，她们发现小雪日记本上清楚记载着偷的东西。她们找到小雪，要求还钱，被小雪拒绝。后来小雪利用自己和学生会主席的关系要挟她们：如果你们把此事说出去，就不让你们竞选学生会学习部长。她们一度闹得很僵，弄得班上人人都知道。小雪觉得这样下去对自己不利，就买了一些东西给她们，通过示弱平息了这件事，并告诉她们，自己其实有偷东西的癖好，改不了，是一种病。最终，小丽、小黄带小雪去医院看病。

点评：

说得比较详细，如果写梗概，可以简单一点：宿舍接二连三发生了盗窃案，因为是小丽和小黄不断丢东西，加上小雪比较富裕，她们自然怀疑比较贫寒的小朱。等和小朱摊牌以后，她们发现问题不在小朱身上，经过搜查宿舍，发现是小雪。原来偷东西是小雪的癖好，是一种病，于是她们带小雪去了医院。我觉得故事构造得不错，也合理，不时有反转出现，比如先以为小偷是贫寒的小朱，结果发现是富裕的小雪，这是一个反转；等她们找小雪算账时，才发现小雪得的是一种病，这又是一个反转。不过我强调写梗概要言简意赅，简略把故事勾勒出来就行，不要写具体的细节，那是根据梗概开笔写时才需要做的事。

学生练习二：

空是一个信仰佛教的女子。她想用信仰去感化疾苦中的村民，所以很受村民欢迎。她晚上遇到受伤的捕蛇人，为了帮助他，她去老王家借酒。但第二天，有关她与捕蛇人的谣言就在村子里传开了。一开始，她坚信清者自清，可没想到，谣言越传越盛，她对老王有了恨意，起了报复的念头。就在她想好细节打算实施时，信仰又让她断了念头。最后她拗不过内心的挣扎和矛盾，在恨意和绝望中自杀。

点评：

这样设计故事没有大问题，我觉得还不错。如果让我来写，前面的设计我会采纳，但我不采纳报复，会把她受到的辱骂变成一个情节：比如，她是个居士，在家里设了佛堂，村民们都喜欢她，总来她的佛堂拜佛，络绎不绝。自从出了她和捕蛇人的事，她的佛堂就无人问津了，这对她的刺激很大。再加上她某天路过某家院墙时，听到老王在院墙内对村民吹牛，把她和捕蛇人的事当笑料渲染，令她内心受伤。这是压垮她的最后一根稻草，导致她最终自杀。这样是不是更好一些？

故事与情节的关系

　　严肃小说没有时时刻刻要吸引读者注意力的困扰，这样它的表层就可以容纳闲笔、独立行动等，但如果小说的主体是闲笔和独立行动，就难以博得读者的认同，因为他们要花费太多精力，去理解一些彼此不太相干的行动和闲笔，弄懂它们混杂在一起的意义。人当然无法忍受混乱或无意义，这是人之本性。为了让读者易于理解小说中的行动和闲笔的意义，就必须让小说中的主要行动之间有因果关联，构成情节，且作为小说的主线；这样，依附主线的闲笔和独立行动等，会因主线带有意义而获得相应的意义，成为拱卫主线的助力，对加深和拓宽小说的内涵大有裨益。所以，小说的深层结构应该是情节，你写小说时必须先抓住深层结构，接下来就容易和自由了，可以把闲笔、独立行动等，镶嵌进情节构成的主线里。例如《白鲸》，乍看表面内容庞杂，有许多与情节主线关联不大的杂乱章节，可是它的深层结构是一个复仇情节：船长在小说前史中被白鲸咬掉了一条腿，导致他决心找到白鲸复仇。当然，这条情节主线里还包含许多情节，彼此逻辑严密，都服务于主线，比如，要复仇就得找到白鲸，茫茫大洋如何找到白鲸？一旦找到又会发生什么？这些情节没有别的杂念，都是为了引向最后的结果——船长与白鲸搏斗，同归于尽。如果《白鲸》只有这些逻辑严密的情节，没有闲笔，也没有独立行动，固然也能展示人物的性格、复仇的激情等，但小说会显得单薄、不厚重，所展示的人物心灵、其身处的海洋世界，就没有那么广博、深邃、斑斓、气度非凡。所以，小说内涵的丰沛，离不开与情节游离的内容，这是严肃小说与戏剧、通俗小说的最大不同。

　　小说人物还有一个特点，就是忙忙碌碌、永不停歇，这是故事督促小说人物不断行动造成的结果。前面讲过，故事的本性是不断对人物发问：后来呢？这样不停歇地发问，必会促使人物不断行动。日常生活中的人不会这么辛苦，总会给自己留下许多休息的时间：喝茶、歇息、午休、吃饭、散步、娱乐、睡觉，等等。但小说人物没有别的，只有行动。即使写到小说人物的休息——比如《老人与海》结尾写到老人做梦，小说也不让人物真正休息，它把老人做梦变成一个强有力的行动，让老人梦见狮子，用梦中的这个行动继续展示硬汉的性格和心灵。所以，小说人物是不会休息的，哪怕人物喝茶、吃饭、睡觉，他们仍在为小说行动着。有了这些延绵不绝的行动，尤其是一些富含情节的行动，小说才能有效塑造人物。荷马史诗《奥德赛》(小说可以看作从史诗分离出来的体裁，与史诗有着相似的叙事逻辑)，写奥德修斯返乡见妻儿，就花费了十年，其间遭遇无数艰难险阻，还因为女神开利普索爱上他，他有七年被女神扣在岛上，不放他走。《奥德赛》给读者留下的印象是，里面的行动一个接一个，根本没有停歇的时候，而史诗里的无数情节，对塑造奥德修斯等人物的性格和情感起了关键作用。奥德修斯被女神扣在岛上，越发体现他对妻儿的深情及思乡心切。博尔赫斯的《埃玛·宗兹》中，埃玛从接到巴西来信得知父亲在外地自杀起，就一刻不停地承受着各种行动，所有行动都指向最后的行动：杀死自己的老板，为父报仇。小说为父亲为何流落外地，提供了前史作为原因：老板当时只是工厂的经理，盗用公款，却栽赃嫁祸到埃玛父亲头上，埃玛父亲不得不离开工厂。你看，当复仇这一需求出现时，对从未谈过恋爱的十八岁的埃玛，是巨大的挑战。博尔赫斯为埃玛安排了挑战心理底线的情节，让她跑到码头冒充妓女，让外国水手糟蹋她，预先留下老板强奸她的"证据"。她知道老板办公室抽屉里有一把手枪，她假装得知工人要罢工的内幕，前来告密。进了办公室，她让老板去隔壁帮她倒杯水，等老板倒水回来，她开枪打死了老板，然后打电话报警，告诉警察"他强奸了我，我杀了他"[1]。这些惊人的情节，不只传递了埃玛复仇的激情，也把她的坚毅、嫉恶如仇、智慧、不谙世故展现得淋漓尽致。读完小说，令人铭记在心的主要是埃玛这个人物，正是那些非同寻常的情节，让读者记住了这个不肯忍气吞声的女性。

加缪的《局外人》中，有一些情节特别能体现人物性格。我只举一处为例。主人翁莫尔索参加完母亲的葬礼，到海滩上游玩，不经意间杀死了一个阿拉伯人。法官问他为何要杀死阿拉伯人，他说了一个轻飘飘的理由：阳光照在他头上，很刺眼，令他目眩、恍惚，他不由自主地扣动了扳机。这种杀人，叫无动机杀人。你看，加缪用这个情节就展示了莫尔索处世的漫不经心，满不在乎，和骨子里的是非模糊、无所谓等。

讲课至此，为了让你能通过一个小说例子，了然前面所讲的，我以《白鲸》为例，列出小说遵循的全部"规律"。

1　博尔赫斯 . 阿莱夫 . 王永年，译 . 上海：上海译文出版社 .2015：72

整体结构：

亚哈复仇（需求）→白鲸在哪里（困难）→白鲸凶狠（困难）→同归于尽（结尾，反转）

情节（深层）： 亚哈复仇（因）→到大西洋寻找白鲸→与白鲸遭遇（同归于尽，果）

故事（表层）： 船员以实玛利用第一人称"我"讲述的见闻录（讲述他如何签约上亚哈的船，讲述他对鲸和捕鲸业的认识，目睹亚哈的整个复仇经历等。讲述的内容比较松散。）

故事展示的变化： 开头亚哈活着→结尾亚哈死去（命运）

开头亚哈渴望复仇忿忿不平→结尾亚哈复仇成功内心满足（心理）

第四课
略写与细写

略写与细写的不同作用

不少人写梗概时，暴露了一个问题，就是对于文字要完成的任务，以及如何才能完成，并无写法上的明确认识。梗概要求大家快速交代故事轮廓，可是总有人把过多文字用在交代细节上，细节成了快速交代故事轮廓的羁绊，这是不少人感觉要把梗概写短很难的原因。写作有很多窗户纸，一捅就破，一点就通，一旦明白用文字表述时，有两种最基本的写法，两者的功用完全不同，你很快就能把梗概写得要多短就能多短。

遍览散文类作品（包括小说），会发现里面隐着两种不同的写法：**略写和细写**。凡是写得好的作品，两者缺一不可。我不打算给出"略写"和"细写"的精确定义，只打算通过描述让大家领会。略写大致是说，写作者想快速交代某时段内人物有过哪些行动，但不打算停下来展示、详述某个行动，写作者恨不能用最少的文字，将此时段内的行动蜻蜓点水一般快速勾勒出来。具体做法上，略写很像电影中一组快速闪现的蒙太奇镜头，就是把不同场景的镜头拼接起来，用来交代事件的过程。我记得某部电影中，有这样两个拼接起来的镜头。第一个镜头：送饭者来到屋子门外，把盒饭和筷子摆在门口。第二个镜头：门口摆着吃完的空饭盒和用过的筷子。这两个用蒙太奇手法拼接起来的镜头，解决了电影中快速交代吃饭过程的问题。导演想让观众知道，人物吃了一顿饭，又不打算花费时间展示吃饭的过程。我把上述两个镜头改成文字中的略写，如下：

> 送饭者把盒饭和筷子放到他家门口。吃完饭，他把空饭盒和筷子又放回到门口。

你看，略写立刻显示了节省文字和时间的优点。寥寥两句话，就交代人物吃完了一顿饭。略写因为拒绝作洋洋洒洒的详述，无论它讲述什么，都是点到为止、一掠而过，很像电影中的中远镜头，时空视野开阔，却难有临近人物的现场感、带入感，甚至会让读者产生距离感、疏离感。比如，巴别尔的《多尔古绍夫之死》中有如下一段略写，用来快速勾勒一些行动：

> 师部不见了。兄弟部队不收容我们。我们团队开进布罗德，在反攻中被打败了。我们跑到了市公墓。一班波兰侦察兵从坟堆后面冲出来，端起步枪朝我们射击。格里舒克掉头就跑。[1]

可以看到，这段略写一共包含七个拼接在一起的行动，分别是"师部不见了""兄弟部队不收容我们""我们团队开进布罗德""在反攻中被打败了""我们跑到了市公墓""一班波兰侦察兵从坟堆后面冲出来，端起步枪朝我们射击""格里舒克掉头就跑"。巴

1　巴别尔.骑兵军.戴骢，译.北京：人民文学出版社.2004：43

别尔对每个行动都是一带而过，不作任何停留，否则会影响略写想完成的任务：快速交代"我们"的种种遭遇。略写的发明，就是为了用来控制小说中的时间，它是时间的压缩机，再漫长的时间过程都可以用寥寥数语的略写交代出来。比如，美国小说福克纳的《干旱的九月》中有一句话："整整六十二天没有下过一场雨。"[1]这一句略写包含的时间漫长、内容繁多，如果肆意展开，恐怕够写一部书，但福克纳对此没有兴趣，他既想让读者知道没下雨的这段前史，又想把读者的注意力快速带入后面的场景中。略写还是连接不同场景的桥梁，若没有它，小说只能从一个场景直接空降到另一个场景，中间没有任何过渡。没有故事推进和行动过程，小说会沦为戏剧，变成只提供场景的剧本。小说中的无数场景，正是靠略写带来的场景过渡，黏合成了有机整体，令读者阅读时产生幻觉，以为故事从未中断，只是有些讲得简略，有些讲得详细。这就是略写的高明之处，明明不打算详述这些场景之间的过渡过程，都是蜻蜓点水、一掠而过，偏偏令读者产生仿佛快速亲历故事全过程的幻觉。

略写能控制时间，自然成了控制小说长度和叙述节奏的利器。你一旦嫌小说太长或叙述太慢，只需大幅增加略写的比例，小说长度就会大大缩减，叙述节奏就会加快。当然，大家也不要上略写的当，如果小说通篇只有略写，小说会丧失移情作用，得不偿失。要想让移情发生，与略写对立的另一写法——细写，就必不可少。

细写与基于时空推进的略写相反，它不在乎时间成本，让小说几乎停滞在时空的某刻或某处。停下来干什么呢？停下来让读

1 福克纳.福克纳作品精粹.陶洁，译.石家庄：河北教育出版社.1990：243

者的注意力收窄，投注到一个场景中。作者力求通过基于场景的细写，展示场景中的空间细节、人物细节、对话细节、行动细节等，类似于电影中的特写、近景镜头、慢镜头等。细写能带来什么好处呢？细写恰恰弥补了略写的不足，它能让读者身临其境，仿佛故事就在他们眼前发生，仿佛他们是站在人物身边的隐形见证人，令其有带入感、现场感，这样读者就容易被感染，产生移情作用。巴别尔的《多尔古绍夫之死》中有这样一段描写：

> **师部不见了。兄弟部队不收容我们。我们团队开进布罗德，在反攻中被打败了。我们跑到了市公墓。一班波兰侦察兵从坟堆后面冲出来，**端起步枪朝我们射击。**格里舒克掉头就跑。只听他的机枪手的四个轱辘嘎嘎乱响。**
>
> "格里舒克！"我透过子弹的呼啸声和风声喊他道。
>
> "瞎胡闹。"他忧伤地说。
>
> "我们完蛋了，"我喊道，浑身上下感到濒临死亡的亢奋，"老爷子，我们完蛋了！"
>
> "娘儿们辛辛苦苦图个啥？"他更加忧伤地回答说，"干吗要提亲、结婚，请来一帮干亲家狼吞虎咽地吃喜酒……"[1]

粗体字部分是前面讲过的略写，非粗体字部分就是细写。略写是为了快速交代"我们"被打败的狼狈过程，引出格里舒克这个人物，接着故事导入"我"与格里舒克的对话场景，由细写接

---

1 巴别尔.骑兵军.戴骢，译.北京：人民文学出版社.2004：43-44

手。读者这时就好像站在两人身边，现场聆听两人的对话，感受到两人挫败的情绪和心理，这是略写无论如何也给予不了的感受。细写一旦把读者的注意力收窄到具体的场景中，时空视野就变得窄小，不如略写开阔。细写等于是提供故事进程中的一个个剖面，主要是对空间的展开（包括心理空间）——如果略写不介入，会令读者几乎觉察不到时间的流逝，与略写令读者几乎觉察不到空间、主要察觉到时间的流逝正好相反。下面是我的小说《枪支也有愿望》中的一段文字，你能否看出哪部分是略写、哪部分是细写？

学生揉着一双布满血丝的眼睛，大清早就赶到了靶道。为了报答老师昨日放假的恩典，他打算赶在老师上班前，做完实验前的一切准备工作。布完靶阵，朝枪管插上冷塞管，对完基准，陆家也一脚迈进了靶道。看见学生破天荒的举动，陆家甚为惊讶，笑着打趣道："你女友来了，对我们工作也有帮忙啊，你变勤快了！"

师生俩一边说说笑笑，一边给枪装上弹夹，打开扳机保险前，只剩最后一道程序——再次瞄对基准，然后拔出冷塞管。就在这时，陆家的手机响了起来，"喂，喂，喂……"钢筋水泥的墙壁对手机信号屏蔽得厉害，陆家不得不操起手机奔向靶道外面，穿过铁门时，他回头甩给学生一句话："等一会儿再开枪！"

"喂，是谁啊？"陆家一到户外，信号骤然变得清晰，"……你是杨儿吗？杨儿，是你吗？"

"你打错了吧？你到底找谁呀？"

"杨儿，杨顺天，你是杨儿吗？"

"老奶奶，你打错了！我不是杨顺天。"

手机另一头的老奶奶似乎不打算放弃，"那你是谁呀？是不是杨顺天的朋友？"

  粗体字部分是略写，非粗体字部分是细写。你可以发现，略写和细写时常交织在一起，不一定泾渭分明。原因在于，小说中不仅有不少大场景，还有大量细小的场景，都需要略写来完成过渡。比如，"陆家不得不操起手机奔向靶道外面，穿过铁门时"这个略写，就夹在两个细写之间，是为了让读者的视线，快速从靶道内过渡到门口和门外的场景，再由描绘陆家说话的细写接手，令读者产生身临其境的幻觉。

细写与略写的平衡原则

如果小说中只有略写或只有细写，行不行？我们来看一个例子，下面是我的小说《枪支也有愿望》的最后一段。

于是，师生二人念念有词，真心实意朝枪鞠了又鞠，接下来，按照处理事故的惯常程序，保留现场，分别给系主任和院长打去电话。学校立刻派人来勘察现场，事过不久，分别对陆家和学生进行了处分，处分分别记入了个人档案。陆家并不把处分放在心上，他最在乎这支报废的枪能不能留在他手上。经过一番苦苦交涉，国资科总算把这支枪从花名册上除了名，将废枪交给陆家处置。

重新领到废枪的那天，陆家用锹在靶道边的山丘，刨出一个深坑，把刚刚"洗过澡"的废枪，用三层油纸包裹，葬进了坑底。不久，他花钱找石匠打制了一块花岗岩石碑，庄重地立于土坑之上。石碑上的宋体刻字勾填着耀眼的红漆，上面写道：

这里葬着一位有良知的枪。

可以看出，这段文字全是略写，快速交代处理废枪的全过程，由于这段文字前面已经有很多细写，这样以略写快速结束小说，完全可行。仔细阅读这段文字，你会发现，略写其实就是快速勾勒出处理废枪过程的梗概，说到这里，大家一定会意识到，写梗概老写不短的症结所在——老是在略写中插入细写。写一篇小说梗概也好，一个故事梗概也好，都必须全部用略写。当然，有人可能会突发奇想，如果小说全部用略写或全部用细写，是否可行？我的回答是：不行！倘若全部用略写，会令读者隔岸观火，隔靴搔痒，无法把读者真正带入情景和场景，就无法产生移情作用，小说就丧失了最重要的本性，读者也失去了扮演角色的机会。倘若全部用细写，读者固然会有现场感，甚至会被触动，但小说与戏剧已经差别不大，有沦为剧本和戏剧的傀儡、文字中的戏剧之嫌，那样的话，小说作为更自由、更驳杂的体裁的意义，就荡然无存了。

请大家看图 15。

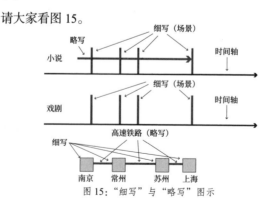

图 15："细写"与"略写"图示

略写是沿着时间轴快速推进故事，细写是停在时间轴的某处进行场景和情景描绘，相当于时间轴的剖面。彼此相邻的两个细写，需要靠略写来连接。图中可以看到，略写沿着时间轴，串起一个个细写。**略写与细写的搭配和平衡，如同诗中客观意象与主观意象的搭配和平衡，缺一不可，是小说写法的重要秘诀之一。**一旦抽掉与时间轴相连的略写，会发现图中的小说与戏剧十分相像，只剩下场景般的细写。只不过戏剧中的细写完全靠对话完成，小说中的细写靠场景描绘、内心描绘、对话等联合完成。戏剧没有略写，它如何推进故事？它只能靠场景之间的时间跳跃来推进。比如，第一场讲某天下午的事，第二场可能会讲第二天早晨的事，第三场可能跳到一周后。场景之间的那段时间究竟发生了什么，如果有必要交代，只能拜托某场次中的对话来交代。正因为戏剧有时间推进上的跳跃缺陷，无法直接演出场与场之间的故事过程，无怪乎西方古典主义戏剧会恪守三一律，把发生的故事严格限制在一天之内（二十四小时内），这样容易造成时间连续，没有中断的感觉。讲到这里，你就明白，略写是克服时间跳跃的利器，令读者不会有时间中断的感觉，只是它无法应用于舞台戏剧。一旦把它用于小说，就解决了小说场景的时间跳跃问题，令读者置身小说时，仿佛有时间延绵不断的幻觉。

请看沪宁高铁（见图15），我用它来说明小说略写与细写的平衡。高铁如同略写，串起代表细写场景的南京、常州、苏州、上海等城市。你细写完了场景南京，要转场到场景苏州去细写，就得通过高铁快速从南京转场到苏州，文字中的转场可以用这样的略写来实现："他去南京南站，搭上了去苏州的高铁。路上一个半小时，他一直盯着车窗外掠过的灯火。九点四十分，他走出了苏州站。"你看，寥寥数语就交代了一个半小时的转场过程。用来转场的略写，还可以更简洁："他从南京南站搭上了去苏州的高铁。九点四十分，他背着包走出了苏州站。"这两句就把小说引入了苏州场景，接下来，就可以对苏州展开具体翔实的细写……

小说必须兼顾细写与略写，应该成为写小说的基本常识。细写因为描述得很详细，比如衣服是什么款式、人是什么模样、环境里有什么、心里怎么想等，如同用特写镜头推近描述对象，视野必然收窄，就很难用它交代过程。交代过程的工作，就得仰赖视野宽广的略写。所以，小说中的宏观描述、场景过渡、历史变迁和无暇展开的人物前史等，都可以交给略写处理，用蜻蜓点水式叙述完成，无形中可以加深小说的内涵。哪怕是写散文，最好也要平衡细写与略写，理由是，散文同样有要交代过程、力图产生带入感的问题。请看巴别尔在《二旅旅长》中对细写与略写搭配的运用，粗体字部分是略写。

我举着望远镜，看到旅长在一根根浓密的烟柱间东奔西突。

"科列斯尼科夫已经率领骑兵旅出击，"趴在大树上的瞭望哨在我们头顶上说道。"好，"布琼尼回答说，他点一支烟，阖上了眼睛。

"乌拉"声停息了。炮击声给压了下去。一颗多余的榴弹炮在树林上空炸了开来。于是我们听到了马刀没有一息声音的默默的砍杀。

"好样的小伙子，"军长一边站起来一边说，"在尽力建功。应该认为，他能不辱使命。"

布琼尼吩咐牵过马来，向战场驰去，骑兵军军部紧

随他向前推进。

　　我在当天晚上歼灭波兰人后一个小时，得有机会见到科列斯尼科夫。他骑着一匹浅黄色的牡马，独自一个在他骑兵旅前头一边走，一边打盹。他的右手吊着绷带。在他身后十步远，一名哥萨克骑兵举着打开来的军旗。打头阵的骑兵连懒洋洋地唱着下流的小曲，整个骑兵旅扬起弥天尘土，队伍拉长得望不到头，活像去赶集的庄稼汉的大车队。殿后的军乐队累得筋疲力尽，气不打一处出地奏着军乐。[1]

习题：

给大家四分钟，试写今天来上课或上班的经历，务必兼顾细写与略写。

学生练习一：

　　7点的创意写作课，按照以往的经验，我6：45从单位出发是不会迟到的。心想，今天要早一点到，抢占一个便于拍照的好位置。所以我6：40离开单位，不料一路上都是红灯，看着一个个红彤彤的灯，牌子上不断变小的数字，我心急如焚，觉得数字在不断变大，时间长得像过了一年。灯一变绿，我就顾不上穿旗袍走路应该有的优雅，撒腿狂奔，在路人诧异的目光中，终于一口气跑到了10楼，一出电梯，就听到了黄老师的声音。心里着急，想跑进教室，又怕高跟鞋的声音打扰大家，于是只好放慢脚步，有点羞愧地走进教室。

1　巴别尔.骑兵军.戴骢，译.北京：人民文学出版社.2004：47

点评：

粗体字部分是略写，其余都是细写。"我"离开单位之前，作者先用细写描述心里的盘算，接着用一句略写就把读者带入路口的红绿灯场景中，接着又用细写描述等候的心情；从"灯一变绿"开始，作者用一段略写迅速交代了从路口来到 10 楼的过程，再用细写描述进教室前的心理；最后用略写让"我"由楼道进入教室。大家可以看出，细写和略写时常犬牙交错，不一定整齐划一、泾渭分明。

学生练习二：

我今天下班后坐在小饭馆慢悠悠地吃饭，突然看见老师在群里说电脑坏了，需要一台电脑，我就三口并作两口匆匆吃完，提前朝教室赶。开车在高架快速道变道时，突然有个警察把我拦下来。我停车后说，不好意思，我有点急事。警察说，你应该在虚线的地方变道。我说，这段路太短了。他沉默不语。我马上来软的，说兄弟不好意思，今天实在是赶路，要来上老师的写作课，赶得急了点。他听罢，态度好了一些。给我打单子说，里面只有 7 分了，**算了不扣分了，罚你 50 元。我一路踩着油门，6:30 赶到了教室，然后我陪着小姑娘把电脑调试好了，拍了一张照片发到群里，等候大家来上课。**

点评：

粗体字部分是略写，其余是细写。大家可以发现，细写集中在他与警察的对话，对话前后都是略写，分别用来交代他在小饭馆吃饭，为何会赶路来到变道的地方；被罚款后，他如何来到教室，做了什么。他的细写和略写比较规整，有点泾渭分明。两位学员的分享都挺好，开始掌握细写和略写的精髓了，尤其是两者如何平衡的精髓。

特殊细写中引入略写的问题

某些特殊题材的场景，如果过度细写，必定会引起读者的不良反应，导致读者心生厌恶，这时就需要略写出场，以克制和收敛细写。比如，非常血腥、恐怖、色情的场景等，如果你恣意展开细写，会令读者过度紧张，或难堪，或惊惧。作品要想有普遍的价值和永恒的人性触动，就必须尊重人性的悖论。前面说过，人是携带着辩证法的动物。人当然有冒险的冲动，但过度冒险人又会担惊受怕，期盼回到安全之地。大家要明白，道德的实质是给人的心理提供安全之地。对血腥、恐怖、色情场景的描述，尤其是虐待人的那些场景，虽说迎合了人的冒险冲动，但人的双重本性，决定了人又不情愿冒险过度，期盼不要偏离心理的安全地带太远。希腊悲剧就成了这方面的范例，提供了经久不衰的秘诀。尼采在《悲剧的诞生》[1]中，谈到了希腊悲剧中的类似规律，即太阳神精神与酒神精神的对抗与协调，酒神的狂野冲动受到太阳神的适度克制，使之有了完美的审美形式。太阳神讲究克制、控制、秩序、和谐，是审美的源泉；酒神则着眼感性的冲动、放任，是紧张的来源。正是两者的适度平衡，才使希腊悲剧有了经久不衰的魅力。略写接近太阳神精神，对血腥、色情等场景的细写渲染，

1　尼采.悲剧的诞生.周国平，译.北京：三联书店.1986：15

能有一定的疏离和克制，达成类似希腊悲剧的审美平衡。亚里斯多德也谈到，过度与不及是恶的特点，与幸福无缘 [1]。这幸福当然包括观众或读者的审美快感。中国当代作家已"忘记"，或不在乎这些"规律"，涉及一些血腥场景的描写，就有过度之嫌，沉迷于博一时之眼球。下面是余华《现实一种》中的一段：

> 然后她拿起解剖刀，从山岗颈下的胸骨上凹一刀切进去，然后往下切一直切到腹下。这一刀切得笔直，使得站在一旁的男医生赞叹不已。于是她就说："我在中学学几何时从不用尺划线。"那长长的切口像是瓜一样裂了开来，里面的脂肪便炫耀出了金黄的色彩，脂肪里均匀地分布着小红点。接着她拿起像宝剑一样的尸体解剖刀从切口插入皮下，用力地上下游离起来。不一会山岗胸腹的皮肤已经脱离了身体，像是一块布一样盖在上面。她又拿起解剖刀去取山岗两条胳膊的皮了。她从肩峰下刀一直切到手背。随后去切腿，从腹下髂前上棘向下切到脚背。切完后再用尸体解剖刀插入切口上下游离。游离完毕她休息了片刻。然后对身旁的男医生说："请把他翻过来。"那男医生便将山岗翻了个身。于是她又在山岗的背上划了一条直线，再用尸体解剖刀游离。此刻山岗的形象好似从头到脚披着几块布条一样。她放下尸体解剖刀，拿起解剖刀切断皮肤的联结，于是山岗的皮肤被她像捡破烂似的一块一块捡了起来。背面的皮肤取下后，又将山岗重新翻过来，不一会山岗正面的皮肤也荡然无存。[2]

1 西方伦理学名著选辑（上卷）.周辅成，译.北京：商务印书馆.1996：312-313

2 余华.现实一种.上海：上海文艺出版社.2004：62-63

小说里最容易让人产生紧张感的，就是这类描写血腥、恐怖的细节。余华的《现实一种》最后写人被枪毙后，医院来解剖遗体，要利用他的器官进行移植。所以，要趁着人死了身体还是热的，把他的器官都割下来带走——把肝拿走，把肾拿走，移植给那些等待移植的病人。关键是，余华是怎么写医生下刀解剖遗体的？从上引的文字可以看出，余华等中国作家在这方面没有特别的顾忌，对于人类过去积累的描述经验和原则，没有太多的了解或顾及，导致他们处理血腥场面时，采取了相反的做法：极尽渲染之能事，令读者内心达到极度的恐惧和紧张。余华早年写过一些暴力题材的小说，有故意震惊读者之嫌。这类能达到震惊效果的描写，一方面能使作家获得声名，另一方面会令作家丢掉未来的读者，因为它毕竟不符合人性的永恒需要。人性的永恒需要是什么？既需要紧张、恐惧，满足冒险的冲动，同时还要得到缓解。如何才能得到缓解？进行细节描写时，一旦涉及特别血腥或恐怖的地方，你要适当用略写来产生疏离感，此时略写可以起到缓解紧张和恐惧的作用。余华前期作品写得非常好，不管《现实一种》名声多大，还是遮掩不了它的这个缺陷——描述医生解剖尸体时，作家有沉溺血腥描写的快感，罔顾读者的人性需要和紧张感受。

　　莫言在《檀香刑》中的描写，有过之而无不及：

　　　　当他举起刀子去剜钱的右眼时，钱的右眼却出格地圆睁开了。与此同时，钱发出了最后的吼叫。这吼叫连赵甲都感到脊梁发冷，士兵队里，竟有几十个人，像沉重的墙壁一样跌倒了。赵甲不得不对钱雄飞那只火炭一样的独眼动刀子了。那只眼睛射出的仿佛不是光线，而是一种炽热的气体。赵甲的手已经烧焦了，几乎捏不住滑溜溜的刀柄了。他低声地祷告着：兄弟，闭眼吧……但是钱不闭眼。赵甲知道没有时间可以拖延了。他只好硬着心肠下了刀子。刀子的锋刃沿着钱的眼窝旋转时，发出了极其细微的"噬噬"声响，这声响袁世凯听不到，那些站在马前、满面惶恐、不知道会不会兔死狐悲的军官也不会听到，那五千低着头如同木人的士兵也不会听到。他们能听到的，只有钱雄飞那残破的嘴巴里发出的像火焰和毒药一样的嚎叫。

这样的嚎叫可以毁坏常人的神经，但赵甲习以为常。真正让赵甲感到惊心动魄、心肝俱颤的是那刀子触肉时发出的"噬噬"声响。一时间他感到目不能视、耳不能听，那些唑唑的声响，穿透了他的肉体，缠绕着他的脏器，在他的骨髓里生了根，今生今世也难拔除了。第四百九十八刀……他说。[1]

莫言在《檀香刑》里，用了大约一万字写血腥的凌迟，上引段落只是冰山一角。比如，写刽子手用刀子挖犯人眼睛时，着力展现极为立体的血腥和恐怖景象，通过刀触肉的声音、视觉等，竭力让读者的恐惧和紧张达到极点。这么做的唯一"好处"，是颇为引人注目，但震惊过后的惩罚，也会渐渐降临。读者中能持续视血腥、恐怖为玩物的"勇士"，毕竟少之又少，读者整体上、统计学上，还会遵循人性的悖论：冒险感受恐惧时，仍期待有缓解的渠道。希腊的悲剧美学，就与这样的人性悖论吻合。考虑到千百年来的人性几乎没有什么不同，不管《檀香刑》能为莫言赢

---

1 莫言.檀香刑.北京：当代世界出版社.2003：180-181

得多大的一时之利，无数读者陷入极度恐惧之后，不再会屈就作品，自己人性中的需求，渐渐揭竿而起，厌恶和抛弃的惩罚就接踵而至。真正的经典不会把血腥或恐怖，当作珍奇玩物来持久把玩、欣赏。二十世纪的经典小说，几乎没有一部出现过类似极端做法，故意持久玩味血腥或恐怖的景象，完全不考虑用略写给读者提供心理缓解的渠道。只能说，中国作家的过犹不及、无惧无畏，不是因为熟知人性或小说美学，恰恰可能属于"无知者无畏"。

我举上述两例，是要提醒大家，以后碰到需要描写血腥或恐怖的场景时该怎么做。你一方面需要满足读者对血腥或恐怖的好奇，通过细写来产生现场感，让读者身临其境；另一方面，你也需要照顾人性追求安全的一面，读者并不希望自己持久地陷入恐惧，需要你见好就收，这时就需要用略写给读者提供缓解之机。单从这一点就能看出，什么样的写作才是真正成熟的写作。

我以纳博科夫的《洛丽塔》为例，展示他涉足色情这一特殊场景时，如何注重细写与略写的平衡。

突然，在一阵粗野的欢快声（性感少女的特征）中，她把嘴凑到我的耳边——但有好一阵子，我的头脑无法从她那炽热的惊雷似的耳语中辨别出什么话来。她又哈哈大笑，拂去脸上的头发，又把话说了一遍。等我听明白她暗示的事情后，**我渐渐颇为奇特地领悟到自己生活在一个崭新的、新得荒诞的梦境中，没有什么事在那儿是不可行的。**我回答说我不知道她和查利玩过什么游戏。"你是说你从来没有——？"她的脸瘪了起来，厌恶不信地睁大眼睛望着我。"你从来没有——"她又开口说道。我趁空用鼻子去闻闻她。"别这样，好吗？"她带有鼻音地嘀咕道,迅速把她褐色的肩膀从我嘴边移开。(除了接吻或赤裸裸的交欢,她把所有的亲热爱抚看作不是"浪漫的胡搅",就是"反常变态"——有很长一段时期,一直如此,这种方式相当古怪。)

"你是说,"她跪起身子,对着我,追问道,"你是个孩子的时候从来没有干过这种事吗?"

"从来没有,"我相当坦率地答道。

"好吧,"洛丽塔说,"那么我们就从这儿开始。"

可是,我不想详细描述洛丽塔的放肆,叫有学问的读者感到厌烦。只说我在这个漂亮的、几乎还没有发展成熟的年轻姑娘身上没有看到一丝端庄稳重的痕迹,也就够了。现代的男女同校教育、青少年的风尚、营火旁的欢宴等已经叫她这样的姑娘不可救药地彻底堕落了。她把那种赤裸裸的行为只看作不为成年人所知的年轻人的秘密世界的一部分……**任何人都可以想象那些兽性的成分。一项更大的尝试引诱我继续下去:一劳永逸地确定性感少女危险的魔力。**[1]

上引的段落,有三处粗体字部分值得关注。第一处粗体字部分,洛丽塔说了令亨伯特震惊的话,纳博科夫只是暗示此话相当淫邪,至于淫邪到什么程度,他并未用细写将露骨的话公之于众,只描述了亨伯特听完后的内心反应:"我渐渐颇为奇特地领悟到自己生活在一个崭新的、新得荒诞的梦境中,没有什么事在那儿是不可行的。"这句话留给读者琢磨的余地很大,"没有什么事在那儿是不可行的"含着对淫邪最大的想象,同时又不真正披露淫邪的具体内容,避免令读者尴尬。段落中的文字表明,洛丽塔在

1　纳博科夫.洛丽塔.主万,译.上海:上海译文出版社.2005:208-209

性行为上十分早熟，当洛丽塔引导亨伯特发生性关系时，作家通过第二处的粗体字部分，用略写感受和看法来闪烁其词，令读者的视线离开骇人的交欢场景，"只说我在这个漂亮的、几乎还没有发展成熟的年轻姑娘身上没有看到一丝端庄稳重的痕迹，也就够了"。这样的暗示还不够吗？为了添加暗示的力度，作家用第三处的粗体字部分再次略写感受："任何人都可以想象那些兽性的成分。一项更大的尝试引诱我继续下去：一劳永逸地确定性感少女危险的魔力。"你看，用"兽性的成分""危险的魔力"代替具体的细写，并非徒然，它传达了纳博科夫是弹奏人性之曲的行家里手，一旦用细写的对话场景，把读者引到交欢的场景边，这临门一脚，作家又全部交给略写，用感受或看法来暗示交欢的场景，且极尽暗示之能事。纳博科夫甚至假借亨伯特之口，道出了为何闪烁其词的缘由："我不想详细描述洛丽塔的放肆，叫有学问的读者感到厌烦。"[1]亨伯特说"有学问的读者"时，带了点嘲讽，但这句话也说明，纳博科夫知道骇人的色情场景，同样会令部分"没有学问的读者"感到"厌烦"。无怪乎法国出版商把《洛丽塔》当色情小说推出时，英国作家格雷厄姆·格林为纳博科夫打抱不平，发动了一场起到矫正作用的论战。以纳博科夫谙熟人性之悖论来看，他这本绕着色情跳舞却始终不闯入色情的小说，其实已迈入小说审美的经久之道，一定会比《檀香刑》等经久不衰。

课后作业：

根据故事和情节技巧，修改第三堂课上写的小说梗概，再根据细写和略写的要求，花四天时间写一篇短小说（八百字以内）。

1　纳博科夫.洛丽塔.主万，译.上海：上海译文出版社.2005：208

小说描述的陌生化

如何把场景描述陌生化?

细写还可以帮你把再普通不过的场景描写陌生化。比如，你写一个场景时，起初并没有用什么陌生化的方法，只是如实写出常见的场景。写完你并不满足，不喜欢如此熟稔的描写，你想把它改得特别一点、陌生一点，这时该怎么办呢? 托尔斯泰是把普通场景陌生化的高手。**他通常会抓住普通场景中的一个细节，用细写进行渲染、扩写，使得场景中的叙述比例发生失衡，这样被细写改变后的普通场景就不再普通，变得新鲜、陌生。**[1]先看巴别尔的《在康金打尖》中的一个场景描写:

> 我扣动扳机，向他的坐骑射去两发子弹，真舍不得那匹公马。多好的一匹公马呀，活脱是个英姿飒爽的布尔什维克，一个纯粹的布尔什维克。枣红的鬃毛赛过铜币，马尾像枚子弹，马腿跟一阵风似的。我本打算留下

1　什克洛夫斯基等.俄国形式主义文论选.方珊等，译.北京：三联书店.1989: 20

它的性命，将它送给列宁，结果成了泡影。我消灭了这
匹马。它像个新娘子似的仰八叉倒了下去……[1]

　　非粗体字部分，作者讲述"我"射倒马的完整过程，"我"
射倒了一匹波兰将军的马。只是，这样的讲述并未超出读者对那
类场景的预想，没有什么个性和新鲜感。但巴别尔用插入的细写
（粗体字部分），渲染、突出对马的描述，这部分的比例远远超出
描写射倒马全过程的部分，令它看起来像硬生生地插入，硬性插
在射出子弹之后，就好像球类比赛正酣之时，一方教练突然叫了
暂停，等教练向队员交代完毕（相当于巴别尔将马描述完毕），
比赛才恢复（相当于子弹飞过去把马射倒）。乍看有突兀感，但
它令原本普通的场景，有了读者不熟悉的陌生样貌和个性。现在
很多电影也用类似"细写"，把常规场景变得不一般。比如，士
兵开火的场景，过去表现时一般是对方应声倒地，但现在，枪响
之后，导演会用花式特写镜头表现子弹的飞行过程，时长远超子
弹实际的飞行时间，有时甚至渲染长达半分钟，才让子弹击中对
方。这种电影手法与巴别尔的小说手法，可谓异曲同工。我的小
说《方向正北》的最后一段，也是通过对场景中一个细节的"过度"
细写，来造成陌生化的效果。

　　　为了刺猬的安全，她不想留下有人来过空地的任何
迹象。
　　　当她心情惬意地转回身子，立刻觉得天旋地转——
一个男人堵住了她的去路。他像一只老练的豹在接近猎

1　巴别尔.骑兵军.戴骢，译.杭州：浙江文艺出版社.2003：85

物之前，未发出任何声响。嗓子早已被什么东西卡住了，除了陡然急促起来的喘气声、嗵嗵的心跳声，两片颤抖的嘴唇已经发不出任何清晰的字音。腿一软，身子顺着一棵幼树溜向地面。这样她的眼睛无力地仰向被树枝割碎的天空，看见晨风摇曳的树丫上，几只山雀倏地一声腾起，振翅向后山飞去。[1]

小说结尾，写小女孩到郊外放生一只刺猬，刚放生完就遇到了坏人。超出读者预想的是，这一段落描写的重点，放在女孩被掐住脖子这一细节上（粗体字部分），通过细写渲染这一细节中女孩的生理反应和视觉印象，令这一细节的描写比例变大、失衡，让小说结尾的场景有了陌生感和描述个性。简言之，当你正常描写场景时，把一个细节出其不意地用细写进行扩充，就会让你的整体描写产生陌生感，这是小说家们经常采用的陌生化手法。

再来看托尔斯泰的《战争与和平》的一个片段：

"怎么啦？我倒了？我的腿发软。"他这样想着仰面朝天倒下去。他想睁开眼看看法国兵和炮兵搏斗的结果，想知道那个红发炮兵有没有被打死，大炮被缴获还是被救下来。但是他什么也没看见。在他的上面除了天空什么也没有，——高高的天空，虽然不明朗，却仍然是无限高远，天空中静静地飘浮着灰色的云。"多么安静、肃穆，多么庄严，完全不像我那样奔跑，"安德烈公爵想，"不像我们那样奔跑、呐喊、搏斗。完全不像法国兵和炮兵那样满脸带着愤怒和惊恐互相争夺探帚，也完全不像那朵云彩在无限的

1　黄梵.女校先生.北京：作家出版社.2005：161

高空中那样飘浮。为什么我以前没有见过这么高远的天空？我终于看见它了，我是多么幸福。是啊！除了这无限的天空，一切都是空虚，一切都是欺骗。除了它之外什么都没有，什么都没有。甚至连天空也没有，除了安静、肃静，什么也没有。"[1]

非粗体字部分写公爵倒在地上，睁眼想看战场上的情况，但什么也没有看到，他的眼前只有天空。按理说，对他的描述可以结束了，已经交代完他在战场的境遇，但托尔斯泰没有罢休，他抓住公爵仰面看见天空这一细节，用细写（粗体字部分）进行拓展性的描绘（包括心理活动），公爵的思绪脱离战场转向天空，完全摆脱战场场景的束缚，让公爵第一次发现了天空之美，发现了人间其他事物的虚假，当然包括战争本身。这样的描述置于战场场景，乍看与场景极不协调，与战争格格不入，可是，让公爵的内心溢出战争，恰恰提升了他看待事物的精神高度，同时让他在战场倒地的普通场景变得陌生，富于个性，别开生面。

习题：
先略写闷热的街景，再抓住某一细节用细写扩充。

学生练习：
今天天气有些热，我走在街道旁，走着看着，突然不知怎么的，我仿佛置身在以太阳为背景的舞台上，道旁的人们好像在骑着没有轮子的车，我仿佛看见那些人浮在空中，蹬着空气飘移，周围的一切都像变成气泡，突然旋转起来，我的眼前一片漆黑。

---

1 托尔斯泰.战争与和平.刘辽逸，译.北京：人民文学出版社.2015：315

点评：

写得很好！他先写走在街上的情景，接着写某个瞬间热浪给他的感觉、热带给他的感觉，造成他眼中的幻境。这样描述闷热，就比直接说天气怎么热高明，也让夏天的普通闷热场景变得陌生、有个性。

如何把普通事物陌生化？

除了细写可以把普通场景陌生化，另有一法同样可以达成陌生化，那也是托尔斯泰常用的手法，即把日常事物变形，或描述事物时不指明原来事物的名称，造成仿佛是第一次看见这些事物的效果。[1] 先来看如何把日常事物变形的例子，我以巴别尔的《泅渡兹勃鲁契河》中的片段为例：

> 我们辎重车队殿后，**沿着尼古拉一世用庄稼汉的白骨由布列斯特铺至华沙的公路**，一字儿排开，喧声辚辚地向前驶去。
> **橙黄色的太阳浮游天际，活像一颗被砍下的头颅**，云缝中闪耀着柔和的夕阳，**落霞好似一面面军旗**，在我们头顶猎猎飘拂。[2]

粗体字部分是变形部分。公路本来由柏油或石子铺成，如果

<hr>

1　什克洛夫斯基 . 散文理论 . 刘宗次，译 . 南昌：百花洲文艺出版社 .1997：11

2　巴别尔 . 骑兵军 . 戴骢，译 . 北京：人民文学出版社 .2004：1

巴别尔照实说"沿着尼古拉一世用柏油由布列斯特铺至华沙的公路"，场景就庸常、毫无陌生感，把"柏油"变形为"庄稼汉的白骨"，普通公路场景就变得陌生起来；同时，通过突出白骨，揭示了沙皇对庄稼汉的压榨。再来看巴别尔又如何写太阳和落霞。他说太阳"活像一颗被砍下的头颅"，说落霞"好似一面面军旗"。上过我诗歌课的学员，会发现这种变形手法十分眼熟，就是我讲过的主观意象，无非是把客观意象"柏油""太阳""落霞"，分别变形为主观意象"白骨""头颅""军旗"。这是新诗的拿手好戏，对写诗的人而言，把客观意象改写成主观意象并不困难。这说明，为写新诗练就的功夫，同样可以让你写小说时受益。

托尔斯泰喜欢用的方法略有不同，一样可以达成场景描述的陌生化。英国批评家詹姆斯·伍德在《私货》中，提及《战争与和平》的一处场景描述，把它作为熟悉场景陌生化的范例之一。让我们看看伍德书中没有引全的段落：

> 没有人可供他砍杀（他所想象的战斗就是砍杀），他也不能帮助旁人烧桥，因为他不像别的士兵们都拿着稻草辫子。他站在那儿东张西望，忽然间，**桥上发出一阵像撒核桃似的毕毕剥剥的声音**，离他最近的一个骠骑兵哎哟一声倒在桥栏杆上。
>
> 那人端着刺刀，屏住呼吸，轻快地向他跑来，他那狂热的、陌生的面孔，使罗斯托夫大吃一惊。**他抓起手枪，没有向那人射击，却用它向法国人掷去**，然后拼着全力向灌木丛跑去。[2]

---

1 伍德.私货.冯晓初，译.郑州：河南大学出版社.2017：186
2 托尔斯泰.战争与和平.刘辽逸，译.北京：人民文学出版社.2015：167，212

第一段中的粗体字部分，描述的是机关枪的声音，如果照实描述，没有读者会觉得有新意，托尔斯泰采取的方法，是把"他"突然变成懵懂的孩子，让"他"分辨不出"毕毕剥剥"是什么声音，听起来像撒核桃。作家并不点明这声音的原来名称，这样"他"就获得了仿佛平生第一次听见枪声的全新感受，令描述枪声的场景变得陌生起来。此描述看似笨拙，实则高明。再看第二段中的粗体字部分，面对有人端着刺刀冲向"他"，托尔斯泰让"他"也变成孩子，仿佛是第一次拿到手枪，不知该怎么用，慌乱中索性把它当石头，朝对方掷去。这样的描写既可以凸显"他"的慌张，也令常见的战争场景变得陌生、有趣。让人仿佛是第一次"看见"已经熟悉的事物，是文学的普遍期待，原本是诗歌的擅长，后来也成为小说的审美敏感之一。这种手法要求我们抛开老于世故的眼光，学会像孩子那样，仿佛第一次睁眼看世界。毕加索总结过他成人后的艺术追求：我花了一辈子学习怎样像孩子那样画画。这不是委屈自己成为孩子，实则是把成人的世故之眼换成孩子的崭新之眼。再看巴别尔在《我的第一只鹅》中是如何描写师长的：

> 他身躯魁伟健美得令我惊叹，他站起身后，他紫红色的马裤、歪戴着的紫红色小帽和别在胸前的一大堆勋章，把农家小屋隔成了两半，就像军旗把天空隔成两半一样。他身上散发出一股香水味和肥皂凉爽发甜的气味。他两条修长的腿包在紧箍至膝弯的锃亮的高筒靴内，美如姑娘家的玉腿。[1]

1　巴别尔.骑兵军.戴骢，译.北京：人民文学出版社.2004：30

粗体字部分，巴别尔描述红马裤、红帽子、红勋章给人的感觉。如何让这感觉过目不忘？巴别尔选择用夸张来变形，说"他"身上的那片红，"把农家小屋隔成了两半，就像军旗把天空隔成两半一样"。这让我想起雪莱在《西风颂》中的夸张描述——"它忙把大海劈成两半，为你开道／海底下有琼枝玉树安卧"[1]。巴别尔与雪莱的场景变形、夸张，可谓异曲同工。大概巴别尔常用这类变形，他的语言被认为具有巴洛克风格。巴洛克风格与雪莱的浪漫主义实则暗通款曲，审美上都追求用夸张来变形。你再看巴别尔怎么形容师长的腿：明明是一个男子汉的腿，却说它"美如姑娘家的玉腿"，把男性的腿看作姑娘的玉腿，真的需要一双发现的眼睛，需要忘掉成见，让读者仿佛第一次发现男人的腿也挺美。与第一个说女人像花的人一样，巴别尔也是通过一双能跨界的眼睛，看出了不同事物间的内在联系，即师长的腿与姑娘的腿有共通的修长之美。

在《秘密的奇迹》中，博尔赫斯既会插入细写来扩充一个细节，也会把某事物变形，以达成陌生化：

军士长一声吆喝，发出最后的命令。物质世界凝固了。

枪口朝赫拉迪克集中，但即将杀他的士兵们一动不动。军士长举起的手臂停滞在一个没有完成的姿势上。一只蜜蜂在后院地砖上的影子也固定不动。风像立正似的停住。……不知过了多久，他睡着了。醒来时，世界

---

1 英美名诗一百首. 孙梁，编选. 北京：中国对外翻译出版公司／商务印书馆香港分馆.1987：203

仍旧没有动静，没有声息。他脸上仍留有那滴雨水；地砖上仍有蜜蜂的影子；他喷出的烟仍浮在空中，永远不会飘散。等到赫拉迪克明白时，已经过了另"一天"……他结束了剧本：只缺一个性质形容词了。终于找到了那个词；雨滴在他面颊上流下来。他发狂似的喊了一声，扭过脸，四倍的枪弹把他打倒在地。[1]

小说写"他"即将被枪毙，就在军士长要发出开枪的命令时，博尔赫斯让军士长的行动停在那一刻，仿佛现实世界在那一刻凝固，得以让博尔赫斯用细写插入一大段"他"的幻觉。第二段的粗体字部分就是幻觉，我只摘录了一小部分。原来，"他"的剧本还没有完成，他置身幻觉中，请求上帝再给他一年时间，上帝恩准了。他开始日夜兼程赶写剧本，幻觉中写了整整一年，只差最后一个词了，差一个形容词，他苦思冥想，终于找到了那个词。博尔赫斯写"他"发狂地喊了一声时，幻觉结束，军士长从刚才停下的那一刻开始，重新启动枪毙的行动。你看，博尔赫斯把幻觉插入军士长命令的写法，与托尔斯泰如出一辙，都是用细写扩充某个细节。博尔赫斯扩充"他"在那一刻的幻觉，托尔斯泰扩充公爵看天空的细节。大肆用细写扩充幻觉，产生幻觉的时间其实很短，但给读者时间很长的错觉，这样就令枪毙人的普通场景变得陌生起来。敢把这么一大段幻觉，插入军士长发出命令的须臾间，真可谓大师手笔，而普通写作者会被行文的规矩吓住，不敢越雷池一步。小说最后一句，"四倍的枪弹把他打倒在地"，采用的是变形手法，博尔赫斯没有挑明倍数的基数是多少，这样"四

1 博尔赫斯.杜撰集.王永年，译.上海：上海译文出版社.2017：57-59

倍的枪弹"的数量就变成一个谜，给人神秘、陌生之感。古希腊悲剧《波斯人》，大概是博尔赫斯这种变形手法的滥觞，希腊剧作家曾让《波斯人》中的歌队唱道"两倍、三倍的灾难"[1]。

习题：
把一个正常的海景描述用变形手法陌生化。

如何把情感表达陌生化？

留心观察那些描述生理反应的词语，比如人感到恐惧时，一般人会有哪些生理反应？你通常会说，吓得脸色苍白，浑身筛糠，牙齿打战，两腿发软，惊出冷汗，吓尿了，不敢动弹，语无伦次，眼睛发黑，头晕目眩，晕倒……你会发现，要列出几十种面对恐惧时的生理反应，简直是要你的命，一般列到十几种就词穷了。当然，你还可以列出面对高兴时的生理反应，比如容光焕发、激动得哭泣、呼吸加快、心儿乱跳、脸红、傻笑……列到十几种，你同样会感到词穷。面对每一种情感，能供写作者调用的生理反应其实十分有限，要是完全依靠这些生理反应来描述情感，必会给人陈腔滥调甚至雷同的感觉，一旦意识到这一点，你就会转而寻求别的方式来描述情感，以确保有自己的描述个性，造成与别人描述的差别。想一想吧，千百年来有无数文学作品需要描述人的种种情感，作家能调用的生理反应，只有区区十数种或数十种，生理反应经过海量作品的调用，早已失去新鲜感，也无法据此把

---

1 古希腊悲剧喜剧集.张竹明、王焕生，译.南京：译林出版社.2011：60

作家与作家区别开来。为了不让读者失望，为了让描述凸显写作者的个性，**这时就该将描述从生理反应转向心理反应，或转向人物的外部行动**。因为人的心理反应和外部行动，是可以专门为某种情感虚构出来的，这样的虚构会因人而异，变化多端，难以穷尽，自然不易雷同，容易让人记住写作者的个性，也会让描述变得新鲜、陌生。我举例来说明。巴别尔的《两个叫伊凡的人》中，有一段描写愤怒情绪的文字（情绪可以视为短暂的情感）：

> "那就更好了，"助祭固执地重复说，"伊凡，毙了我吧……"
>
> "混蛋，你自己毙自己吧，"伊凡·阿金菲耶夫回答说，气得脸色煞白，连咬音都不准了，"你自己给自己挖个坑，把自己埋掉……"
>
> 他挥舞双手，扯下自己的衣领，倒在地上，癫痫病发作了。
>
> "唉，你是我的心肝宝贝！"他发狂地喊道，把沙土撒在自己脸上。"唉，你是我苦命的心肝宝贝，你是我的苏维埃政权……"[1]

阿金菲耶夫对大家在战场拼命而助祭装病感到气愤。你会发现，巴别尔对气愤的描述只用了两个生理反应："气得脸色煞白，连咬音都不准了"，"癫痫病发作了"。更多的描述，仰赖虚构出的外部行动，"他挥舞双手，扯下自己的衣领，倒在地上……把沙土撒在自己脸上"，包括他对助祭说的气话："混蛋，你自己毙自己吧""你自己给自己挖个坑，把自己埋掉……"，和癫痫发作

1　巴别尔.骑兵军.戴骢，译.北京：人民文学出版社.2004：104

后的自言自语，这些都是人物的行动。扯衣服、倒在地上、撒土到脸上等，这些夸张甚至怪诞的行为，令读者对阿金菲耶夫的直率粗鲁、爱憎分明难以忘怀，与常见的生气的生理反应大为不同，这样就传递出作家的描述个性。巴别尔不止少用生理反应、多用外部行动，还把其中一个生理反应特殊化，通过虚构阿金菲耶夫有癫痫病的前史，让读者陡然面对阿金菲耶夫气出了癫痫病，会觉得这样的生理反应不是常人能有的，陌生感就这样注入了愤怒产生的生理反应。当然，你还可以虚构阿金菲耶夫有腿伤的前史，这样当他气得采取常人的行动比如踢石头时，腿伤会令他一下子扑倒在地，原本踢石头的常见行动，就会因扑倒在地变得特殊、陌生起来。

再看巴别尔的《马特韦·罗季奥内奇·巴甫利钦柯传略》的最后一段：

> 这时我把我的老爷尼基京斯基翻倒在地，用脚踹他，踹了足有一个小时，甚至一个多小时，在这段时间内，我彻底领悟了活的滋味。**我这就把我领悟到的讲出来，开枪把一个人崩了，只图得一个眼前清静，不用再见到他了，如此而已，因为开枪把一个人崩了，其实是轻饶了他，而自己呢，心头虽轻松了些，总觉得不解恨。枪子儿是触及不了灵魂的，没法揪住他的灵魂，看看他还有什么招数能施出来。所以我这人往往不怜惜自己，常常把敌人踹在脚下，踹他一个小时，或者一个多小时，要好好尝尝我们活着到底是什么滋味……**[1]

1　巴别尔.骑兵军.戴骢，译.北京：人民文学出版社.2004：58

小说最后写到"我"怀着复仇的情绪，找老爷算账，为了解恨，"我"把老爷踩在脚下，足足踩了一个多小时。一般人会设想，战争年代士兵宣泄仇恨情绪的行动，无非就是把对方一枪崩了，或揍成重伤，或虐待致死。所以，"我"只是把老爷踩在脚下一小时，实则是非常仁慈的"虐待"，让"我"宣泄仇恨时仍恪守道德，显得与众不同。大概为了让读者理解这样的复仇道德，同时也让此种宣泄仇恨的做法更特别，巴别尔还添加了"我"这么做的心理活动（粗体字部分），阐释开枪复仇不解恨而踩在脚下更解恨的理由，即让敌人也尝尝"我"等这类"下人"活在世上是什么悲苦的滋味。此种解恨的心理活动，非巴别尔不能写出，有着独特的悖论趣味，完全避开了复仇情绪降临时，人容易雷同的生理反应和常见行为，显出了迷人的巴氏风格。

习题：

给你三分钟，设想一下：有人用刀抵着你的脖子，你如何通过描述心理活动或外部行动，传递出你独具个性的恐惧？

学生练习：

今天完蛋了，没见的世面还那么多，生命多么美好，她没有我怎么办？我一定要想办法摆脱眼前的困境。

点评：

你这个反应，跟我在《第十一诫》写的人物反应一模一样，我写一个助教站在靶场，炮弹即将飞来，有可能打中他，他恐惧中突然意识到，他的人生好像还没真正开始，还没经历男女之事，就要结束了……非常好！当然，还可以再具体一些。

第五课
如何叙事更有效？

情感的感染模式

　　小说是为人物的需求找到与之对立的事物，使它们彼此较量，这是小说得以推进的原因。前面讲过，人的动机一般来自需求。如果有些需求是来自情感的需求，这样的动机可称为**情感动机**。比如，《白鲸》中船长亚哈要找白鲸复仇的需求，就来自愤怒的情感，因被白鲸咬掉一条腿，他变得愤怒，因愤怒充满复仇的激情。日常生活中，也常常可以见到情感动机或情感的需求造成的种种行动。比如，有男子陷入单相思，整夜守在女子楼下，做出唱歌、表白等扰民行径，这些行动就来自男子爱情需求的推动。一旦需求变成情感需求，不只会让人物行动时充满激情，也令读者更同情或理解攻艰克难中的人物，大大增强人物的感染力。比如，《简·爱》结尾写简·爱的行动时，就特别渲染了她的情感需求。勃朗特为此设计了一个能体现情感的情节：得知罗切斯特的庄园烧毁，他双眼失明，简·爱不计前嫌，毅然决然要和罗切斯特结婚。是什么让简·爱可以不顾罗切斯特的潦倒、伤残？当然是她的爱情，爱情需求大大增强了她如此行动的说服力，让读者也巴望简·爱的需求能实现。

　　人物的情感需求如何体现呢？高明的方法当然是设计情节，

通过情节体现情感，比直接说明或渲染情感更有说服力，更便捷巧妙。请看下面两个简单的句子：

①国王上午死了，王后下午也死了。
②国王上午病死了，王后下午因悲痛自杀了。

①讲述的不是情节，而是两个独立的行动，彼此无关联，只构成故事，读者从中感受不到王后的情感，就算猜到王后之死与国王之死有关，但猜测并不能真正调动读者的情感。②中的两个行动构成了一个情节，国王之死是导致王后之死的因，因果关系让读者对王后的死，有了情感层面的充分理解，传递出王后对国王感情至深。你看，用情节来体现和渲染情感效率极高，寥寥一句话，就能让我们感受到王后的强烈情感，令我们同情王后，对王后这个人物难以忘怀，比直接讲述情感节省太多口舌。

我用博尔赫斯的《小径分岔的花园》中的几段文字来具体说明。

我不愧是彭㝠的曾孙，彭㝠是云南总督，他辞去了高官厚禄，一心想写一部比《红楼梦》人物更多的小说，建造一个谁都走不出来的迷宫。他在这些庞杂的工作上花了十三年工夫，但是一个外来的人刺杀了他，他的小说像部天书，他的迷宫也无人发现。

"那是我曾祖彭㝠的花园。"
"您的曾祖？您德高望重的曾祖？请进，请进。"
潮湿的小径弯弯曲曲，同我儿时的记忆一样。我们来到一间藏着东方和西方书籍的书房。我认出几卷用黄绢装订的手抄本,那是从未付印的明朝第三个皇帝下诏编纂的《永乐大典》的逸卷。留声机上的唱片还在旋转,旁边有一只青铜凤凰。我记得有一只红瓷花瓶,还有一只早几百年的蓝瓷,那是我们的工匠模仿波斯陶器工人的作品……

"在所有的时刻,"我微微一震说,"**我始终感谢并且钦佩你重新创造了彭㝓的花园。**"

艾伯特站起身。他身材高大,打开了那个高高柜子的抽屉;有几秒钟工夫,他背朝着我。我已经握好手枪。我特别小心地扣下扳机:艾伯特当即倒了下去,哼都没有哼一声。我肯定他是立刻丧命的,是猝死。

……我是在报上看到的。报上还有一条消息说著名汉学家斯蒂芬·艾伯特被一个名叫余准的陌生人暗杀身死,暗杀动机不明,给英国出了一个谜。柏林的头头破了这个谜。他知道在战火纷飞的时候我难以通报那个叫艾伯特的城市的名称,除了杀掉一个叫那名字的人之外,找不出别的办法。**他不知道(谁都不可能知道)我的无限悔恨和厌倦。**[1]

德国华裔间谍余准无法直接把情报传给柏林总部,为了让总部明白德军该轰炸一座叫艾伯特的城市,他决定杀掉一个叫艾伯特的人,这样当地报纸报道杀人案时,总部就会猜到他的意图。

1 博尔赫斯.小径分岔的花园.王永年,译.上海:上海译文出版社.2017:89-99

余准在该城市的电话簿里，找到一个叫艾伯特的人。如果博尔赫斯不打算把情感引入余准的内心，那么接下来的故事几乎谁都可以猜到：余准来到艾伯特的住处，枪杀了艾伯特，再被追踪他的马登逮捕；等待行绞刑期间，报纸会登出杀人案，接着德军就会轰炸叫艾伯特的城市。但博尔赫斯很高明，巧妙用情节把情感引入了余准的内心。他设计了如下情节（见小说引文）：余准要刺杀的艾伯特恰好是汉学家，艾伯特研究的对象恰好是余准的曾祖父彭㝂，艾伯特恰好复建了彭㝂的花园，余准和艾伯特恰好都心系彭㝂的小说和花园，这些导致余准见到艾伯特时没有马上动手，他被艾伯特的汉学研究深深吸引、打动，两人热烈交谈起来。直到追踪他的马登闯入花园，余准才狠下心肠杀了艾伯特。这样的情节安排，大大增加了余准枪杀艾伯特的难度——难度不来自任何外部的行动障碍，恰恰来自余准的内心。因为余准从踏入花园起，就对艾伯特有了好感，接着是钦佩、感激，与艾伯特共有对中国文化的情感、对彭㝂的崇拜之情等，这样就容易理解余准杀人前后的心情（粗体字部分），尤其是完成任务后，"我的无限悔恨和厌倦"。遇见艾伯特后，他不再是冷酷的间谍，他的心被与艾伯特的交流柔化。把情感需求引入余准的内心，是这篇小说的灵魂，借助不动声色的情节设计，博尔赫斯造成了人物行动与内心的对立，正是这种不可调和的悖论，达成了人物对读者的牵动、感染。

菲茨杰拉德在《了不起的盖茨比》中，让盖茨比的情感完好无损，自始至终投向黛西。不管黛西发生了什么变化、情感裹挟多少杂质，盖茨比的感情始终如一、白璧无瑕，这样的情感安排，无疑会让读者选边，同情盖茨比。小说中体现盖茨比情感的情节，比比皆是。比如，黛西出车祸，撞死了丈夫的情妇，盖茨比主动顶包,把车祸揽到自己头上。通过这一情节,读者会强烈感受到盖茨比对黛西的深情,就是法国圣徒维依说的,削弱自己、壮大对方的那种爱情。

此外,情节反过来,也可以巧妙传递情感的冷漠。比如,黛西的丈夫设局,怂恿情妇的丈夫杀死盖茨比。盖茨比葬礼举行那天,黛西不但没有出席葬礼,还和丈夫共赴欧洲旅游。此一情节,传递了黛西令人震惊的冷漠,盖茨比替她顶包而死,她却无动于衷。

巴别尔的《我的第一只鹅》中,主人翁文书通过拳打房东、用刀劈杀房东的鹅,固然达成了他下连队的夙愿,与哥萨克官兵融为一体,可是他内心充满对房东愧疚的情感,愧疚之深令他的心滴血,精神备受煎熬。我摘出小说的最后几句,作为例证。

……六个人睡在一起,挤作一团取暖,腿压着腿,草棚顶上尽是窟窿眼,连星星都看得见。

我做了好多梦,还梦见了女人,可我的心却叫杀生染红了,一直在呻吟,在滴血。[1]

上述例子中含着两种基本的情感感染模式,我将之归纳如下:

①**人物的行动得到情感需求的加持:行动力(+情感推力)**

巴别尔的《马特韦·罗季奥内奇·巴甫利钦柯传略》《两个叫伊凡的人》,麦尔维尔的《白鲸》,勃朗特的《简·爱》,菲茨杰拉德的《了不起的盖茨比》,人物的行动被感情需求加持和推动。

②**人物的行动遭遇情感需求的羁绊:行动力(-情感阻力)**

---

1 巴别尔.红色骑兵军.戴骢,译.杭州:浙江文艺出版社.2003:43

博尔赫斯的《小径分岔的花园》，巴别尔的《我的第一只鹅》，人物行动时，遭遇自己内心的不舍情感，成为其行动前后的内心羁绊。

巴别尔的《多尔古绍夫之死》中不同人物的行动，分别符合上述两种模式，摘录如下：

"得花一颗子弹在我身上了。"多尔古绍夫说。

他靠着一棵树坐在那里。靴子东一只，西一只。他目不转睛地盯着我，小心翼翼地解开衬衫。他的肚子给开了膛，肠子掉到了膝盖上，连心脏的跳动都能看见。

"叫波兰贵族撞着了，会拿我取乐的。这是我的证件，给我母亲写封信，告诉她出了什么事……"

"不。"我回答说，用马刺朝马踢去。

多尔古绍夫把发青的手掌撑到地上，都不敢相信这是自己的手……

"你要跑？"他一边爬过来，一边嘟哝说，"你要跑，坏蛋……"

多尔古绍夫把他的证件交给排长。阿弗尼卡把证件藏进靴筒，朝多尔古绍夫的嘴开了一枪。

"阿弗尼卡，"我把车撑到这个哥萨克跟前，苦笑着说，"我可下不了手。"

"滚，"他回答说，脸色煞白，"我毙了你！你们这些四眼狗，可怜我们弟兄就像猫可怜耗子……"[1]

1　巴别尔.红色骑兵军.戴骢，译.杭州：浙江文艺出版社.2003：58

第一段中，多尔古绍夫受重伤，靠在路边，希望文书开枪打死他，免得落到敌人手里受罪。文书下不了手，他的行动被他心中的战友情义、知识分子的道德情感阻止，令他放弃开枪。开枪的行动受到情感羁绊，属于模式②。第二段中，排长阿弗尼卡是哥萨克人，他拥有的战友情义与道德情感与文书截然有别。哥萨克人的兄弟情义与道德情感，不允许他们把受伤的战友留给敌人折磨，这种情感成为阿弗尼卡开枪的助力，令他毫不犹豫朝战友开枪，这么做时内心也无任何愧疚。相反，他对文书逃避开枪异常愤怒，认定文书对哥萨克人没有情义。阿弗尼卡的开枪行动，明显受到哥萨克兄弟情义与道德情感的推动，属于模式①。

习题：
某士兵在战场战死，设计一个情节来体现他恋人的情感。

展示心灵的时机

有些学员写的小说，在设置困难方面做得挺好，只是他们忘了困难的本意，一味把困难设置得比较多，结果让人物疲于应付目不暇接的困难。人物刚解决一个困难，或还处在困难中，马上又让他应付另一个困难，接二连三、层出不穷的困难，令人物忙于应对新的困难，成为困难的奴仆，没有时机和时间去展示自己的心灵。为什么通俗小说的人物很难展示心灵？就是因为通俗小说中的困难比较密集，相邻两个困难的间距比较短，令人物疲于应对，过度频繁地辗转于不同的行动中，无从展示心灵。我们写的严肃小说，之所以叫心灵小说，就在于一切困难的设置都是为展示心灵服务的，不可本末倒置，与通俗小说着意于让人物忙忙碌碌应对各种"险情"，以此娱乐读者，有云泥之别。

当人物被需求推动去行动，当行动朝着克服困难的方向发展时，我们可以适当拉长行动的时间，不要马上克服困难，相反，耐心延长人物克服困难的过程，一旦克服困难的行动时间被拉长，人物的心灵和性格就会充分体现。拉长克服困难的行动过程或时间，其本质是陌生化。前面讲过，文学的本质就是陌生化，**小说无非是把人物的经历陌生化**。陌生化的方向有二：一是增加人物经历的难度，也就是困难，要么增加困难的密度，要么增加困难的程度。增加困难的密度是通俗小说的策略之一，古典小说则倾向于增加困难的程度。二是拉长人物经历的过程或行动的时间。这一做法，很适合心灵小说，尤其适合表达现代人复杂又微妙处境中的心灵，是现代小说的常见策略。如果用下划线的长短表示人物投入时间的多寡，那么这类小说中描述需求、行动、困难的时间长短，会呈现如下图式：

需求→行　　　　动→困难
　　　　　　↑
尽量延长克服困难的行动过程或时间

　　这种图式具有普遍性，同样会成为生活中人们推崇的行事方式。我举个例子。一篇讲某人获得世界冠军的体育报道，记者为了让读者感触更深，会渲染冠军背后的辛酸史，竭力拉长运动员付出努力的过程或时间。记者们常常从冠军小时候说起，尤其强调冠军从小就如何立志、开始努力，竭力拉长获得冠军的努力过程或时间；行动的过程或时间越长，读者就越容易被打动。设想一下，一个运动员练了三个月就获得世界冠军，和练了十年二十年、历经艰辛才获得世界冠军，哪种情况更能触动读者？是不是一目了然？读者固然崇拜天才，却更愿意看到，和他们一样普通的人通过艰辛努力，成为神一样的世界冠军，因为这一过程展示出的丰富心灵，更容易打动他们。比如，展示运动员坚毅的性格或意志力，某个时候还会打退堂鼓，可是靠从小就有的信念，还是战胜了一时的软弱，这些内在心灵的揭示，会令读者感同身受。

小说的例子不胜枚举。海明威在《老人与海》中为了展示老人的硬汉心灵，故意拉长了寻找大鱼的"小说时间"——八十四天，也故意拉长了制服大鱼的时间——花了三天三夜，老人才制服大鱼。门罗的《熊从山那边来》中，丈夫把妻子送进医院治疗她的失忆症，没想到进去不久，妻子就不记得丈夫了，还跟别的病人陷入情网。丈夫为了克服这个困难，把妻子夺回来，付出了艰辛的努力。门罗故意拉长了丈夫克服这一困难的过程：他每天去医院陪妻子和她的情人，甚至陪两人看电视，希望妻子能想起自己。对丈夫来说，每天的陪伴都是一场心灵煎熬，同时也展现了他内在的闪光品格。比如，妻子的情人被家人接走，妻子受思念之苦，身体每况愈下。丈夫为了救妻子，竟想方设法说服妻子情人的家属，把妻子的情人送回医院，与妻子相伴。要把妻子的情人接回医院，并不容易，因为那人的老婆并不希望他回到医院，丈夫不得不付出很多努力……门罗故意把夺回妻子的行动过程，拉得特别长，这样就有很多时机和充分的时间，展示丈夫的丰沛心灵。如果写丈夫发现妻子忘了自己，和别人移情别恋，他第二天来陪这对情人看电视时，妻子想起了丈夫，回到了丈夫身边，这样写的话，丈夫就没什么机会展示自己的复杂心理和丰沛心灵。

再比如，马尔克斯在长篇小说《霍乱时期的爱情》中，就把阿里萨克服困难的过程，拉到了几乎一本书的长度。年轻时阿里萨曾与费尔米娜私订终身，书信往来。等阿里萨满怀期待地从外地回到小镇，打算与费尔米娜结婚时，没想到在看见阿里萨的一刹那，费尔米娜就认定他不是自己想嫁的人，过去两人用书信建立起来的情感不过是幻觉。费尔米娜抛弃了他，和别人结婚了。可是阿里萨对她念念不忘，后来的几十年生活中，他一直保持单身，珍藏着对她的感情；为了排遣失去她的孤单，他走上了放纵之路。几十年后的一天，他听到费尔米娜丈夫意外去世的消息，立刻抛弃身边的年轻女友，向费尔米娜表达爱情，遭到了对方的斥责。后来，他不断写信给费尔米娜，慢慢消除了他们之间的心理障碍，两人又像年轻时那样重新恋爱了……马尔克斯把阿里萨重新赢得爱情的过程，拉长到几十年，可以说，阿里萨有什么样的品性，会一览无遗地充分展现。即使写短篇小说，人物的某些行动也可以适当拉长，以便人物有展示心灵的时机和时间。

叙事视角的选择策略

我不打算介绍所有视角。对一般写作者来讲，试图穷尽所有视角，与你日常生活中试图穷尽世上的所有食物一样，是不切实际的事。根据我的写作经验，我认为，你只需掌握三种视角，即**第一人称视角、全知视角、第三人称视角**，就足堪大用。比如，我就不主张用第二人称写小说，原因是，除了书信体，它适用的范围十分狭窄。

当你用**第一人称视角**"我"叙述时，相当于读者钻进了你的脑袋，读小说时，读者是用你的眼光看世界、感受世界，这样他们容易混淆自己与小说中的"我"的界限，产生移情作用，把小说中"我"的情感、感受、认知等据为己有，令自己像"我"一样激动、焦虑、紧张、爱恨，等等。所以，我想说，第一人称视角是带入感很强的视角，容易把读者带入"我"的内心世界，与"我"同呼吸共命运。当然，局限也明显，如果读者始终待在"我"的脑袋里，只能用"我"的视角看世界，"我"必然就看不到小说世界的全貌，看不到其他人物的内心和其他人的部分行动。比如，"我"与其他小说人物如果不相遇，"我"就不知道他在干什么，他有什么深不可测的过去，除了道听途说，别无他法。就算相遇，除非运用对话，让人物自己说出来，不然"我"也只能看见人物的外部行动，无法了然人物的所思所想；反之也一样，如果小说中的"我"不说出来（指告诉其他人物），其他人物也不会了然"我"的内心。这么说来，第一人称视角是比较受限的叙事视角。请看博尔赫斯的《小径分岔的花园》的最后一段：

> 马登闯了进来，逮捕了我。我被判绞刑。我很糟糕地取得了胜利：我把那个应该攻击的城市的保密名字通知了柏林。昨天他们进行轰炸；我是在报上看到的。报上还有一条消息说著名汉学家斯蒂芬·艾伯特被一个名叫余准的陌生人暗杀身死，暗杀动机不明，给英国出了一个谜。**柏林的头头破了这个谜。他知道在战火纷飞的时候我难以通报那个叫艾伯特的城市的名称，除了杀掉一个叫那名字的人之外，找不出别的办法。**他不知道（谁都不可能知道）我的无限悔恨和厌倦。[1]

博尔赫斯写这篇小说，用的是第一人称视角"我"。小说中讲述的一切，要么是"我"亲眼目睹的，要么是"我"听说的或猜测的。引文的非粗体字部分是"我"直接目睹的，粗体字部分是"我"预计、猜测的，斜体字部分则是"我"没有告诉其他人物的内心活动，除了读者知道，小说中别的人物永远无法知晓，"他不知道（谁都不可能知道）"中的"谁"，是指小说中的其他人物，他们不知道"我"的"无限悔恨和厌倦"。

全知视角是传统小说用得最多的，也叫上帝视角。全知视角

1 博尔赫斯.小径分岔的花园.王永年，译.上海：上海译文出版社.2017：99

指叙述者什么都知道，不待在任何人的脑袋里，好像一个无所不知的上帝，全神贯注看着小说中发生的一切，知道每件事、每个人的来龙去脉，这样叙述者就可以滔滔不绝地直接讲述所知道的一切。叙述者不在任何人的脑袋里，意味着什么呢？意味着人物与读者的界限不容易跨越，不容易合二为一，令读者产生移情作用，产生仿佛你（指读者）就是那个人物的效果。这样的界限感，难免会产生疏离感，令读者与人物自始至终保持一定距离，无法拥有第一人称那样的带入感，和身临其境之感。全知视角大致相当于电影中的中远景镜头，有宏观或大的视野；第一人称视角相当于近景甚至特写镜头，只有局部或小的视野。博尔赫斯写《女海盗金寡妇》，用的就是全知视角，请看其中一段：

> 俘虏提供的报告证实，海盗们的伙食主要是硬饼干、船上饲养的硕鼠和米饭，战斗的日子常在酒里加些火药。空闲的时候玩纸牌和骰子，喝酒，"番摊"押宝，厮守着小油灯抽鸦片烟。接舷作战前往自己的脸上和身上抹大蒜水，作为防止火器伤害的护身符。
>
> 船员带老婆出海，首领带妻妾，一般都有五六个，打了胜仗后往往全部更新。[1]

故事写得颇为传奇、热闹，但读者很难对小说人物产生移情作用，倒会注意小说讲述时的修辞和表达带来的特殊审美快感。这些必定需要读者的静观，即不被移情干扰的静观，当然还需要与人物的疏离感来助阵，这大概正是博尔赫斯想要的。

---

1 博尔赫斯.恶棍列传.王永年，译.上海：上海译文出版社.2017：30-31

还有一个视角介于第一人称视角与全知视角之间，就是**第三人称视角**。当你用"他"（含她或它，下同）叙事时，既可以像第一人称视角那样，进入某个人物的脑袋，也可以跳出来像全知视角那样，进行无所不知的讲述。当然，你还可以进入另一个人物的脑袋，甚至从不同人物的脑袋进进出出，让读者的视线跟着叙述者跳来跳去。所以，第三人称视角是最具变通性、最灵活的视角，可谓收放自如，难怪作家们都爱它。它相当于你在电影中拥有特写、近景、中景、远景等镜头，可谓一专多能。它能从不同脑袋进进出出的优点，恰恰也成为它的陷阱。设想一下，读短篇小说时，如果发现视角始终在不同人物的脑袋之间跳来跳去，一会钻入张三的脑袋，感受张三怎么想；一会钻入李四的脑袋，感受李四怎么想；一会钻入王二的脑袋，感受王二怎么想，总之，视角始终变动不居，你会有什么感觉？读者钻进某个人物脑袋的时间太短，或进出太频繁，都会大大减损移情作用，令他们产生无从选边的困惑或厌烦，他们不知该跟着谁的眼光，或用何种眼光看待事物。读者不会欣喜于在小说中找到不偏不倚的客观，那正是他们读小说时想抛弃的（前面已讲过意义的作用）。进出不同人物的脑袋太频繁，会令读者跟着叙述者不停变换小说角色，读者要么跟不上，要么会因持续的蜻蜓点水，而对每个人物的内心总是浅尝辄止，感到不胜其烦。用第三人称视角写短篇小说，为了避免上述缺陷，最好不要不停地进出不同人物的脑袋，最合乎人性需要的策略是：把视角固定在某个人物的脑袋里，其间你可以不时从"他"的脑袋里跳出来，用全知视角进行叙事，再跳回"他"的脑袋。从同一人物脑袋的进进出出，不会令读者有不断变换人物角色的跟随之苦，也让读者容易选边。如果你写的是长篇小说，情况就有所不同。就算你不把视角固定在某个人物的脑袋里，考虑到长篇的巨大篇幅，只要读者待在不同人物脑袋里的时间够长，移情作用就会产生，读者就不会有变换角色之累。当然，写作长篇小说的局部时，仍有类似短篇小说的陷阱，你的最佳策略依然是：避免写作时频繁地进出不同人物的脑袋。这样就容易理解，为何有的作家写长篇小说时，宁愿像写短篇小说那样，把视角始终固定在某个人物身上。比如，菲茨杰拉德的《了不起的盖茨比》，自始至终把视角固定在小人物尼克身上。我来举例说明。以下是法国小说家罗曼·罗兰的《彼埃尔和绿丝》中的两段文字：

绿丝在黑夜里一边听着隆隆的爆炸声，一边想着："要是能在他怀里听着暴风雨来临，那该有多好。"

彼埃尔捂住耳朵，不让噪音扰乱他的思绪。他全神贯注地追忆白天谱写的乐曲，一个旋律、一个旋律地回忆。他从走进绿丝家里那一瞬间开始，细细回味绿丝的每一句话、每一个手势和姿态，回味那些匆匆捕捉到的印象，仔细品尝其中韵味：绿丝眼帘下垂时，颊上就投下阴影；感情激动时，全身微微战栗，就像水面出现了涟漪；微笑时，神采奕奕，犹如灿烂的阳光。他把掌心贴着绿丝那温柔的张开的小手，感到无比温暖……彼埃尔陶醉在爱的梦幻中、爱的奇迹中，想把这些珍贵的浮光掠影般的片断谱成扣人心弦的乐曲。他不允许外界的噪声打扰自己。外界就像个不速之客……战争吗？他知道，他知道外面在打仗。让战争等着他吧。战争就在大门口，耐心地等着他，战争知道它很快就会等到的。这

180

一点，他心里也明白，所以才不因自己只想到自己而感到耻辱。[1]

第一段的叙述者待在绿丝的脑袋里，说出绿丝所想。到了第二段，叙述者跳入彼埃尔的脑袋，竭力传递出彼埃尔对绿丝的特殊感受。下面几段文字，同样出自《彼埃尔和绿丝》。一开始，粗体字部分的叙述，采用的是全知视角；接下来的非粗体字部分，叙述的视角渐渐转入第三人称视角，即钻入了"他"（彼埃尔）的脑袋。

彼埃尔和他同班级的十八岁的同学一样，即将应召入伍了。六个月以后，祖国将需要他转战沙场。战争将需要他作出牺牲。只有六个月的喘息时间。六个月！在这段时间里，哪怕能停止思维也好！就在这地道里躲着，省得面对残酷的现实……

列车风驰电掣而去。他躲在黑暗中，闭上了双眼。

当他重新睁开眼睛的时候，发现几步以外，只隔着两个人，站着一位刚上车的少女。起初，他只能从帽子的阴影下面瞥见一个楚楚动人的侧影，略嫌瘦削的面颊上贴着一缕金色的鬈发，像一道阳光射在俏丽的秀靥上。鼻子线条纤巧，小嘴的轮廓秀美端庄，双唇微翘，因为刚刚快跑过，嘴还在翕动，轻轻地喘着气。这位妙龄女郎通过他眼睛这扇窗户进入了他的心灵，整个地进入了。随后他又闭上了眼睛。周围的喧闹声已经听不见了。一

<hr />

1　诺贝尔文学奖获奖作家小说选.宋兆霖，编.杭州：浙江文艺出版社.2005：109，74

片沉寂，安谧宁静。只有她在他心里。

少女没有看他，甚至不知道身边有一个他。可是少女却像小鸟依人那样在他心上，默默地依偎着，他屏住呼吸，唯恐鼻息重了打搅了她……

如果观察一些杰出的小说，会发现作家设置视角的若干策略。比如，杰里·克利弗发现[1]，把视角设置在麻烦最多或最大的人物身上效果最好，只要此人物不在小说结束之前死去。这样的设置，既可以保证通过此人物的视角把小说讲完，也可以保证读者去"经历"那么多或那么大的麻烦，令读者能充分感受作家为小说设置的那么多或那么大的对立及较量。我来举一例。博尔赫斯的《埃玛·宗兹》，视角就设置在埃玛身上。为了替父报仇，她杀死了老板；为了消除警察的怀疑，保护自己，动手前，她先让水手糟蹋了自己，预先留下老板"强奸"她的"证据"。埃玛是麻烦最多、最大的人物，且活到了小说结束。如果把视角设置在老板身上，老板就无法讲述埃玛的计谋，就算用全知视角帮助老板讲述，读者也无法感知埃玛做这些事时内心的"难度"。如果让视角分别进入老板和埃玛的内心，这么短小的篇幅，不时进出两个人物的脑袋，带入感和移情作用就会大损。

如果麻烦最多或最大的人物活不到小说结束，用此人物的视角无法把小说讲完，就得另寻能把小说讲完的人。克利弗认为，为了保证读者仍能"经历"那么多或那么大的麻烦，可行的策略是：把视角设置在一个小人物身上，他（她）知道或经历所有的麻烦，且能活到小说结束。如果他恰好是麻烦最多或最大的人物

---

1 克利弗.小说写作教程.王著定，译.北京：中国人民大学出版社.2011：154

身边的小人物，效果更佳。比如《了不起的盖茨比》中，盖茨比当然是麻烦最多、最大的人物，他的初恋对象嫁给一个富人，他念念不忘；等他自己也成了富人，他继续追求初恋女友，两人"重拾旧情"；女友出车祸，意外撞死了丈夫的情妇，他主动为女友顶包，导致被女友的丈夫怂恿他人杀害。视角如果设置在盖茨比身上，就无法讲述盖茨比死后的"礼遇"——举行盖茨比葬礼时，初恋女友却赴欧洲旅游，盖茨比的邻居尼克倒出席了葬礼，无法表达盖茨比的一往情深与初恋女友的冷漠之间的对比，尼克的失望、不能平静。这样就不难理解菲茨杰拉德的做法，他把视角设置在盖茨比的邻居尼克身上，尼克知道盖茨比的一切麻烦，且能把故事讲完。麦尔维尔在《白鲸》中，同样把视角设置在小人物以实玛利身上，以第一人称讲述，他一直待在船长亚哈的船上，知道亚哈的一切麻烦，等亚哈和船上其他人与白鲸同归于尽，他是船上唯一的生还者，成为讲述全部故事的唯一人选。试想，将视角设置在船长或其他船员身上，船一翻皆葬身海底，谁来讲船上和他们曾经的故事呢？如果采取全知视角，讲述时就没有作家想要的带入感。

再举一例。巴别尔的《我的第一只鹅》中，就把视角设置在麻烦最大的"我"身上："我"是想下连队锻炼的文书，被军部交给六师师长安排。六师都是讨厌知识分子的哥萨克官兵，"我"跟设营员来到哥萨克连队，遭到戏弄、冷落。为了融入哥萨克连队，"我"狠心杀了房东的鹅，通过粗暴对待房东，赢得了哥萨克人的尊重，最终与他们打成一片。小说中可以设置视角的人物，有师长、文书、哥萨克人、房东等。设想视角在师长身上，就无法讲述文书下连队后的故事；设想视角在哥萨克人身上，就无法讲述文书下连队前的故事以及文书的内心；设想视角在房东身上，房东能讲的故事就更少。符合能讲全部故事要求的，只有文书，巴别尔理所当然会把视角设置在文书身上。我摘录文书与不同人物打交道的段落，供大家领会不同视角设置的利弊。

我将暂调我来师部的调令递呈给他。

"执行命令！"师长说。"执行命令，你想把你安排到哪儿都行，除了前沿。你有文化吗？""有，"我回答说，很羡慕他青春的刚强和活力，"是彼得堡大学法学副博士……"

"原来是喝墨水的，"他笑了起来，大声说，"还架着副眼镜。好一个奥知识分子！……他们也不问一声，就把你们这号人派来了，可我们这儿专整戴眼镜的。怎么，你要跟我们住上一阵子？"

"喂，战士们，"设营员一边打招呼，一边把我的箱子放到地上，"根据萨维茨基同志的命令，你们必须接纳这个人住在这儿，不得对他动粗，因为这人刻苦读书，很有学问……"

设营员脸涨得通红，头也不回地走了。我举起手来向哥萨克们敬礼。一个蓄有亚麻色垂发，长有一张漂亮脸庞的小伙子走到我的箱子前，一把提起箱子，扔出院外，然后掉过身子，把屁股冲着我，放出一串臊人的响声。

"他妈的！"我一边说，一边用马刀拨弄着鹅，"女掌柜的，把这鹅给我烤一烤。"

老婆子半瞎的眼睛和架在上边的眼镜闪着光，她拿起鹅，兜在围裙里，向厨房走去。"我说同志，"她沉默了一会儿，说，"我宁愿上吊，"说罢，带上门走了进去。

院场里，哥萨克们已围坐在他们的锅前。他们笔直地坐着，一动也不动，像一群祭司，而且谁都没看鹅一眼。

"这小子跟咱们还合得来，"其中一个议论我说，挤了挤眼睛，舀起一匙肉汤。[1]

我写《第十一诚》第一稿时，因视角设置错误，写到约四万字，就不得不推倒重来。小说里有三个主要人物：齐教授，师母，助教姜夏。姜夏想成为伟大的学者，却发现老师齐教授是会造假的虚荣学者，姜夏有样学样，走上了歪门邪道的人生路。齐教授的婚外情授人以柄，遭处分后突发心脏病猝死。后来，姜夏也不在乎名声，和师母发生了不伦之恋，当发现师母还与他人上床，他一气之下杀了师母。写第一稿时，我设想用姜夏的视角来讲述故事，因为我想象他有太多麻烦事。为了赢得读者的带入感，我有点操之过急，以姜夏的第一人称来写，结果出了问题。姜夏以"我"的身份讲述时，就无法给读者机会进入齐教授和师母的内心。比如，讲齐教授那些不为人知的婚外恋时、师母赴深圳与香港人同居时，"我"不能总是用道听途说来讲述。我希望讲述能抵达人物的心里，写到四万字时才意识到，第一人称无法完成这样的重任。写第二稿时，我开始小心权衡视角的利弊，认定第三人称视角最适合这样的讲述目标，它给读者留出了进入三个主要人物内心的通道。当然，与第一人称视角相比，带入感会逊色一些。有人可能会问，你为何不都用第一人称写三个主要人物呢？乍看这确实可以解决带入感和描述心理的问题，可是与我的结构设想

1　巴别尔.红色骑兵军.戴骢，译.杭州：浙江文艺出版社.2003：39-42

冲突。我设想《第十一诫》有碎片化的结构，为了给读者它并不混乱的信心，大体上的线性叙事和以姜夏为主的心理历程，是用来黏合碎片的胶水。如果采用分别进入三个人物内心的第一人称"我"，必会造成三条并行的叙事线索，讲述就不得不在三条线索之间来回跳跃，如土耳其作家奥尔罕·帕慕克的《我的名字叫红》那样。帕慕克这部小说对不同人物的讲述，大致上等量齐观，用第一人称视角换来好的带入感，非常值得。《第十一诫》向读者讲述的重点是姜夏，为次要篇幅动用第一人称视角，造成叙事的不连续及过多跳跃，会得不偿失。你看，具体设置视角时，并没有所谓完美视角设置，为了达成小说的诸多讲述目标，设置视角时难免会作出或多或少的妥协。我列出《第十一诫》中的两个段落，供大家体会上述所讲。

　　齐教授嗒嗒嗒轻叩姜夏的房门时，姜夏正发愣地望着窗外，像沉浸在一个避邪仪式中，身上因紧张渗出的汗，已经风干成皮肤上的少许盐沙。上午的那场经历，几乎蒸发掉了他身上所有愚蠢的问题。真是奇怪，一桩近乎灾难的差事，使他发现了日常生活的无边无际的诗意。活着多好啊，还需要寻找更幸福的理由吗？在道德面前，他可能会伸出指头嘘上一声，小声嘀咕，我累了，真的太累了，已经懒得把羞愧从身体里面抖落出来。他听见教授郑重其事地哼了一声，知道教授又有重要的谈话要发表。顺便提一下，教授也感到自己做得有些不妥，他表达愧疚的方式，让人觉得像他讲课一样心安理得。

　　该死的机器终于停了。她晕晕乎乎地从手术台上爬起来。医生二话不说，哧一声拉开窗帘，一束阳光刺目地照到她伤感的脸上。她实在羡慕那位女孩，女孩跌跌撞撞地一出门，就被守在门外的毛头小伙一把搂住了，直搂得女孩咳嗽起来。以后几天，她几乎一动不动地躺在旅馆里，真希望身边有个人能喋喋不休，跟她说说话。经历了年轻姑娘的肉体惯常经受的痛苦后，她认识到以前对年轻女人的嫉妒，是多么不应该。接连几天，教授没有打来电话，也许他正按照笔记本中的工作流程图，忙得不可开交。温暖的被窝里，她的手脚冰得如同冰箱里的冻肉。她气得直骂自己，在昏暗的光线中，盼着教授能出人意料地到来。她伸出舌头舔着起皮的嘴唇，想到了自己的粗心大意。这时，她才感到一位年老色衰的女人，失去的不只是关爱，也失去了承受感情起伏的能力。[1]

思考题：

父母不和，女儿希望父母和好，女儿找父亲时母亲嫉妒，女儿找母亲时父亲嫉妒。视角设置在谁身上最合适？

巴别尔有个视角选择的策略，挺高明，我推荐给大家。他尤爱第一人称视角，为了讲述各色人物的故事时仍能使用第一人称视角，他并不预先告诉读者小说中的"我"是谁。总之，读者先跟着"我"去经历故事，等"我"把主体故事讲完，巴别尔才以部队文书的角色出面，解释刚才的故事是谁讲给我们听的。这个策略若运用得当，可以不经意把本来需要第三人称视角或全知视

1　黄梵.第十一诫.长春：吉林出版集团有限责任公司.2009：21-22，70-71

角讲述的故事，转为用第一人称视角来讲述。巴别尔在《在康金打尖》中，先用政委的第一人称讲故事，最后通过"揭秘"，突然转入文书的视角。以下是小说最后一部分，非粗体字部分的"我"是政委，粗体字部分是文书的讲述。

"在我行将成仁的时刻，"他喊叫着说，"在我还只能吐最后一口气的时刻，我问你，我的哥萨克朋友，你真是共产党员还是骗骗我的？"

"是共产党员，"我说。

这时我的老爷子坐在地上，吻了吻他的护身香囊，把军刀折成两半，眼睛里燃起了火光，成了黑沉沉的草原上的两盏油灯。

"对不起，"他说，"我不能向共产党员投降，"随即跟我握了握手，"对不起，"他说，"你按士兵的方式砍死我吧……"

这则故事是 N 骑兵旅政委，三次红旗勋章获得者，有一回在康金打尖的时候，以他一贯的滑稽方式讲给我们听的。

"瓦夏，你跟这个将军大人谈出什么结果了吗？"

"跟他谈出什么结果？……他这人特别高傲，我又苦苦劝了他一阵可他死活不肯。于是我们搜走了他所有的文件和证书，没收了他的毛瑟枪，他，这个怪物的马鞍，直至今天我还骑在身下。后来，我发觉我的血流得越来越厉害，强烈的睡意向我袭来，我的靴筒里灌满了血，我已经顾不上他了……"

"这么说，饶了这老头一条命啰？"

"还是造了孽。"[1]

---

1 巴别尔.红色骑兵军.戴骢，译.杭州：浙江文艺出版社.2003：87-88

小说中的对立策略

　　前面讲过，人是携带着辩证法的动物，永远不能忘怀对立和统一。统一就是我讲的那些整体框架和结构，目的是不让对立成为孤立的事物，让人觉得不可理喻。现在我想谈一谈，如果把小说置于辩证法的框架下（对立＋统一），让小说中的诸多对立融为一体，彼此打成一片，这时可以施展令**对立增益的策略**。

　　类型小说一般容易把人物脸谱化，急于让读者一目了然，看到善与恶、是与非、光明与黑暗等的对立。一些商业电影也会对这类泾渭分明的对立推波助澜。说实话，让这类对立在作品中大行其道并不算高明。真正高明的对立，是属性相同的对立、同一阵营的对立，比如，善与善、爱与爱、正确与正确、好与好、坏与坏、灰色与灰色等。因为同一阵营的对立，会让读者陷入选择的困境。两个对立的人物，如果都同情他们，读者该怎么办？许多年轻人容易体会到这样的困境：父母出于爱，会限制子女的自由，令子女感受到爱的窒息；子女同样出于爱，会向父母隐瞒自己的大胆举动，以两副面孔应对父母和自己的内心。这样同出于爱的对立，当然会令读者揪心，容易戳到他们的泪腺。托尔斯泰的《安娜·卡列尼娜》有三个主要人物：安娜，安娜丈夫，沃伦斯基。

托尔斯泰要比很多语文老师或评论家高明得多，他没有把安娜与安娜丈夫、安娜与沃伦斯基的对立，简单划为好与坏、善与恶、爱与无情或玩弄等对立。小说里，安娜丈夫是过日子的老实人，难免有日常性的平庸；安娜与丈夫没有爱情，与沃伦斯基追求爱情的同时，还牵挂着儿子；安娜和沃伦斯基同属上流社会，不可能长时间私奔待在国外，可是回到俄罗斯，他们就面临上流社会的谴责。上流社会有虚伪的道德默契：你尽可以与他人有婚外情，只要维持地下情，就算人人皆知也无伤大雅，不会遭人指责；一旦你把地下情变成公开的私奔，你就成了上流社会的丑闻、敌人。正是上流社会的舆论压力，令沃伦斯基一时犹疑，有疏远之举，最终导致安娜卧轨自杀。我们不能把沃伦斯基的一时疏远，简单视为他不爱安娜了，认为安娜不过是他的玩偶、花花公子的牺牲品等。若真如此，托尔斯泰就不会向我们展示安娜死后，沃伦斯基的自我惩罚：得知安娜自杀，他不想活了，参军去打仗，希望战死。他的举动，完全是爱情殉难者的举动。你读到这里，会觉得沃伦斯基在玩弄安娜吗？不觉得从前的花花公子经历与安娜的恋爱，变得深情、高尚了吗？所以，只要细心感受托尔斯泰的用意，卸掉那些把人物简单定性为好与坏、深情与玩世不恭等对立的鸡汤分析，就会意识到，托尔斯泰想向我们展示三个好人之间的对立，三种正确之间的对立。安娜丈夫过的官僚生活，哪怕平庸，对常人来说，有什么不正确？安娜因爱迸发的勇气甚至自毁之举，用追求没有杂质的爱情衡量，有什么不正确？沃伦斯基与安娜私奔，公然蔑视上流社会的虚伪默契，到后来颇感压力；安娜自杀，沃伦斯基愧疚、悔恨，想用战死殉情，这个敢爱、有气节的男子，又有什么不正确？当然，托尔斯泰也为三个好人都留下缺陷，让他们的人性带有一些灰色，让他们的对立不可调和，还带上一丝宿命色彩。对这一题外话，我就不展开谈论了。以下列出安娜自杀后，托尔斯泰描写沃伦斯基精神状况的两段文字，作为证据。

"我高兴的是还有能叫我献出生命的事可干，这生命我非但已不需要，甚至还使我厌烦。对别人兴许还有点用处……"

他苦苦回忆跟她一起度过的那些最美好的时光，然而这些时光却只能永远使人大为扫兴。他只记得她赢了，实现了她的威胁：叫他后悔一辈子。他不再感到牙疼，却失声痛哭，哭得脸都变形了。[1]

我再列出巴别尔的《多尔古绍夫之死》中的两段文字，让大家体会小说中的善与善，具体是如何对立的。

"得花一颗子弹在我身上了，"多尔古绍夫说。

他靠着一棵树坐在那里。靴子东一只，西一只。他目不转睛地盯着我，小心翼翼地解开衬衫。他的肚子给开了膛，肠子掉到了膝盖上，连心脏的跳动都能看见。

"叫波兰贵族撞着了，会拿我取乐的。这是我的证件，给我母亲写封信，告诉她出了什么事……"

"不，"我回答说，用马刺朝马踢去。

多尔古绍夫把发青的手掌撑到地上，都不敢相信这是自己的手……

1　托尔斯泰.安娜·卡列宁娜.姜明，译.北京：北京十月文艺出版社.1998：992-993

"你要跑?"他一边爬过来,一边嘟哝说,"你要跑,坏蛋……"

我指给他看多尔古绍夫,随即把车驾到一边。

他俩三言两语谈了几句,我没听清他们说什么。多尔古绍夫把他的证件交给排长。阿弗尼卡把证件藏进靴筒,朝多尔古绍夫的嘴开了一枪。

"阿弗尼卡,"我把车撵到这个哥萨克跟前,苦笑着说,"我可下不了手。"

"滚,"他回答说,脸色煞白,"我毙了你!你们这些四眼狗,可怜我们弟兄就像猫可怜耗子……"

他随即扣住扳机。

"住手,"格里舒克在我身后剧叫,"别犯傻!"随即抓住了阿弗尼卡的手。

"狗奴才!"阿弗尼卡吼道,"他逃不了我的掌心!"

格里舒克在拐弯处撵上了我。阿弗尼卡不见了。他往另一个方向去了。

"格里舒克,你瞧,"我说道,"今儿我失去了阿弗尼卡,我最好的朋友……"[1]

哥萨克官兵有自己的一套生死道德,不容玷污。比如,不能把濒死的战友留给敌人去残害,宁可让自己人结束战友的生命,免除敌人可能加诸的折磨。段落中的"我"是文书,他是受过高等教育的非哥萨克人,铭刻在他脑子里的道德,当然是不能杀害自己的战友。这样就能理解,当哥萨克人多尔古绍夫请求文书把

1 巴别尔.红色骑兵军.戴骢,译.杭州:浙江文艺出版社.2003:58-59

自己打死，被文书拒绝，为何多尔古绍夫骂文书是坏蛋？为何哥萨克人阿弗尼卡开枪成全了多尔古绍夫的心愿后，气得想一枪崩掉文书？你看，两种道德的对立，所谓善与善的对立，一样可以达到剑拔弩张甚至差点出人命的地步。面对这篇小说，读者因为无法清晰地选边，无法裁定谁对谁错，自然困在两种道德角力的悖论中，揪心不已。当然，道德实质上还是一种情感，你也可以把上述道德的角力，看作两种动人情感的角力。

到了二十世纪后半叶，小说中的很多人物变成与生俱来是灰色的，即所谓灰色人物。灰色是指，作家们觉得以前写的人物过于黑白分明，感到了与生活真实的脱节——白或黑都不能准确描述人的真实人性，毕竟绝大多数人既不白璧无瑕，也不十恶不赦，人性处在介于两者之间的灰色地带。这样，灰色与灰色的对立，就成了吸引作家的主题之一。灰色是对过去崇尚英雄的消解。英雄无疑要具备令人钦佩的品格，那是古典时期人们对理想人性的向往，借此可以集合起人们的共识。只是，这样的认可，当代人已倦于去接受。英雄的真实性开始受到人们的怀疑，因为人们早已学会以己度人，认为在自己身上并没有那样的品格，英雄不过是美化的产物，是人们在讲述中创造的理想。我认为，二十世纪上半叶两次大战的历史，也摧毁了人们对乌托邦的信念，人们渐渐成了乌托邦信念的叛逆者，这样一来，他们就容易成为世故的高手，练达的生活家，欲望和利益的猎手。一切精神标高，经由他们法眼的审视，皆成了矫情、装腔作势、道德说辞。时代当然需要找到表达其趣味的人物，灰色人物进入作品就不可避免。一旦灰色人物摧毁了英雄角色，灰色人物仍需要像英雄和坏蛋角力那样，和其他灰色人物角力，灰色人物之间的"搏斗"，仍是吸引当代读者的法宝。考虑到生活中灰色的人们大多安分守己，呈现平淡中的较量，自然令读者饶有兴趣，并让他们开悟，原来平淡的生活仍值得探究，平淡中仍有乱如迷宫的精神困顿和难题。

纳博科夫的《洛丽塔》中的主要人物亨伯特和洛丽塔，就是两个典型的灰色人物。洛丽塔是少女，亨伯特是猎艳的高手，如果把这两个人物交给不高明的作家处理，洛丽塔就容易被"摆拍"成单纯、不社会、深情、被骗的无辜少女，亨伯特会加码成世故、粗鄙、冷漠、残暴的坏蛋和玩弄女性的高手，这样就符合古典时期善与恶、是与非的较量。纳博科夫没有把两个人物如此"玩坏"，设置得泾渭分明，他采取了把好与坏、善与恶掺杂的高明做法。比如，洛丽塔固然是少女，是被猎艳的对象、受害者，纳博科夫却赋予她老练、饱经世故、冷漠的性格，是两人关系中的"领导者"；亨伯特固然是欲望的猎手，老谋深算，纳博科夫却让他真正陷入爱情，令他在洛丽塔面前常显得手足无措、可笑、被动，仿佛他才是受害者和牺牲品，他的雄辩还给这一角色披上了令人迷惑的外衣。这样一来，两个角色的对立，就变得复杂、变幻莫测，读者固然出于道德或法律会站在洛丽塔一边，但不会冷冰冰、一边倒地排斥亨伯特，读者愿意待在通向亨伯特内心的窗口，去感受他的喜乐和绝望等。如果洛丽塔是很不社会的少女，这样的选择犹疑就不会发生。我摘出数小段为证，这样的"证据"其实遍布《洛丽塔》全书。

> 天真和诡计、可爱和粗鄙、蓝色愠怒和玫瑰色欢笑的结合体，洛丽塔，当她任性时，她能是个脾气暴躁的乳臭小女，我原先对她毫无规律的阵发性厌烦情绪、来势凶猛的腹痛，她四仰八叉、无精打采、眼神迟钝，以及所谓偷懒的样子——是种普遍流行的小丑作态，她知

道是很粗野的恶少作派——都毫无准备。从心理上讲，我发现她是一个令人反感，思想古旧的小女孩。

噢，我必须严密监视洛，这个娇弱的小洛！或许由于老有谈情说爱的练习，尽管她的外表还充满稚气，她四溢的神采却已撩拨起加油站小工、旅馆侍童、度假游人、坐豪华汽车的恶棍、蓝色池塘边无人看管的低能儿一阵阵的色欲，这种色欲如若未激起我的嫉妒，也一定会搔到我自尊的痒处。

因为小洛非常了解她身上的那种光芒，我必须时刻抓住她同某个温情脉脉的绅士或某个褐色的手臂强悍、腕上戴手表的油滑猴子暗送秋波，常常是我刚一转身走开，为她去买棒棒糖，就听见她和那漂亮的机械工唱出了一首俏皮的美妙情歌。[1]

2002 年，我写作《第十一诫》，给三个主要人物齐教授、师母、助教姜夏定型时，把他们都设定为灰色人物，而没有像以前的知识分子小说那样塑造正面人物。正是这样的灰色展示，动了知识分子的奶酪，令当时不少编辑无法接受，他们不相信高校里的知识分子已被灰色同化，认为小说有夸大之嫌。等到 2009 年《第十一诫》再版时，他们才明白高校发生了什么变化，开始认同灰色人物不再是高校的什么传奇了，而是知识分子们的常态。

1　纳博科夫.洛丽塔.于晓丹，译.南京：译林出版社.2001：147-148，160

习题：

设计一个善与善对立的故事（比如，瘟疫期间女孩爱猫，坚持每天喂某只野猫；母亲爱子心切，担心女儿通过野猫染上瘟疫，反对她喂猫等），写出一百五十字以内的故事梗概。

人物、对话的设计策略

对立可以说是小说的灵魂，没有范围的限制，除了体现在层出不穷的行动上，也可以体现在人物身上；让人物围绕对立来设计，不失为高明的策略。

前面讲过，让需求推动的行动遭遇困难，是把对立置于行动中的方法。那么我们可以如法炮制，通过让人物遭遇自身的困难，把对立加诸人物身上。当人物有自身需要克服的困难，就不再是单一向度的人。我举例说明。奥德修斯是荷马史诗中的英雄，在《奥德赛》中他耗费十年才回到妻儿身边。按说他是英雄，对女色应该刀枪不入，可是你看荷马是怎么写英雄的？奥德修斯带领船队即将经过塞壬的小岛，他很可能一样会受到塞壬歌声的致命诱惑，一样会奋不顾身指挥大家朝岛上冲。为了克服自己的致命冲动，奥德修斯让船员把自己捆在船桅上，用蜡封上船员的耳朵，命令船员到时不要听他指挥。当船队路过小岛时，歌声真的让他的理性失灵了，他大叫着让船员把船驶向小岛，他自己则拼命想挣脱绳子，靠近塞壬。但船员没有搭理他，直到船驶出歌声的范围，他才恢复正常。写英雄有致命的缺陷，会遭遇他自身难以克服的困难，比单纯写英雄十全十美，更能令读者心潮起伏，也更让英雄有置身困境的真实感。你可以设想，如果塞壬的歌声对奥德修斯无效，只对船员有效，奥德修斯可以冷静看着船员发疯，这样的英雄就少了亲近感，人格魅力会大减。人与自身缺点较量时，会产生令读者关切的困境，人一旦为克服困境而行动，人物会更有生气。比如，老师不是白璧无瑕，他固然讲课讲得好，却有爱喝酒的毛病，是名副其实的酒鬼，他如何调和老师这个理想角色，与酒鬼这个庸俗角色之间的矛盾呢？无论他如何调和，都会令人物的形象变得鲜明、生动、有趣。

图16（左图）：《基督的洗礼》，安德烈·德尔·韦罗基奥、列奥纳多·达·芬奇，
现藏意大利佛罗伦萨乌菲兹美术馆
图17（右图）：《基督的洗礼》（局部）

达·芬奇出于同样的目的，让他画的天使（图17左边的天使）同时交织着两种追求——一种追求理想美，一种追求世俗的真实感。这样的结合后来被推为典范，让人感到达·芬奇老师韦

罗基奥画的天使（图17右边的天使），只是突出了人间真实，让天使像一个普通少年；而达·芬奇把理想美融进普通少年的容貌，使之成为人间最美的少年，又不脱离普通人脸的真实感，这正是达·芬奇超越老师之处。达·芬奇创造的绘画人物的方法，对现代写作同样有启示，他揭示了人会对什么样的人物真正产生兴趣，这类人物魅力的背后，当然还是隐藏着人性——人本性上喜欢辩证的事物。

你一味写歹徒有多坏，说实话，除了让人感到恐惧，不会让人对此类人物太上心，真正为他担惊受怕；如果你给歹徒加上一些高尚的品性，比如歹徒也有慈悲心等，读者就容易被人物吸引。比如美国作家马里奥·普佐的《教父》，对黑手党首领的双重人性的塑造，就令教父这个人物极富魅力。教父乐于做弱者的保护神，做事颇有底线，比如绝不贩毒害人；可是，为了生存，偷盗抢劫等其他违法事，他照干不误，动用起暴力也心狠手辣。正是添加到教父身上的道德底线，与违法事业之间的矛盾，令小说中的教父不时陷入困境：因拒绝为贩毒提供保护，导致其大儿子被杀；为了保护其他子女，他又忍痛妥协，答应为贩毒提供保护。正是这些困境，令读者十分揪心，同时让教父这一角色的内涵变得复杂、深邃、丰富。哪怕《教父》是通俗小说，因教父这个角色出色的对立设计，令"教父"一样可以成为严肃小说人物设计的典范。我有个朋友，时常遭遇自身的困难，陷入困境。他的洁癖几近病态，比如，他不能触碰钱。那他如何用钱购买东西呢？他只好用报纸兜着钱去商店，买东西时的找零，让营业员扔进他手捧的报纸里。他挣的钱，都堆在床下的报纸里，那是他唯一还能忍受的"钱包"。出差回到家，他会把路上穿的衣服全部扔掉——他嫌弃衣服太脏。洁癖与脏的对立，令他的生活变成一个个的困境。如果把他作为笔下的人物，那些困境一定会令人物充满蛊惑力。你甚至可以给他配上职业，让职业与他的洁癖对立。设想他是单位的出纳，天天要点钞票，每次点完，他会马上冲进洗手间，用肥皂把手洗上数十遍，所以，他的手皲裂、惨白得令人难以置信……当你这样设计人物，读者还能不揪心吗？

博尔赫斯设计《埃玛·宗兹》中的埃玛时，就采取了对立的策略：埃玛才满十八岁，还没经历过爱情，却为了替父报仇，必须让水手糟蹋自己，以伪造老板"强奸"她的"证据"。没有经历爱情的白璧无瑕，与必须让人糟蹋自己的受辱、污秽，就构成强烈对立，让读者揪心于她的内心困境。她还没有阅历的十八岁生涯，与她必须杀人的行为，必会让人物经历有巨大反差的心理磨难。读者一旦卷入埃玛的两难境地，这个人物就让他们难以忘怀。

习题：
利用生活原型人物，设计一个自身含对立的人物。

学生练习一：
王医师是个不喜欢吃鱼的钓鱼人。他是食品检验中心的一名化验员，即将到退休年龄，基本上是上一天班歇一天。下午的时候，他通常会在公园钓鱼，钓到鱼后，他会把鱼放回河里。我觉得这人好奇怪，就上前问他。他说他并不喜欢吃鱼，钓鱼只是为了做点什么，看看风景，打发时光。再说，他也知道河水已变黑，鱼并不适合吃。

点评：
不喜欢吃鱼的钓鱼人，本身就是一个矛盾；还通过他的食品检验职业，让他知道河水已经污染，加剧他对吃鱼的排斥。一般人钓鱼是为了吃鱼，现在这一常见逻辑，被反转成了矛盾：钓鱼但不吃鱼。

学生练习二：

他毕业于名校，工作后成为单位最优秀的骨干，还资助贫困地区十个孤儿上学；同时，他酷爱户外运动。但他和同事、同学甚至客户有一些不可言说的关系，他出差时会去酒吧与异性一夜情。他一方面热爱工作，对弱势群体有爱心；另一方面对情人很冷漠，一旦女人跟他缠绵，他就断然斩断情缘。

点评：

有情与无情并存于他的内心，也是博爱与情爱的矛盾，他的不完美，恰恰让他很适合做一个小说人物。

对话的设计策略与人物的设计策略类似，不能听天由命，不能把日常对话直接搬进小说，而是把日常中"不切实际"的对立悄悄移进对话里。人们的日常对话，是为了通过沟通避免误解，达成了解或共识，消除对立。可是小说人物对话时，恰恰要让人物接近紧张，最好让他们彼此拧着点劲说话，谁都不要完全顺从谁，除非是为了展示性格或社会等级的需要，比如展示侍从对主人的顺从、下级对上级的服从、晚辈对长辈的恭敬，等等。海明威可谓是对话的大师，他小说中的对话比例远超其他作家，其中就藏着形形色色的对立。他的小说《白象似的群山》，写一对恋人在西班牙的火车站转车，等待下一趟火车期间，两人展开了一场对话。这篇小说百分之八十是对话。仰仗对话这种戏剧方式来写小说，可谓十分冒险，因为戏剧可以不考虑时间上的推进，完全仰仗场次来跃进；一旦把大量对话塞进小说，如果处理不当，就会停滞小说的推进，松弛故事里的对立，令阅读变得单调、枯燥。对话如何处理才算得当呢？我认为，植入对立是关键。这不只是读者人性上的需要，也是故事对立的有效延伸。以下三段对话摘自《白象似的群山》。

"它们看上去像一群白象，"她说。

"我从来没有见过象，"男人把啤酒一饮而尽。

"你是不会见过。"

"我也许见到过的，"男人说。"光凭你说我不会见过，并不说明什么问题。"

"我知道咱们会幸福的。你不必害怕。我认识许多人，都做过这种手术。"

"我也认识许多人做过这种手术，"姑娘说。"手术以后他们都照样过得很开心。"

"好吧，"男人说，"如果你不想做，你不必勉强。如果你不想做的话，我不会勉强你。不过我知道这种手术是很便当的。"

"如果我去做手术，你就再也不会烦心了？"

"我不会为这事儿烦心的，因为手术非常便当。"

"那我就决定去做。因为我对自己毫不在乎。"

"你这话什么意思？"

"我对自己毫不在乎。"

"不过，我可在乎。"

"啊,是的。但我对自己却毫不在乎。我要去做手术,完了以后就会万事如意了。"

　　"如果你是这么想的,我可不愿让你去做手术。"[1]

　　第一段是这篇小说对话的开头,这对恋人一露面,彼此说话就拧着劲,互怼对方。女孩说群山像白象,男孩偏说他没见过象;女孩说他是不会见过的,怼他没见过世面,男孩马上反驳说他也许见过。当然对话中的对立并不是空架子,它来自故事中的对立。第二段的对话,就揭示了两人互怼的原因。原来女孩怀孕了,不想流产,而男孩特别希望她流产,两人一直谈不拢。海明威十分高明,直到小说结束,也没让两人解决分歧,正是这个一直贯穿小说的分歧,造成整篇小说的对话跌宕起伏、精彩纷呈,让人特别愿意往下读。为什么?因为你真想读出一个结果来,海明威还真沉得住气,直到小说结束仍不给你结果。海明威也没有沿用开头的互怼风格,接下来他为这对恋人找到了最适合恋情的对立谈话方式,可以兼顾恋情与分歧,这时就能看出海明威是对话高手。乍看男孩和女孩都在将就对方,总强调很在乎对方的感受,实际上都没有放弃自己的想法:女孩不想流产,男孩想让她流产。所以,男孩在充满爱意的话语中,总是强调手术很便当——一个小手术而已,试图说服女孩去流产。女孩呢,就反话正说,说做完流产就万事如意了,话里又隐着小小的负气:你不是希望我流产吗?好,那我就去做,我对自己可毫不在乎。这样男孩又会出于恋爱中的风范,强调他很在乎女孩,绝不会让女孩对自己"毫不

――――――――――
1　海明威.海明威短篇小说全集.陈良廷,译.上海:上海译文出版社.1995:307-309

在乎"。整篇小说的对话，就一直围绕着这个分歧死结，周而复始地用对立展开，把恋爱中的风范与各自的小心思，揭示得淋漓尽致，令两人的对话极其生动、迷人。

习题：

编一段暗含对立的家庭成员的对话。跟爷爷对话，跟你父母对话，跟你爱人对话都行。

学生练习一：

"妈，我刚刚上完厕所，发现我又拉肚子了。"

"你活该。"

"妈，我现在胃绞痛，感觉是胃痉挛。"

"你自己作的。"

"可是，妈我刚上完厕所，发现痔疮也犯了。"

"一天到晚你就没好好过。"

"妈妈我正在量体温，感觉自己有点发烧。"

"发烧吃药。"

"妈，我是不是可以不用去学校了？"

"行，你把外面的写作课也停了吧。"

"妈，赶紧让我吃完，我马上去上写作课。"

"都在桌上，给你准备好了，记得多喝水。"

点评：

对话其实是说她不想去上学，愿意去上写作课。我们小时候都有类似经验，愿意生一次病，旷一次课，逃一下学。这种对话如果用来表现小说人物，就预示后面可能山雨欲来，会有什么风暴要来了。

学生练习二：

"你今天羊排吃得太多了。"

"还好只吃了两根。"

"九个人九根，每人一根，你吃了就有人吃不到了。"

"有人不吃羊肉。你看陈华他老婆就不吃。"

"人家是看你拿走了才这么说的。"

"你以为大家都像你一样装模作样，吃就吃，不吃就不吃。"

"我只是提醒你以后别这样，照顾一下别人。"

"我哪里没照顾了，吃了两根就是不照顾了。"

"吃太多别人也会笑话你。"

"谁笑话？除了你这么无聊，还有谁会管别人吃几根羊排?"

点评：

这是一段夫妻之间的对话，涉及人在场面上的面子，同时反映出夫妻间的真实关系。两人的关系令我们不敢恭维，谁都没有《白象似的群山》中的恋爱风范，说话完全不顾及轻重，说明都不在乎对方，从人性上讲，是自私的外延表现。

习题：

合理运用前面课程讲授的技巧和策略，花四天或五天（不要一口气写完）完成一篇短篇小说，内容不限，字数限三千字内。

短篇小说的形式结构

什么叫形式结构？它指不用深究小说内容的结构——不涉及故事、情节、场景等具体内容，单从作家叙述的外部形式，就能看出的小说框架或结构。短篇小说有诗的气度，它更注重故事、情节、行动甚至场景意象的启示，与中长篇小说要花主要精力讲好人物、命运等迥然有别，这样短篇的结构就变得甚为重要，甚至是注入小说意味的重要手段。故事和情节的基本结构，前面已经讲过，比如，我曾让大家尝试用穿甲模型去理解故事的结构。讲到这里，我想强调，故事并不等于小说，小说内涵要大于故事内涵，小说包含故事、情节、场景、闲笔等。小说结构自然也不等于故事结构。

短篇小说多数有一个主线故事，我用一根带箭头的直线来表示主线故事。短篇小说的第一种结构最简单，就是直奔主题，就事论事，闲话不扯，直接把主线故事讲出来，讲完故事小说就结束。故事开头就是小说开头，故事结尾就是小说结尾。这是普通百姓讲自己的故事时，天生会运用的结构，只要心里有事要讲，他们会首选就事论事。这种结构用图18来表示，就是一根带箭头的直线，箭头代表故事进程的时间方向。

图18：短篇小说的第一种结构——直奔主题

我举巴别尔的《战马后备处主任》来说明。红军骑兵打完仗，不少马不行了，成了奄奄一息的赢马，红军为了保持战斗力，不得不强行用赢马去换农民壮硕的使役马。《战马后备处主任》一开头，就直接切入换马的主线故事：农民不满红军强行换马的行为，纷纷围住战马后备处讨说法。农民没想到，骑马飞奔而来的战马后备处主任是个老油条，特别能忽悠人。偏偏就在他开腔时，一匹奄奄一息的马倒在脚下。农民乘势指着马质问他："瞧你的弟兄换给我们的是什么？"这些可难不倒主任，他贫嘴说起了歪理，说马倒下又能站起来，就还是马；要是站不起来，就不是马，同时把农民的注意力引向倒下的马。农民认定这匹马肯定站不起来，没想到经过主任揪住马鬃和疯狂鞭打的一番骚操作，奄奄一息的马居然站起来了，于是主任得意地反问农民——"这么说，是匹马""可你还要告状，老兄"，弄得农民有口莫辩。我摘出这篇小说的开头和结尾，大家可以看出，小说的开头和结尾，就是故事的开头和结尾。

[小说开头（＝故事开头）]

村里怨声载道。骑兵部队在此征粮和交换马匹。骑兵将他们奄奄一息的驽马换成干农活的使役马。这无可指责，没有马匹就没有军队。

然而要农民认识到这一点谈何容易。农民纷纷聚集到队部外面哄闹。

他们手里牵着依靠缰绳支撑的、虚弱得走一步要晃几下的皮包骨头的老马。庄稼汉们，这些个养家活口的人遭此劫难，不由得恶向胆边生，然而又深知这胆子是支持不了多久的，所以急于一泄心头怨愤，便口无遮拦地詈骂部队的首长、上帝和自己可怜的命运。

[小说结尾（＝故事结尾）]

这时我们大家都看到一只细皮白肉的手从飘动的袖子里伸出来，一把抓住肮脏的马鬃，鞭子像雨点一般嗖嗖有声地落到鲜血淋淋的马肋上。气息奄奄的马浑身打着颤，站了起来，一双像狗一样忠诚的、胆怯的、恋主的眼睛紧盯着奇亚科夫。

"这么说，是匹马，"奇亚科夫对那个庄稼汉说，随后又和颜悦色地补充说，"可你还要告状，老兄……"

战马后备处主任把缰绳扔给勤务兵，一步就跨了四级台阶，只见他身上戏装般的斗篷飞舞了一下，便消失在队部里了。[1]

第二种结构与第一种结构的不同之处在于开头，小说正式进入故事之前，会先讲述别的事物，这个"别的事物"与主线故事没什么关系，或者关系不大。我把漫不经心先讲"别的事物"的部分叫作开口，用倒三角形来表示，这种结构就可以图示为图19——带箭头的直线尾端接一个倒三角。我把这种结构称为**前开口结构**，即在就事论事的结构前面加一个开口。不直接讲故事，先扯别的事物，这么做的好处究竟在哪里呢？它本质上是一种陌

---

1 巴别尔.红色骑兵军.戴骢，译.杭州：浙江文艺出版社.2003：16-18

生化。当叙述从漫不经心的部分突然转入故事时，读者会有超出心理预期的审美感受。转折的始料不及，是我前面讲情节时强调过的情节之道。只是情节会把注意力放在行动的转折上，且依赖因果律。单开口结构造成的叙述转折，比情节要宽泛得多，它可以是事物向事物的转折、故事向故事的转折、行动向行动的转折、事物向故事的转折，等等。可能各位还记得，小学语文老师教作文时总是强调，如果写春游，讲如何游历之前，最好先来一段风景描写。老师为什么要求学生这么写？这么写等于是在游历行动之前，添加一个不涉及行动的风景开口。这个描述风景的开口，首先延宕了文章标题提示的春游行动，这样会激发读者对即将来临的春游行动，产生可望又一时不可即的期待。接下来，文章突然转入春游行动，任何从风景描写向行动的转折，都会产生陌生化的审美效果。有的前开口还会让人感到，作者在声东击西，并不想一开始就暴露故事意图。

图 19：短篇小说的第二种结构——前开口结构

巴别尔的《泅渡兹勃鲁契河》采用的就是前开口结构。

（小说开头）

六师师长电告，诺沃格拉德－沃伦斯克市已于今日拂晓攻克。师部当即由克拉毕夫诺开拔，向该市进发。我们辎重车队殿后，沿着尼古拉一世用庄稼汉的白骨由布列斯特铺至华沙的公路，一字儿排开，喧声辚辚地向前驶去。

我们四周的田野里，盛开着紫红色的罂粟花，下午的熏风拂弄着日见黄熟的黑麦，荞麦好似妙龄少女，亭亭玉立于天陲，像是远方修道院的粉墙……

（故事开头）

深夜，我们抵达诺沃格拉德市。我在拨给我住的那间屋里，看到了一个孕妇和两个红头发、细脖子的犹太男人，还有个犹太男人贴着墙在蒙头大睡。在拨给我住的这间屋里，几个柜子全给兜底翻过，好几件女式皮袄撕成了破片，撂得一地都是，地上还有人粪和瓷器的碎片，这都是犹太人视为至宝的瓷器，每年过逾越节才拿出来用一次。

"打扫一下，"我对那女人说，"你们怎么过日子的，这么脏，一家子好几口人……"

[故事结尾（＝小说结尾）]

"老爷，"犹太女人一边抖搂着褥子，一边说，"波兰人砍他的时候，他求他们说：'把我拉到后门去杀掉，别让我女儿看到我活活死去。'可他们才不管哩，爱怎么干就怎么干，——他是在这间屋里断气的，临死还念着我……现在我想知道，"那女人突然放开嗓门，声震屋子地说，"我想知道，在整个世界上，你们还能在哪儿找到像我爹这样的父亲……"[1]

1　巴别尔.红色骑兵军.戴聪，译.杭州：浙江文艺出版社.2003：3-5

小说里含着一个难以置信的故事："我"入城后，被部队安排到一户犹太家庭住宿，女主人让"我"在一个人身边打地铺。半夜"我"被女主人叫醒，因为我做梦拳打脚踢身边的人，那人是女主人的父亲，已被波兰人杀死。巴别尔用超过三分之一的篇幅，给小说开头镶嵌了一个描写部队渡河的前开口，隐藏了他要讲一个犹太家庭悲惨遭遇的意图。部队渡河的宏大场面、小说的标题，都不指向犹太人的悲惨故事，显然巴别尔希望故事的出现，能让读者始料不及。开口的散漫、漫不经心，与故事聚焦的悲惨，形成一个鲜明的转折。从上引段落可以看出，小说开头并不是故事开头，但故事结尾是小说结尾。

习题：
写新冠肺炎疫情后第一次上班买早点的故事，给此故事加个前开口（与买早点无关）。

有前开口结构，自然就有后开口结构。后者是在一个就事论事的结构末尾镶嵌一个后开口，用图 20 表示，就是在带箭头的直线前端（箭头前）衔接一个正三角形。

图 20：短篇小说的第三种结构——后开口结构

这样，小说开头就是故事开头，但小说结尾不是故事结尾。故事结束后，还在延宕小说的这个后开口，内容会游离出故事之外，甚至与故事没有什么关联。后开口造成的益处多多。比如，它可以造成开放性的小说结尾，增加小说的意味，甚至造成多义、歧义。当读者的思绪还沉浸在故事中，后开口却竭力把这些思绪引开，导向与故事关联不大的描述，这样读者心中就会生出迟疑甚至困惑，随之而来的种种思考，就打开了多义或歧义的大门。小说结尾简直就是一个神奇的按钮，一旦运用得当，可以触发百科全书式的理解。难怪海明威的责编珀金斯认为，"你只有到结尾的时候才能了解一本书……"。前面讲过结尾写作法，结尾会被很多作家置于首位，并非这些作家想做什么实验，实则因为结尾是产生意义的源泉。小说如果没有意义，就不成其为小说。即便那些声称不提供任何意义的小说家，他们的作品一样逃不脱意义的追踪，只不过他们视之为没有意义的作品，仍会被读者读出意义。"读出意义"是来自人本性的需要，不是谁用几个时髦观念就可以一举消灭的。意义与结尾的特殊关系，不只出现在作品中，同样也贯彻于人的日常生活和人生。比如，很多人都躲不开的年终总结报告，就是通过年终的审视，把若干意义赋予一年的工作。中国传统文化定义人一生的福气时，会把人生结尾的"好死"视为人生有福气的关键。不管你的人生负载着什么故事，福气这个意义的赋予，不来自人生的过程，而来自人生闭幕、结尾之时的好死。中国人早已懂得用结尾，为人生创造他们渴望的意义，一些智慧的老人甚至知晓，如何拥有好死的秘诀……

巴别尔的《一匹马的故事》，采用的就是典型的后开口结构。小说一上来就直接进入主线故事：师长看中了一匹下属连长的马，他硬把连长的马据为己有；连长不服气，到军部告状，军部给他批了条子，说他可以找师长要回马；他跑了两趟去找师长，都无功而返，他一气之下，转业去了地方。连长索要马的故事讲完后，巴别尔附上了一段与故事无关的回忆，诗意一般渲染连长的茶炊等。这个后开口的意味很珍贵，揭示了与残酷战争相悖的诗意生活，和平时期并不起眼的茶炊等事物被连长带入战场，令连长的人格魅力大增，也令索要马的故事，不再是一场单纯的财产之争。连长索要的不再是马，实在是诗意的生活方式：马，茶炊，女人。这一后开口，令读者可以用更大的生活视野，重新审视战场的故事，无疑增加了小说的理解维度。以下是《一匹马的故事》的故事结尾和小说结尾。

（故事结尾）

"耍了我！"他爬上树墩，扯开衣服，一边抓着胸脯，一边狂嚎。

"萨维茨基，开枪吧，"他扑到地上，喊道，"毙了我吧！"

我和政治委员把他拽进帐篷，哥萨克们也来帮忙。我们替他烧了茶，给他卷了烟。他一边抽烟，一边像筛糠似的发抖。直到天黑，我们的连长才平静下来。他再也没提他那份荒唐的声明，但是一个礼拜后，他去了罗弗诺，经医学委员会检查，他身负六伤，允准他作为残废军人复员。

（小说结尾）

我们就这样失去了赫列勃尼科夫。为此我很难过，因为赫列勃尼科夫跟我性格相像，是个性情平和的人。全连只有他有茶炊。每逢不打仗的日子，我就跟他一块儿煮茶喝。他谈起女人来绘声绘色，听得我又是羞煞又是爱煞。同样的情欲震撼着我们。在我们俩眼里，世界是五月的牧场，是有女人和马匹在那儿行走的牧场。[1]

图21：短篇小说的第四种结构——双开口结构

短篇小说最完整的形式结构，是既有前开口又有后开口的结构，我称之为双开口结构。主线故事开始前，给它加一个前开口；故事结束后，给它接一个后开口，这样小说就兼有前开口结构和后开口结构的优点。用图21表示，就是一根带箭头的直线前后，分别接一个倒三角和正三角。巴别尔的《契斯尼基村》采用的就是双开口结构。下面分别是这篇小说的小说开头、故事开头、故事结尾、小说结尾。大家可以看出，故事开头不是小说开头，故事结尾也不是小说结尾。

　　小说开头：
　　第六师集结在契斯尼基村外的树林里，等待发起进攻的信号。可是六师师长巴甫利钦柯因为在等待第二旅，所以迟迟没有发出信号。这时伏罗希洛夫驱马来到师长跟前，用马头推了一下他的胸脯，说：
　　"磨磨蹭蹭，六师师长，磨磨蹭蹭。"

　　（故事开头）
　　不料他唱得正来劲，那个所有骑兵连共有的胖女人

1　巴别尔.红色骑兵军.戴骢，译.杭州：浙江文艺出版社.2003：82-83

萨什卡却打断了他。她骑马来到男孩跟前,翻身下马。

"咱俩成交吧,怎么样?"萨什卡说。

"滚开!"……那女人掏出两枚崭新的五十戈比银币……

(故事结尾)

"钱全在这儿揣着,"萨什卡嘟哝着,纵身跳上母马。

我跟着她快马而去。我们身后传来斯捷普卡的哀号和一声轻轻的枪声。

"请您稍为管管!"那个哥萨克孩子用尽吃奶的力气在树林里一边跑一边喊。

(小说结尾)

风像一只发了疯的兔子在枝桠间跳跃着飞掠而过,第二旅在加利奇的橡树间疾驰,炮击的硝烟在战地上空静静地升起,仿佛升起在过着太平日子的农舍上空。我们遵照师长信号发起了进攻,这是一场由契斯尼基村外发起的难忘的进攻。[1]

这篇小说的主线故事是讲两匹战马配种的事,母马主人叫萨什卡,一个成年女兵;公马主人叫斯捷普卡,一个还是男孩的少年兵。萨什卡想让公马给母马配种,斯捷普卡不同意,当萨什卡提出给他钱,男孩心动了。配完种,乘着战斗打响,萨什卡没给钱就溜了,男孩这才发现自己上当受骗。巴别尔讲这个故事时很有耐心,他不单刀直入讲故事,先讲起与配种无关的事:红军六

---

1 巴别尔.红色骑兵军.戴骢,译.杭州:浙江文艺出版社.2003:151-155

师即将向波兰人发起进攻，可部队还没有集结到位，上级驱马来催促师长……直到讲完配种的故事，这场磨磨蹭蹭的战斗才打响，巴别尔把好不容易才开始的进攻，作为小说的结尾。把马配种的故事，镶嵌在一场战斗的前奏里，这么做的意义何在？如果意识到战争是意识形态的产物，是对生命的戕害，而马配种、女兵与男孩的较量，是对生命延续的歌颂、对人性软肋的坦然接纳，那么巴别尔这样对比写的战争，就不再是战争，实则是战争环境中的人性。巴别尔把意识形态和战争人性化了，避免了把人物脸谱化。在《在康金打尖》中，巴别尔着重写了一个白军将军出于自尊，宁死不屈，只肯向红军将军投降，却不肯向红军士兵投降的人性故事。这种不以双方意识形态论对错，只聚焦人性是非、善恶、尊卑的写法，效果是惊人的。这也是巴别尔的红军小说，不论读者政见多么相左，也不妨碍人见人爱的原因。《契斯尼基村》的前后开口，是一个完整的战斗前奏故事，相当于让一个主线故事"漂流"在另一个故事中，两者的错位和聚焦的不同，恰恰赋予小说鲜明的对比，以产生诸多隐喻的意味。

可以发现，不少经典小说采用这种结构时，的确是让一个故事"漂流"在另一个故事中，两者之间的转折可以视为类似情节的陌生化。契诃夫的《套中人》就是让套中人的完整故事，"漂流"在伊凡内奇与布尔金的闲聊故事中，这样既添加了理解套中人的不同视角，也添加了小说的陌生感。前开口和后开口不一定非要拼成一个完整故事，可以分别是两个独立行动或场景，或一个行动加一个场景等，总之，它们起的作用，是通过适度偏离主线故事让小说有新鲜感，开口与故事的错位或对比，会产生诸多隐喻的意味，令小说的内涵丰沛起来。

第六课
写作前沿

意识流的合理使用

意识流手法，曾经是现代主义下足功夫的写作技术之一，诞生已有一个世纪，早已算不上前沿。不过，国内的小说环境尚不能与之相称，王蒙在上世纪八十年代再次将意识流引入国内（上世纪三十年代施蛰存的《梅雨之夕》等让国人感受到了意识流的冲力），但真正用来拓展这种手法的时间还不到十年，现代主义就在国内戛然而止，突然退潮（其他文化原因），导致意识流的运用没来得及彻底中国化，无法与国内小说的其他手法比如写实等并举不悖，也无法达到像门罗的小说《逃离》那样，能吸引读者的"平常"程度。就国内小说仍比较单一的写实面貌来说，我把意识流视为前沿技术之一，并不为过。

到底什么是意识流呢？我先举个例子。大家都有听课的经验，如果老师讲课讲得不好，你开始走神，我问你，你不断涌起的思绪会停下来吗？你的脑子会出现一段空白吗？有人会说，脑子有时真会是一片空白，可是，当你这么说的时候，你的脑子里恰恰不是空白，你的思绪还在涌动。只不过，人清醒时的意识，不会完全变成语言在脑中涌动。比如，你盯着黑板发呆时的意识不会因为你发呆而停下来，只是有些意识还没有通过语言成为内心你能意识到的声音，这时就容易被解读为"脑子一片空白"。美国心理学家威廉·詹姆斯曾用流水比喻思维的涌动，以说明意识的不间断："意识并不片断地衔接，而是流动的。用一条'河'或一股'流水'的比喻来表达它是最自然的了。"[1]就是说，人的脑子不会真正出现什么空白。意识流就像河水一样，延绵不断，不停向前"流动"。我们阅读传统小说并享受人物的心理活动时，会认为人物有时可以没有心理活动，那是因为我们并不知道或不喜欢那些无法用理性捕捉到的意识。如果人的心理活动不会停止，那么传统小说人物脑中的那些"空白"，就需要作家用创造出来的**语言**去填满，造成心理活动没有缝隙的印象。即便是非理性的潜意识等，作家也必须将之转化成语言，才能让读者"目睹"其盛。这样就造成了现代小说与传统小说心理描写的不同。传统小说作家进行心理描写时，以为用稳定的理性和逻辑就可以掌握人物的全部内心，且那样的内心十分清晰，没有什么不能用心理描写说透；说的时候，还喜欢用主观理性进行一番裁剪，使心理活动看起来**完全可控**，仿佛不过是人物理性生活的心理延伸。与传统的心理描写相反，现代心理小说会"如实"反映人物的意识，它们竭力让读者"旁观"时，仿佛觉得作家没有对人物的意识进行主观裁剪，甚至放任意识的无逻辑、混乱、不连贯、破碎，等等。但意识流的不间断，又要求作家运用语言技巧把它们统统拼接起来，造成意识始终流动的印象。这样两种表现手法就应运而生：**内心独白和自由联想**。

我从乔伊斯的《尤利西斯》摘出莫莉临睡前的一段心理描写，来说明内心独白。

1 袁可嘉.欧美现代派文学概论.桂林：广西师范大学出版社.2003：243

谁是开天辟地第一个人呢　又是谁在啥都不存在以前　创造了万物呢　是谁呢　哎　这他们也不晓得　我也不晓得　这就不就结了吗　他们倒不如试着去挡住太阳　让它明儿个别升上来呢　他说过　太阳是为你照耀的　那天我们正躺在霍斯岬角的杜鹃花丛里　他穿的是一身灰色花呢衣裤　戴着那顶草帽　就在那天　我使得他向我求婚　对啦　起先我把自个儿嘴里的香籽糕往他嘴里递送了一丁点儿　那是个闰年　跟今年一样　对啦　十六年过去啦　我的天哪　那么长长的一个吻　我差点都没气儿啦　对啦　他说我是山里的一朵花儿　对啦　我们都是花儿　女人的身体　对啦　这是他这辈子所说的一句真话　还有那句今天太阳是为你照耀的　对啦　这么一来我才喜欢上了他　因为我看出他懂得要么就是感觉到了女人是啥[1]

　　英文原作的句子之间并无空格，译者萧乾为了照顾中文读者，自己添加了空格，用来断句。从摘录的这段文字可以看出，莫莉正无所顾忌地暴露自己的所思所感，她仿佛对着某个想象的人讲话，没有任何忌惮。这是界定内心独白的关键：实际上没有听众，但内心仍在嘟嘟囔囔。乔伊斯的英文原作用了整整三十八页来呈现莫莉的内心独白，中间没有间断，没有任何标点符号。据说，爱尔兰没受过多少教育的女子，写信一般不用标点符号，乔伊斯的妻子文化程度不高，乔伊斯从她的信件得到了不用标点符号的启发。这个方法确实可以传递意识不间断的感觉。内心独白对客观呈现杂乱的意识十分有利，但作家要写出内心独白，还是要为

1　乔伊斯.尤利西斯.萧乾、文洁若，译.南京：译林出版社.1994：243

一些意识创造出合适的语言，这个过程必然会招致主观的介入、过滤甚至裁剪。所以，内心独白的客观呈现，只是读者这边的阅读感觉，从作家这边来讲，他必须主观地为一些意识揣摩出合适的语言，并进行恰当的裁剪，才会给读者造成客观之感。这就是藏在内心独白手法中的悖论。比如，乔伊斯用三十八页来展现莫莉内心的"胡闹"行为，如果乔伊斯写时也随心"胡闹"，没有进行适度过滤和裁剪，读者就不会有客观旁观的感觉，也不会对与莫莉性格相称的胡思乱想，有身临其境的感觉。

对照契诃夫写人物内心活动的方式，就能感受到莫莉内心独白的客观。契诃夫展现人物内心时，会有意无意地让读者意识到，作家就在人物身边，正在"监视"人物，还不时进出人物的内心。内心独白则让作家一旦进入人物内心，就不再出来，且消失无踪。以下摘自契诃夫的《带小狗的女人》。

> 他觉得，再过上个把月，安娜·谢尔盖耶芙娜在他的记忆中就会被一层浓雾覆盖，只有偶尔像别人那样来到他的梦里，现出她那动人的笑容罢了。可是一个多月过去，隆冬来了，而在他的记忆中一切还是很清楚，仿佛昨天他才跟安娜·谢尔盖耶芙娜分手似的。而且这回忆越来越强烈，不论是在傍晚的寂静中，孩子们的温课声传到他的书房里来，或者在饭馆里听到抒情歌曲，听到风琴的演奏声，或者当暴风雪在壁炉里哀叫，顿时，一切就都会在他的记忆里复活：在防波堤上发生的事情、清晨以及山上的迷雾、从费奥多西亚开来的轮船、接吻等等。他久久地在书房里来回走着，回想着，微微地笑着，然后回忆变成了幻想。在想象中，过去的事情就跟

将来会发生的事情混淆起来了。安娜·谢尔盖耶芙娜没有到他的梦中来，可是她像影子似的跟着他到处走，一步也不放松他。他一闭上眼睛就看见她活生生地站在自己面前，显得比本来的样子还要美丽，年轻，温柔；他自己也显得比原先在雅尔塔的时候更漂亮。每到傍晚，她总是从书柜里，从壁炉里，从墙角处瞅着他，他能够听见她的呼吸声、她的衣服亲切的窸窣声。在街上，他的目光常常跟踪着来往的女人，想找到一个跟她长得相像的人。……[1]

粗体字部分既包含叙述者对"他"的观察，也包含"他"内心的感受。这是传统心理描述会落入的二元境地，即叙述者的意识与人物的意识交织在一起，难舍难分。当今的人工智能，为了真的接近人的智能，科学家首选模拟的就是这种二元情景：机器人"思考"的同时，也"观察"或"监督"自己的"思考"过程。科学家认为，这是接近人类智能的必要一步。这么说来，内心独白要把对自我意识的观察或监督去掉，是一个极端理想、夸张的做法，等于把人的某一意识与其他意识剥离，试图单独提纯出来进行表现，可以视为陌生化，是现代主义创造的一个陌生化手法。

另一种表现意识流的手法，是**自由联想**。弗洛伊德当年行医不久，就发现了催眠术的弊端。他寻找替代治疗方法时，认为人被催眠时知道的东西，清醒时同样也会知道。这样他就不给病人任何引导或主题，让病人无拘无束地畅想事物，无所顾忌、自由自在地把所思所想说出来，哪怕内容龌蹉、令听者尴尬也在所不

---

1 契诃夫.契诃夫小说全集.汝龙，译.上海：上海译文出版社.2008：290-291

惜。弗洛伊德确实用自由联想谈话治疗替代了催眠术，虽然前者疗期长，可是愈后不易复发。各位可要当心，你们不要轻易使用自由联想谈话治疗，来彼此倒心里的"垃圾"，没有医师指导，倒习惯了就会出毛病。病人把"垃圾"倒给医师，医师也需要定期找医师把"垃圾"倒出去……

　　人自由联想时，思绪必然会在不同事物之间跳跃，为了传递不间断的感觉，**蒙太奇手法**被用来拼接不同的思绪片段。蒙太奇是电影中，用来拼接镜头的手法，苏联导演爱森斯坦曾在电影代表作《战舰波将金号》中用蒙太奇手法创造出著名的"敖德萨阶梯"，即在六分钟的片段中拼接了一百多个镜头。爱森斯坦认为，镜头拼接的意义，是通过把两个镜头拼接产生超出两个镜头的内容和意义，等于有了第三个镜头。这一观点与索绪尔的语言学理论十分类似。索绪尔认为："就拿所指或能指来说，语言不可能有先于语言系统而存在的观念或声音，而只有由这系统发出的概念差别和声音差别。一个符号所包含的观念或声音物质不如围绕着它的符号所包含的那么重要。可以证明这一点的是：不必触动意义或声音，一个要素的价值可以只因为另一个相邻的要素发生了变化而改变。"[1] 也就是说，当单词置身字典中，它的含义暂时固定不变，一旦把它放到句子的其他词中间，它拥有的意味会比在字典中多。词除了拥有字典中的含义，还有与其他词遭遇时产生的额外意味。我讲新诗时，曾讲过四种构造主观意象的方法，说白了，可以把它们看作诗歌中的蒙太奇手法，即一共有四种"拼接"的方法，可以将两个不搭界的事物"放在一起"，实质是变相的"拼接"术。比如，当我说"太阳是我的耳朵"，等于把太阳的意象

1　索绪尔.普通语言学教程.高名凯，译.北京：商务印书馆.2019：174

与耳朵的意象用"是"这个蒙太奇手法拼接在一起。蒙太奇令电影有了自己的时间，摆脱了真实时间的束缚。比如，真实吃饭可能需要半小时，一旦用蒙太奇手法拼接数个镜头，可能只用几十秒就能表现吃一顿饭。前面讲过的小说略写，实际上用的就是蒙太奇手法，用略写和细写可以调节小说中的时间，令小说时间与真实时间截然有别。以下是巴别尔的《战斗之后》中的一段略写，拼接了四个场景，大致相当于四个电影镜头。小说时间不过三十秒左右，但真实时间可能长达十数分钟。

> **各骑兵连集结在村外的树林里，于傍晚六时向敌人发起冲击。**敌人在三俄里外的高地等我们冲上前去。**我们驱马奔驰了三俄里路，马已疲惫不堪，待我们冲至山头，**只见一堵由黑色军服和煞白的脸膛构成的死墙，兀立在我们面前。[1]

巴别尔擅长用略写来缩短小说时间，造成迅捷之感，难怪有人把他的小说风格称为"闪电风格"。博尔赫斯有时为了抵抗真实时间的短暂，会采取与巴别尔相反的做法：把细写的意识流镶嵌进一段略写，造成小说时间比真实时间漫长得多的感觉。以下引文摘自博尔赫斯的《秘密的奇迹》，粗体字部分是略写，其余是细写的意识流。粗体字部分本来是个连贯的过程，军士长已经发出开枪的命令，须臾间，四倍的枪弹就应该把"他"打倒在地。但博尔赫斯硬生生将主人翁瞬间产生的意识流，用蒙太奇手法拼接到军士长的命令与主人翁的倒地之间，本来只有数秒的真实时

1　巴别尔.红色骑兵军.戴骢，译.杭州：浙江文艺出版社.2003：156

间，被延拓成长达一年的小说时间。博尔赫斯是把短暂化为漫长的大师，通过小说时间来延拓真实时间是他的惯用手法。主人翁用来自由联想的意识流，就成为延拓时间的关键。

　　行刑队站成一排。赫拉迪克背靠营房的墙壁站着，等待开枪……军士长一声吆喝，发出最后的命令……枪口朝赫拉迪克集中，但即将杀他的士兵们一动不动。军士长举起的手臂停滞在一个没有完成的姿势上……使他惊异的是，一动不动待了这么久居然不感到疲倦，不感到眩晕。不知过了多久，他睡着了。醒来时，世界仍旧没有动静，没有声息……为了完成手头的工作，他请求上帝赐给他整整一年的时间，无所不能的上帝恩准了一年。上帝为他施展了一个神秘的奇迹：德国的枪弹本应在确定的时刻结束他的生命，但在他的思想里，发布命令和执行命令的间隔持续了整整一年。先是困惑和惊愕，然后是忍受，最终是突然的感激。

　　除了记忆之外，他没有任何文件可用；每增添一行六音步的诗句，他都默记在心，从而达到的准确和严谨，是那些灵机一动、想出整节整节的诗、随即又忘掉的人难以企及的……他把第三幕改写了两次。删除了某些过于明显的象征：例如一再重复的钟声和音乐声。没有任何干扰。有的地方删删减减，有的地方加以拓展；有时恢复了最早的构思。他对那个后院和兵营甚至产生了好感；士兵中间的一张脸促使他改变了对勒默斯塔特性格的概念。他发现福楼拜深恶痛绝的同音重复只是视觉的迷信：是书写文字的弱点和麻烦，口头文字就没有这种问题……他结束了剧本：只缺一个性质形容词了。终于找到了那个词；雨滴在他面颊上流下来。**他发狂似的喊了一声，扭过脸，四颗枪弹把他打倒在地。**[1]

以下引文摘自伍尔夫的《墙上的斑点》。这段意识流谈到三类事物，先谈"一概而论"引发的正统之事（粗体字），接着谈伦敦的星期天（非粗体字），最后谈人的习惯（粗体字）。三类事物之间的衔接没有任何过渡，直接用蒙太奇手法拼接在一起。比如，从一概而论段落转向星期天段落时，伍尔夫写道，"提到概括，莫名地让人想到伦敦的星期天"——作家借助不可知的神秘原因，让叙述不经过渡，径直转向段落。

> **"一概而论"这个词听起来就够难受的了；它让人想起头条新闻、内阁大臣……人们小时候都认为这些是事物本身的、标准的、真实的东西，谁要是稍有距离，就会有遭到无名的诅咒的危险。** 提到概括，莫名地让人想到伦敦的星期天，星期天的午餐、星期天的午后散步，以及言说死亡的方式，衣着与风俗习惯，**例如，大家一起在一个房间里坐到某个特定的时辰（尽管没有人喜欢这样），一切都有规可循。在那个时期，桌布必须用织锦做成的，并且上面一定要饰以黄色的小方格，就像你可能在相片中看到过的皇家宫殿走廊里的那种地毯一样。**[2]

1　博尔赫斯.杜撰集.王永年，译.上海：上海译文出版社.2017：57-59

2　伍尔夫.墙上的斑点：伍尔夫短篇小说集.徐会坛等，译.武汉：华中科技大学出版社.2021：59

这种写法，是不是会让人想起布勒东的自动写作？当然，自动写作里既有内心独白，也有自由联想。下面来看法国小说家普鲁斯特的《追寻逝去的时光》（又译《追忆似水年华》）的片段。

应该说，像这样把艺术当礼物送人，效果并非总是那么出色的。我从提香那幅据说以环礁湖为背景的画上所得到的威尼斯印象，肯定远远不如一些照片给我的印象来得准确。外婆送过好多椅子给新婚夫妇或老夫老妻，本意是给他们坐的，结果受赠人一坐上去，椅子马上散架。倘若姑婆真要对外婆发难，想弄清楚这样的椅子究竟送出去多少，那只能是一笔糊涂账。外婆觉得，对那些依稀留有献殷勤的软语、笑吟吟的倩影，有时还会引发出一段往昔美好想象的旧家具，居然需要重视它们牢固不牢固，那就未免显得小家子气了。这些家具中间，有一些还能以某种我们久违的方式派点用场，**那么就会像现代语言习惯中已经淘汰不用的老式修辞那样让外婆喜爱得入迷**，其实从这种过时的修辞中，我们只是看到一些隐喻的影子而已。然而，外婆给我作为生日礼物的乔治·桑的田园小说，恰恰就像古代家具一样，充满着如今已经不用而变得类似隐喻的说法，只有乡间田头也许还能听到这些说法。外婆在那么些书里，偏偏买了这几本小说，就好比她向往租一座这样的宅邸，里面要有一个高高的哥特式顶楼，或者诸如此类的某件古老的东西，使时光倒流，给心灵带来慰藉。[1]

1　普鲁斯特.追寻逝去的时光.周克希，译.上海：上海译文出版社.2004：45-46

普鲁斯特的语言一直为人称颂，就算译为汉语，其语言的调性仍令人钦佩。很多人总以为语言好坏揭示的是作家遣词造句的能力，殊不知，它主要与作家的想象力密不可分。读一读摘录的这段自由联想，可以察觉到，普鲁斯特是用想象来"观察"生活，文中的那些所见，并非是他小时候眼睛的关注焦点，实际上是成年后他用想象力进行的再次"观察"。语言的五彩斑斓、良好调性，可以看作对他想象力的称颂。这段自由联想，大致拼接了四段思绪：第一段谈画（粗体字），第二段谈椅子和家具（非粗体字），第三段谈语言和小说（粗体字），第四段谈引发思古幽情的事物。可以看出，普鲁斯特叙述时，是直接从一个事物跳到另一个事物，"跳"的实质，就是蒙太奇的拼接手法。

　　现代人的复杂内心，有时很适合用自由联想来揭示它的错综层面。当然，当代作家使用意识流的环境，与当年的伍尔夫们大不相同。当年作家们甚至故意通过激怒世人来加强说服力。为了让意识流成为显学，伍尔夫们自然会刻意强调手法本身，将之推至极限，甚至令其过度。到了当代，这类接不接受的问题不再恼人，意识流成为传统手法之一。面对战后读者对魅惑力的渴求，作家采用意识流时，倒该关心如何能与其他手法一争高下。我认为门罗的《逃离》提供了一个解答范例。

　　他说只要做得好必定能奏效。卡拉要装作精神彻底垮了似的去向贾米森太太说出全部情况。接着便由克拉克登场，好像他刚刚发现此事，大为震惊。他显得怒不可遏，发誓要向全世界的人宣告。他要让贾米森太太自己先提钱的事。

　　……

这事在她头脑的一个角落里还真是有点儿影子，她见到过那个好色的老头子，以及他在床单下挺起的那话儿，都长年卧床不起了，话都几乎说不了了，但是做手势表达意思倒还很灵活。他表示出自己的欲望，想用手指捅捅她勾她过来顺从自己，配合他做些亲热的动作。（她的拒绝自然是无须说的，可是说来也奇怪，这倒反而使克拉克稍稍有点失望。）

　　但是她脑子里时不时会出现另外一幅图景，那是她必须要压制下去的，否则便会使一切都变得没有味道了。她会想到那个真实的、模糊不清的、床单围裹着的病人身体，在从医院租来的那张床上受着药物的折磨，一天比一天萎缩。其实她只瞥到过几次，那是当贾米森太太或是来值班的护士忘了关门的时候。她离他从未比这更靠近一些。

　　事实上她还真的很不想去贾米森家，可是她需要那份工钱，而且她很可怜贾米森太太，那女人当时像是中了邪头脑不清似的，又像是在梦游。有几回，卡拉为了让气氛松弛些，曾豁出去做出某种的确很愚蠢可笑的举止——当初次来学骑马的人因为笨拙和惊慌显得垂头丧气的时候她经常会这样表现。在克拉克情绪不对头的时候她也常常试着这样做。可是这一招现在不灵了，不过，说说贾米森先生的事儿倒真的是屡试不爽呢。

　　小道上布满了水坑，路两旁是蘸饱了水的高高的草，还有新近开了花的野胡萝卜，这些全都是躲不开的。可是空气够暖和，所以她倒不觉得冷。她的衣服全都湿透

了，大概是因为有她自己的汗，或是从脸上流下来的泪水，还有正下着的毛毛雨。随着时间一点点过去……[1]

以上是《逃离》中卡拉去贾米森太太家之前的意识流（非粗体字部分）和两个现实场景（粗体字部分）。这段意识流拼接了三个内容：贾米森的好色；卡拉窥见贾米森日渐萎缩的身体；贾米森太太的精神状态。门罗把意识流嵌在两个现实场景之间，用来传递卡拉的深层心理，甚至反映她和丈夫的微妙关系。两人以谈贾米森为乐，从她嘴里谈出的那些事儿，亦真亦幻。这类意识流也出现在《逃离》的其他地方，反映卡拉反复无常的复杂心态。门罗把它们镶嵌在写实故事中，目的是让读者意识到它们并非横空出现，而是现实压力的产物。门罗用意识流来传递卡拉对自己意识的难以把握，使写实故事中的人物有了不易穷尽的深度，这是门罗的高明之处。门罗小说中的意识流，不再是伍尔夫笔下的显眼技术，也不再是乔伊斯笔下的意识流实验，它是小说人物经历各种现实失误或挫败时，心理上亦真亦幻的真实体验，成为正常故事的合度表达，给写实小说添加了表现的维度、深度和不寻常的魅力。

习题：

请用蒙太奇手法尝试写上班路上的意识流。

学生练习：

通宵加班后的清早，业务经理发了新的消息，我的请假上级

---

1 门罗．逃离．李文俊，译．北京：北京十月文艺出版社．2009：13-15

没有通过，又要早上去公司上班。我艰难地迈出家门，七点半的太阳，像《西游记》里边的蝎子精的眼睛，已经那么毒了，我只能像头戴金箍的猴头，硬着头皮去西天取经。这时还有头痛，父亲遗传的头痛像家族的诅咒，然而父亲却永远说没有，永远还不忌口。他以前吹嘘工作时和司机一起喝了三斤酒，喝完酒还骑了十公里，我想他肯定是头痛痛糊涂了。他应该就像一个象鼻虫，不知道他的鼻子会不会再长长？

点评：

假如你活在二十世纪初，能这样写，你的东西就留下来了，是不是？要敢于把小东西写出来，因为我们脑子里的小东西很多，它涌出来时会自动拼接，会把完全不同的思路焊接在一起，成为不易穷尽的大东西。这是视觉不容易做到的，电影得靠导演去剪片子，但我们的脑袋会自动剪辑。只要不是为了作品的特定目的，你平时把脑子里的东西记录下来，就是很复杂的意识流，且自动采取了蒙太奇手法。

新的叙事倾向

多视角叙事

我先讲小说的**多视角叙事**。前面讲过视角问题，所谓多视角叙事，指从不同视角讲述小说和故事。我不打算对多视角叙事做考据学之类的探究，探明它最早的源头，我只想说，多视角描述不是文学中的孤立现象。现代绘画中人人皆知的流派——毕加索的立体主义，就是典型的多视角绘画。达·芬奇的《蒙娜丽莎》等西方古典绘画，都是单一视角的绘画，即视线从一个焦点出发看到的景象。这也是手机拍照采用的视物方式，这样绘出或看到的景象，比较接近人眼看到的世界。人的双眼固然是两个焦点，按理说视物时用了两个视角，但由于两眼相距很近，一定程度上可以视为单一焦点、单一视角。双眼与单眼的真正差别，不在于眼睛看到的画面内容有什么不同，而在于视觉效果不同。双眼因为有一定视差，看到的画面会有立体感，单眼看到的画面则比较平面。中国古代山水画通常是多视角绘画，比如采用纵向构图时，前景用俯视，中景用平视，远景用仰视；采用横向构图时，视点跟着画面横向展开，作横向移动，犹似多幅单一视角画面拼成的图景。人们常说的与现实一模一样的逼真，最接近单一视角看到的景象。这样一来，通常会用到三个视角的中国山水画，与照相那样的逼真就有较大出入，对看惯了逼真图画的人而言，它们的面貌会有些古怪。毕加索的立体主义绘画（图22）与中国古代山水画（图23）一样，放弃了单一视角的视物方式，转而用多视角来观看景物。毕加索采用的视点，不像中国古代山水画那样上下左右移动，他还让视点绕到物体侧面、后面、顶上、底下甚至内部，所采用的视角数量远比古代中国画多。一旦把这么多的视角看到的画面统统汇集到一张画布上，就与单一视角的图画相去甚远，会远离逼真，观者在画布上再也找不到自己熟悉的那些现实形象，移到画布上的"现实形象"变得扭曲、陌生、古怪、破碎甚至崩塌。

图22（左图）：毕加索《手风琴师》，1911，现藏纽约古根海姆博物馆

图23（右图）：宋·范宽《溪山行旅图》，现藏台北故宫博物院

日本小说家芥川龙之介的小说《莽丛中》，就采用了多视角叙事。黑泽明把它与芥川另一部小说《罗生门》合二为一，拍成电影《罗生门》。《莽丛中》的故事很简单，山贼见到武士的漂亮妻子，萌生歹念，用计捆住武士，强暴了武士的妻子。后来，武士死去，山贼被抓。芥川通过设置公堂审案的场景，让樵夫、山贼、武士的妻子、行脚僧、捕快、老妪、替武士说话的巫女等先后出场，分别讲述各自知道的案情。芥川让不同的人讲述同一桩杀人案，通过多视角叙事令简单的故事生发诸多意味。比如，武士出于自尊，通过巫女讲述他是自杀的；山贼为了炫耀自己的武力，认定是他杀死了武士；武士的妻子一口咬定她受辱后，受不了丈夫的鄙视，杀了丈夫……我把《莽丛中》里不同人物讲述案情的小标题罗列如下，多视角叙事即可一目了然。

> 受巡捕官审讯的时候一个砍柴人的证言
> 受巡捕官审讯的时候一个行脚僧的证言
> 受巡捕官审讯的时候捕手的证言
> 受巡捕官审讯的时候一个老婆子的证言
> 多囊丸的口供
> 到清水寺来的一个女人的忏悔
> 借巫婆的口，死者幽灵的话 [1]

各人出于各自需要，讲述的案情大相径庭。按照山贼所说，武士应该被长刀杀死；按照武士和妻子的讲述，武士应该被小刀杀死。说辞的相互矛盾，恰恰揭示了人会被自己的人性局限，难

1　芥川龙之介.罗生门.楼适夷等，译.南京：译林出版社.1998：60-67

以超越自我、抵达真相。世界的怪诞景象，皆来自人心的这份不可靠。你可以想一想，如果芥川不用多视角叙事，他如何揭示人进行自我辩护时的私心，和言行不一？又如何揭示人构成群体时的真相难觅？可以看到，多视角叙事的效率很高，芥川用区区短篇就做到了。福克纳的长篇小说《喧哗与骚动》，采用的也是多视角叙事，但与《莽丛中》有所不同。《莽丛中》是让不同的人讲述同一个故事，《喧哗与骚动》是让兄弟三人各自讲各自的故事，这些故事部分重叠，小说最后让黑人女佣出场，用全知视角讲剩下的故事。多视角叙事中的每一个视角，都是有限视角，第一或第三人称视角为多，造成信息的不对称，无法对事事全知，恰恰适合设置悬念，揭示人性或社会的幽暗和复杂。以下是帕慕克《我的名字叫红》的部分目录，光从目录就可以看出，小说采用了类似《罗生门》的多视角叙事结构。

25 我是艾斯特

26 我，谢库瑞

27 我的名字叫黑

28 人们将称我为凶手

29 我是你们的姨父

30 我，谢库瑞

31 我的名字叫红

32 我，谢库瑞

33 我的名字叫黑

34 我，谢库瑞

35 我是一匹马

36 我的名字叫黑

37 我是你们的姨父

38 奥斯曼大师就是我

39 我是艾斯特

40 我的名字叫黑

41 奥斯曼大师就是我

42 我的名字叫黑[1]

25、39章是艾斯特的视角，27、33、36、40、42章是黑的视角，26、30、32、34章是谢库瑞的视角，31章则是红的视角，和《罗生门》非常相似。只不过帕慕克的各种人物是逐段叙事，不像《罗生门》中的人物，每人是一次性把故事讲完。

非完整叙事

传统叙事一般会追求叙事的完整。那么何为叙事的完整？简单说，就是中小学作文教学中，老师天天挂在嘴上的起、承、转、合，一个都不能缺；对小说来说，就是铺垫、行动、高潮、结尾。它既是叙事节奏，也是情感节奏，人性之内需。总之，追求叙事完整的意义，已经得到众多经典的印证。一旦作家放弃完整叙事，比如起承转合缺少某一环节，会给小说带来什么改变呢？我以卡佛的小说《我们为什么不跳个舞？》为例，详细说明。小说中的中年男人，把旧物品搬到屋前的院子里贱卖，结果引来了一对年轻恋人，他们相中了床、电视机、写字桌等。中年男人请他们喝酒，

1　帕慕克.我的名字叫红.沈志兴，译.上海：上海人民出版社 2006：1-2

放唱片提议他们跳舞，后来女孩主动邀请中年男人和她跳舞，还把脸埋在中年男人的肩上。以下是小说的最后部分。

> "这就对了，"男人说，"他们以为他们什么都看到了，但他们没有看到这个，不是吗?"他说。
>
> 他感觉到了脖子里女孩的呼吸。
>
> "我希望你会喜欢你的床。"他说。
>
> 女孩闭上了眼睛又睁开。她把脸放在男人的肩上。她把男人拉近了一些。
>
> "你一定很绝望或者什么。"她说。

> 几个星期后，她说道："这家伙中年人的样子。他所有的东西都在院子里放着。没骗你。我们喝多了，还跳了舞。就在车道上。哦，天啦。别笑。他给我们放唱片。你看这个唱片机,老家伙送给我们的。还有这些唱片。你想看看这些破玩意吗?"

> 她不停地说着。她告诉所有的人。这件事里面其实有更多的东西，她想把它们说出来。过了一会儿后，她放弃了。[1]

这篇小说的起、承、转都完好无缺。女孩主动与中年男人跳舞，并沉浸其中，是小说转的部分，即情节转折产生高潮的部分；接下来，就需要合来收尾，令小说顺理成章地产生意义。小说似乎也打算这么做，上引的最后一段乍看就是合的部分，可是仔细读下来，会发现合是缺失的。女孩过了数周，与友人聊天，想说

---

1 卡佛.我们谈论爱情时,我们在谈论什么.小二,译.南京:译林出版社.2010: 9

出她与中年男人打交道、跳舞这件事里的意味，读者像小说中的友人一样，皆仰秾聆听，一旦女孩说出这件事里"更多的东西"，合就算圆满完成了，小说就有了合赋予的意义。问题是，女孩本想把它们说出来，但"过了一会儿，她放弃了"。女孩的放弃，令合半途而废，空缺了。合一旦空缺，读者的完形本能就会逼迫他们试图自己说出来。本该由女孩说出的"更多的东西"一旦缺失，读者会困惑不已，因为他们习惯了过去的完整叙事，合会对他们进行引导。这篇小说令常见的引导消失，很多读者就一头扎入了意义的迷宫，不知所措。让合缺失所产生的效果，类似于新诗的转行技巧，转行会造成句子成分的缺失，导致悬念产生，迫使读者只能到下一行去寻找答案。合的缺失，实质是陌生化，即读者会被缺少合留下的悬念，牵引着去思考或百思不解，这样就使熟稔的场景产生新鲜、陌生的意味。这大概正是作者希冀达成的目标。

卡佛的很多小说，采用了去掉合这一部分的空缺手法，利用转出现后读者对合有高度期待的心理，再不动声色地阻止合出现，陡然终止小说，令读者百爪挠心。比如，卡佛的《软座包厢》中，早已离异的父亲迈尔斯，打算坐长途火车去看久未联系的儿子。当火车徐徐开进儿子所在的城市，他突然不想见儿子了，打算就坐在包厢里，不踏上火车站的月台。他真这么做了。

> 他又能看见站台了，也便又想起了他的儿子。可能他现在正站在那里，正因为刚才冲向站台的一路奔跑而气喘吁吁呢，说不定他正想着他爸爸哪儿去了，会不会出了什么事？迈尔斯晃了晃头。
>
> ……车头在他的背后，窗外的田野越来越快地从眼

前闪过，远远地甩去。一瞬间，迈尔斯觉得那些风景好像正飞逝着远离自己。他知道，自己正赶向什么地方，但至于方向是否正确，那要等上一会儿才能知道了。

他向后倚在靠背上，闭上了眼。人们还在说着笑着，声音像从远方传过来。很快，他们的声音和火车车轮撞击铁轨的节奏融合在一起。渐渐地，迈尔斯感到自己被声音裹挟着，跌进梦乡。[1]

从迈尔斯脑中跳出不想见儿子的念头开始，小说开启了转的部分，他一直与自己不想见儿子的内疚作斗争，这是小说的高潮部分。问题是，转的部分一直延续到小说结束，读者期待的合仍未出现。完整叙事一般会在合上做文章，如果迈尔斯突然改了主意，又跟着火车走了，小说一般会用合来交代迈尔斯为何会放弃见儿子，会给出一个有说服力的原因，甚至会描述见面不成对他或儿子有何影响等，这样不见面的意味才能比较明朗地体现出来。卡佛没有走寻常路，迈尔斯改变主意时，卡佛故意避重就轻，没有着重描写迈尔斯的内心，倒对迈尔斯周围的车厢环境、旅客的进进出出不惜倾注全部笔墨，这样当小说戛然而止时，迈尔斯为什么非要这么做的疑问，就始终堆积在读者内心，他们只能靠反复回味小说情节自己去寻找解答。合的缺失，改变了读者与作者的关系，两者变成共谋，读者开始有权自己去设想迈尔斯的内心，甚至揣摩不见面会对父子二人产生什么影响等。

非完整叙事类似于中国古画中的留白手法。比如，南宋画家马远画山坡时，只画山坡的断面，山坡的表面完全不画，留下空白，

---

1 卡佛.大教堂.肖铁，译.南京：译林出版社.2009：62-63

让观者自己把山坡的表面想象出来。再比如，元代画家倪瓒画太湖时，只画近岸和远岸，两岸之间的大片湖水完全不画，让观者自己把湖水想象出来。

非线性叙事

非线性叙事的对立面是传统的线性叙事，即由线性时间串起的行动，前后的事件有一定的因果关联等。前面的课程已花费很多口舌，讲述了与线性叙事有关的内容。如果小说时间不再是线性时间，或者事件之间不再有明显的因果关系，小说会有什么改变呢？我还是举例来说明。马原的小说《冈底斯的诱惑》就是典型的非线性叙事。小说先后讲述了三个独立故事：第一个故事，汉人陆高的藏族女性朋友央金死于车祸，陆高等人相约去看天葬，遭到天葬师的驱逐；第二个故事，猎人穷布被请去猎熊，熊没猎到，却发现了喜马拉雅山雪人；第三个故事，藏族双胞胎兄弟顿珠和顿月，先后与藏族姑娘尼姆好上。三个故事并无因果关系，唯一的联系是，它们都来自讲述者的亲历或道听途说，是讲述者用自己的讲述把它们安排到一起的。读者读完，自然会揣摩讲述者为何如此安排。马原放弃了线性叙事的惯常做法，没有将三个故事用因果关系关联起来，他采用并置手法硬性把三个故事拼接在一起，类似蒙太奇，只不过没有蒙太奇倚重的线性时间。三个故事没有共同可以依靠的线性时间，没有可以承前启后的因果关系，这样读者被迫处于创作者的境地，要单独面对三个故事带来的什么"启示"，并自己去挖掘这番安排的深意。

图 24：陈丹青《题未定之二》，2014

图 25：萨尔瓦多·达利《加拉的实体与虚像》，1945，现藏达利博物馆

　　并置手法在诗歌中十分常见，旧诗中的对偶，我讲新诗时说的错搭、隐喻等，都可以看作并置。达利 1945 年画的《加拉的实体与虚像》（图 24），就是通过两个时空的并置，把加拉现在的实像与加拉死后的虚像，画在同一个画面里。陈丹青 2014 年展出的"静物"系列，则是把一些经典画作用画册的形式并置。比如《题未定之二》（图 25）中，把马奈的《草地上的午餐》与中国山水画等并置，被并置的两类画之间并无因果关联。并置的本质是将几类事物进行对比，通过对比来暗示作者要说的话。我讲新诗时讲过"准确"原则：用来对比的事物，如果彼此有属性、情景等方面的相似性，就会给人准确之感。所谓准确感是指，读者从事

物对比中猜出的意思，不是空穴来风，不是瞎猫碰死老鼠，会与我们的经验、体验暗合，会被我们的人性证实。线性叙事安排几个故事时，一般会让它们首尾相衔，彼此"相衔"的依据就是属性或情景的相似。比如托尔斯泰的复调小说同时有几条平行的叙事线，《安娜·卡列尼娜》中就有安娜与沃伦斯基、列文与基蒂两条叙事线，但线性叙事的传统要求会让两条线索有若干处的相衔，像基蒂生病时，安娜劝沃伦斯基回到基蒂身边，求得宽恕。非线性叙事则会刻意避开"相衔"的安排，刻意让几个故事脱开联系，甚至彼此独立。

美国导演昆汀·塔伦蒂诺的电影《低俗小说》，采用的就是非线性叙事。电影一共讲了三个故事：第一个故事，杀手朱尔斯和文森特被黑帮老大马沙派去杀叛徒，夺回宝箱。两人差点被另一个叛徒射杀，但飞来的子弹居然没打中他俩。杀掉叛徒，朱尔斯觉得此事太神奇，决定金盆洗手，离开黑帮。两人去餐厅时制服了一对小混混，开恩放走了他们。第二个故事，黑帮老大马沙与拳手布奇谈话，要布奇输给对手。布奇拿钱离开时，朱尔斯和文森特前来把宝箱交给马沙，马沙交给文森特另一个任务，要他陪自己的妻子密娅一个晚上。文森特带密娅吃晚餐，跳完舞回来，他上厕所时，没想到密娅发现了他外衣里的一包毒品，因吸食过量不省人事。他手忙脚乱把密娅带到毒贩那里，总算抢救过来，安全把她送回家。第三个故事，布奇没有按照马沙的要求输给对手，为了拿到更多报酬，他打死了对手，马沙发誓要干掉他。第二天早上，布奇打算和女友离开汽车旅馆远走高飞时，发现祖传的金表忘在家里。他冒险回家取金表，杀死了在他家蹲点的文森特，返回途中遇到追杀他的马沙，两人一同落入杂货店老板梅纳德手中。梅纳德叫来同性恋情人撒德强暴了马沙，布奇趁机逃脱，但他折返回来搭救马沙，用刀劈死了梅纳德，马沙开枪把撒德打成重伤。最后马沙与布奇达成谅解，马沙放过布奇，布奇替马沙保守受辱的秘密，并永远离开此城。三个主要故事彼此独立，第一个是马仔杀叛徒的故事，第二个是马仔陪黑帮老大妻子的故事，第三个是拳手违约被马沙追杀，又救了马沙，两人达成谅解的故事。三个故事完全靠人物穿针引线：第二个故事与第一个故事的唯一关联，是借用了第一个故事中的人物文森特，让他陪黑帮老大的妻子；第三个故事与第二个故事的唯一关联，还是文森特，他在第三个故事中被马沙派到布奇家蹲点，被布奇反杀。昆汀电影中的三个故事，彼此独立的程度没有《冈底斯的诱惑》那么强，更像从一个大的线性故事中裁剪下来三个独立小故事，去掉了彼此的因果关联，勉强靠一个人物牵连着。《冈底斯的诱惑》中的三个故事，彼此间连人物牵连也没有，各是各的人物，各是各的故事，八竿子也打不着。

《低俗小说》经久不衰的重要原因是，它有观赏性的同时又引发了多义性，使得电影的内涵深邃。多义性恰恰来自三个故事的并置，一旦用并置来传递想法，就不会像线性叙事那样"准确"，不会通过因果律的整合让观众产生大致差不离的看法；没有因果关联的并置，必然导致观众自己去猜测含义，猜出的含义五花八门就在所难免。三个故事并置的意义，如果一直可以引起玄而又玄的猜测，内涵就会变得深邃。2000年，姜文的制片人曾邀请牟森、金海曙、顾前和我，为央视630剧场制作连续剧，央视想移植美国的一种电视剧：半小时的剧里包含三个独立故事，人物彼此独立，通过三次交叉叙事，让观者产生三个故事是一体的幻觉。我当时编了前三集的剧本，可惜项目没有做成，不然国内电视剧观众那时就有机会见识非线性叙事。

新的因果观

过去的叙事传统造就了我们这样的思维：如果结果重大，原因也必重大，所谓大事大因，小事小因。大家读传统小说时就会发现这样的叙事逻辑。比如，武松怒杀潘金莲这件大事，必是由潘金莲毒杀武大郎这件大事引起。类似例子不胜枚举。进入现代社会以来，叙事逻辑发生变化，变成一切皆有可能，小因可以造成大果，大因也可以造成小果。比如，传统刑法界比较看重刑事动机，如果发生杀人案，调查杀人动机是关键，这里面就有为杀人这件大事匹配大因的思维逻辑，这种杀人叫有动机杀人。但现实并不完全遵循这样的逻辑，现实中有少数杀人案是没有动机的，被称为无动机杀人。无动机意味着什么？就是没有一个预谋的原因。比如，有人走在街上不小心碰到别人，准备道歉时，对方突然破口大骂，他一时情绪波动与之对骂，最后的结果可能是两人打起来甚至出人命。这种杀人就可归为无动机杀人，带有很强的偶然性。哲学家休谟早就认识到这一点，他认为与经验相关的所谓真理都得自偶然，并非是理性推理的结果。大因大果，小因小果，就隐藏着理性推断的成分。二十世纪六十年代起，因气象学领域的研究，意外诞生了一门学问，叫混沌学。科学家用有所谓必然性的古典力学公式——比如流体力学公式——预测天气时，发现了不确定性，即大家后来都听说的**蝴蝶效应**。打个比方，南京有人不经意打了一个喷嚏，这么小的一个扰动，可能就会在地球某处造成一个严重后果，比如让纽约下一场大暴雨，这就叫蝴蝶效应。当你了解什么是蝴蝶效应，可能事事都会产生后怕，说不定你多说一句话，就会对什么事产生大的影响。当然，这只是一个比喻，重点是说，那个"大因大果，小因小果"的世界已经彻底改变。混沌学的发现，让长期天气预报变得不可能，本来那是古典力学以为用理性早晚可以解决的问题。不确定性，小因大果，这个半路杀出的程咬金，对文学一样有启示。社会系统比科学系统变数更大，气象中的变数，体现在粒子与粒子的关系，粒子本身不会有变；但社会中的变数不止体现在人与人的关系，人本身也是变数，这样一来，人组成的社会系统就比粒子组成的物理系统，有更多的不确定性。用蝴蝶效应的因果观来重新审视文学世界，也势所必然。

加缪的《局外人》中的莫尔索，他在海滩杀人的起因，他自己认为微不足道——太阳晒得他恍惚，神志不清，他自己并无杀人的动机。面对杀人的重大结果，法官一方代表传统的历史主义思维逻辑，认定这么重大的结果必由重大的原因造成。那么什么样的原因才担得起"重大"一词的托付呢？法官通过莫尔索参加母亲葬礼的表现，比如不哭、翌日和女友去看电影等，发现了"重大的原因"——莫尔索品性顽劣，冷酷无情。莫尔索自己觉得挺冤的，法官不认可他的真实感受，不认可太阳是他杀人的起因。加缪用小说充分展示了两种因果观的博弈，相信"蝴蝶效应"的莫尔索（他当然不知有"蝴蝶效应"），成为博弈中弱小的一方，与法官一方博弈时彻底败阵。《局外人》的微妙就在于，故事的讲述者没有明确选边，可是读者隐隐察觉到其中对莫尔索的些许同情。

余华的《现实一种》体现蝴蝶效应的因果观时，比《局外人》要直截了当，没有安排与传统因果观的博弈。小说里的杀人起因，微小、偶然。山岗几岁大的儿子，抱起摇篮中的堂弟即山峰的儿子去晒太阳，途中他实在抱不动，就松了手，导致堂弟坠地而亡。接下来，山峰要求山岗的儿子把地上的血舔干净，孩子伏地舔血时，山峰一脚把孩子踢死了。山岗向山峰提出了结此事的条件，把山峰在树上捆数小时，山峰同意了。山岗捆住山峰后，把熬了一夜的骨头糊涂在山峰的脚底，再叫小狗去舔其脚底，山峰在越来越急促的笑声中窒息而亡。山峰的妻子去公安局报案，山岗在逃亡途中被捕，被判死刑。枪决前，山峰的妻子冒充山岗的妻子告诉法院的人，她要把山岗的尸体捐献给国家。这样山岗刚被枪毙，尸体就运到医生那里，被需要移植器官的各科医生迅速肢解。大家可以看出，这篇小说抛弃了过去的历史主义思维逻辑，即如果某人现在是好人，他过去一定是好人；如果他现在是坏人，他过去也一定是坏人。所谓好因好果，坏因坏果。我这一代人，小时都经历过这样的历史主义教育。比如，谁家的父亲或爷爷是地主或资本家，那么他的家史就成了大家心中罪恶累累的历史。但现实对这样的思维逻辑并不买账。比如，希特勒小时是优等生，邱吉尔小时是学渣。"好因好果，坏因坏果"的逻辑，与"小因小果，大因大果"的逻辑如出一辙。因为"坏"在过去的文化中意味着品性恶劣、不可救药，无大小之别，被一律夸大为关乎社会的大事，"坏因坏果"顺理成章就成了"大因大果"。作为与"坏"相反的"好"，置身那样的年代，一样被无限拔高，成了不见杂质的圣人品德，"好因好果"在非黑即白心理的推动下，一样成了"大因大果"。《现实一种》的小说结果非常严重，一共造成四人死亡，起因却微小、偶然，起于孩子抱不动弟弟就撒手的无知行为，在蝴蝶效应之下，事态逐渐放大成了兄弟间的仇杀，酿成骇人的惨剧。

现代人的反讽倾向

反讽，通俗地说，就是正话反说，或反话正说，一句话，字面意思与真正想表达的意思正好相反。反讽的实质，就是人物的言行与实际的身份或环境不相称，显得不合时宜。我先举个电影的例子。冯小刚拍过一部电影叫《来来往往》，其中葛优饰演的人物帮女友代课，学生全是美国警察。下课时葛优说："同学们辛苦了！"美国警察马上全体起立，高喊："为人民服务！"观众看到这里都哄堂大笑。为什么？因为美国警察的身份与"为人民服务"这句话，显得不协调、不相称，让人觉得滑稽、搞笑，颇具反讽意味。如果换成中国警察全体起立说这句话，观众就笑不起来，因为中国警察的身份与这句话很搭，没什么不协调或不合时宜。我再举个想象的例子。有个男交警站在路口指挥交通，起先他衣冠楚楚，行人路过他时不会有与平常不同的感觉，因为他的警察身份与他衣着体面、指挥交通的行为很搭，没什么不协调；如果中午烈日高悬，晒得他豁了出去，脱衣裸着上身指挥交通，路过的行人一定会忍俊不禁，甚至大笑不止。为什么？就因为他的警察身份，与他裸露上身指挥交通的行为极不协调、相称，显得滑稽可笑，此行为对他严肃的警察身份构成了反讽。

下面我用诗歌来举例子。诗歌因其短小，举例可以一目了然。英国诗人拉金写过一首诗叫《水》。

假如我被呼召
去创立一门宗教，
我会用到水。

上教堂
就必须涉水走过，
换一身干的，不一样的衣服；

我的圣礼会用上
浸水的图像，
一次疯狂而虔诚的湿身，

我还要在东方举起
一杯水
让四面八方的光在其中
无休止地聚集。[1]

宗教在普通人眼里比较神圣，信徒更是膜拜不已。说起宗教，人们会想到权威、高尚、神圣、不俗等字眼。可是，拉金要发明一种宗教，要用最普通的水代替《圣经》和牧师，因此哪怕是涉水、湿衣服都成了宗教仪式，那些水泡上显现的图像也成了圣礼的一部分。这首诗之所以有强烈的反讽意味，就在于宗教的神圣"身

1 拉金.菲利普·拉金诗全集.阿九，译.郑州：河南大学出版社.2018：87-88

份"、严肃的仪式和圣礼，与涉水、湿衣服、搅起水泡上的图像等凡俗之事原本格格不入，拉金硬把两者扯在一起，自然不协调、不相称。反过来说，让再平常不过的水承担宗教的神圣、高尚等，也让平常之水有了装腔作势的矫饰感。总之，拉金用水来比附宗教，其实是要讽刺宗教的虚伪和装腔作势，他以凡俗之水来自创宗教，表达了他对传统宗教的轻蔑。

再来看诗人男爵的《和京不特谈真理狗屎》中的几句诗：

> 真理就是一堆屎
> 我们还会拼命去拣
> 阳光压迫我们　我们还沾沾自喜
> ……在真理的浇灌下
> 我们茁壮成长
> 长得很臭很臭

男爵的诗，靠单句就能产生反讽效果。比如"真理就是一堆屎"，无数先贤毕生寻求的真理，居然与人人唾弃的"屎"相提并论，这样一来，真理的含义就被改变，跌落成大家避之若浼的事物；接着说"我们还会拼命去拣"，这样行事的"我们"自然就成为读者眼中的傻子。男爵的诗，能让人一眼看清反讽是如何构成的。诗中谈论"阳光"和"茁壮成长"的方式，与谈论"真理"一模一样，都是先提供"真理""阳光""茁壮成长"这些汉字的形与音——索绪尔所说的能指，读者按照这些汉字的形与音，去记忆中寻找它们的正常含义——索绪尔所说的所指，男爵再把"屎""压迫""长得很臭"作为新的所指，分别塞给能指"真理""阳光""茁壮成长"，这样就造成它们的含义，分别走向其正常含义的反面，形成反讽。

　　诗人李亚伟的代表作《中文系》，也是上世纪八十年代采用反讽手法的典范，我节选两段作为示例。

　　　有时，一个树桩般的老太婆

　　　来到河埠头——鲁迅的洗手处

　　　搅起些早已沉滞的肥皂泡

　　　让孩子们吃下，一个老头

　　　在奖桌上爆炒野草的时候

　　　放些失效的味精

　　　这些要吃透《野草》《花边》的人

　　　把鲁迅存进银行，吃他的利息

　　　当一个大诗人率领一伙小诗人在古代写诗

　　　写王维写过的那些石头

　　　一些蠢鲫鱼或一条傻白鲢

　　　就可能在期末渔汛的尾声

　　　挨一记考试的耳光飞跌出门外

　　　老师说过要做伟人

　　　就得吃伟人的剩饭背诵伟人的咳嗽

　　　亚伟想做伟人

　　　想和古代的伟人一起干

　　　他每天咳着各种各样的声音从图书馆

　　　回到寝室。[1]

1　后朦胧诗全集.万夏、潇潇，编.成都：四川教育出版社.1993：2-3

鲁迅已经是文学史中的一尊神，诗人打破过去的惯例，重新塑造了拜神者的新形象。过去的拜神者，一概只学文学之神的神圣之处，诗人调侃道，现在的拜神者是把神存到银行吃利息，"吃伟人的剩饭背诵伟人的咳嗽"。就是说，曾让无数拜神者肃然起敬，倍感神圣、荣幸的事，陡然跌落为功利的"吃利息""背诵伟人的咳嗽"等琐屑之事，实则是诗人的反话正说。诗人本意是想嘲讽那些跟风做派的拜神者，他并不直接否定他们，他假意正面肯定他们朝拜的行为，却把不恭敬，比如吃利息、吃剩饭、背诵咳嗽等，偷偷塞入正面朝拜的行为，最终造成对朝拜者的反讽。

拉金、男爵、李亚伟的诗，足以让我们看清反讽的写作方法：把某一事物的正面含义与其他事物的反面含义勾连，反过来也一样。当然勾连方式多种多样，象征、隐喻、结构对比等均可，只要通过勾连能让人同时感受到这个事物的正反含义，那么反讽就会产生。

反讽＝正面含义＋反面含义

比如拉金的《水》，诗人提到宗教时，他无须提供"宗教"的正面含义，这些含义早已储存在读者脑中，他只需提供读者脑中没有的反面含义，读者通过读诗，就会把宗教的正反含义勾连在一起，反讽就会产生。

乔伊斯的《尤利西斯》正式发表时，乍看与荷马史诗《奥德赛》没有直接勾连，但乔伊斯写作此书时，曾用《奥德赛》各章节标题来标注《尤利西斯》的各章节，发表时他固然抹去了《奥德赛》的标题，可是《尤利西斯》与《奥德赛》的平行对应结构，还是一目了然。乔伊斯还用书名特别提示《尤利西斯》与《奥德赛》

的对应关系："尤利西斯"是希腊语"奥德赛"的罗马译名。平行的结构对应，自然会让大家把《尤利西斯》中的主要人物，比如布卢姆，与《奥德赛》中的主要人物，比如奥德修斯，对照看待。布卢姆是个平庸之辈，胸无大志，唯唯诺诺，乔伊斯把他与英雄奥德修斯进行对应、勾连，并非真想赞美布卢姆的庸俗品性，他假意把布卢姆比附成英雄，是用反话正说的方式反讽现代人的平庸。他的意思是，布卢姆是现代社会遴选的英雄，成天眼里只有日常生活、猪下水等，他与英雄时代的奥德修斯，那个花费十年，历经艰险回到妻儿身边的英雄，落差巨大，反衬出现代人的可怜、蝇营狗苟。剧作家塞缪尔·贝克特的戏剧《等待戈多》，同样通过反讽揭示、奚落现代人的精神世界。两个流浪汉花了两天等一个叫戈多的人，人始终没来，流浪汉也不知道戈多是何许人也、自己为什么要等他。花费两天的等人之事，如果置于人们的正常生活，一定是因为他们要等的人对他们来说重要。重要就意味着，他们一定了解他，知道他是谁，为何要等。可是剧中的流浪汉恰恰相反，啥也不知道。这样一来，作家就把"重要的人或事"与"茫然""无知""微不足道"等对应、勾连了起来，这样的反衬不只衬出了反讽意味，也衬出现代人的精神世界格外荒诞，难以理喻。是啊，现代人可以花费大把时间、精力去做无聊之事，却不知道为什么要做，也不知道自己究竟该做什么。比较《等待戈多》中等待的茫然，与《奥德赛》中等待的明确，即奥德修斯要返乡的信念，可以看出，现代人早已不信神。我这里说的"神"，远古时真的就是神，后来摇身变成了"天道""真理""信念""理想"等。现代作品着眼揭示"真理""信念"等的崩溃，至于这样的"惩罚"来自何处，作品一般会提供对比来暗示。

海明威的《永别了，武器》，就是将战争、爱情等所谓"信念""理想"之事，与主人公的茫然、幻灭进行对比，是用伤口对战争进行讽喻，甚至对爱情这类"理想"之事也有些许讽喻。他写的这对恋人，一个士兵和一个护士，为了美好的爱情生活选择逃离战场，偷渡到瑞士，然而刚上岸，护士就在医院流产死去。小说的结尾，这个士兵从恋人死去的医院出来，独自冒雨走回旅馆。结尾处士兵的幻灭感，足以对书中的确定事物，比如战争的"正义"、他寄托重望的爱情等，构成反讽。也就是说，哪怕是完美、理想的爱情，要是把它镶嵌进悲苦、荒谬的时代，一样难逃悲剧的命运；假如真的实现了，反倒给人不真实感。这就是时代的荒谬对正面之事造成的损毁，使得现代人处于正与反的夹板中，进退维谷。

非虚构作品与小说的结合

　　大家提到非虚构作品时，想当然地认为它就是生活本身，是生活实录，符合大家心目中想象的那种真实。我前面谈过真实与事实的区别，并特别强调，如果没有把意义赋予事实，真实是不存在的。友人黄耄曾邀请我到江苏兴化，参加当地一本史书的研讨会，与会的很多历史学者就秉持着一个错误观念，认定他们写的历史书是真实的。他们设想的"真实"，实则是我谈论的"事实"。会上他们认定自己没有把任何主观臆想，掺和进他们收集的事实中（史料记载、实物照片等），有人见我坐在会场，甚至大谈历史与小说的格格不入，认定史书要保持他们设想的"真实"，务必要把小说的魔影驱逐出史书的领地。我提醒他们，就算是完全堆积材料的那种史书，主观意图也会借两次机会进入史书：第一次机会，是选取哪些史料用于史书之时，浩如烟海的史料不可能全部入书，作者的甄别与选取，就是一次主观意图介入的时机。作者为何选这个史料，并认定它比不选的那个史料重要，起决定作用的就是作者的主观意图。第二次机会，是作者编排史料之时，史料本身是事实，单个史料不会替作者说出什么意图，可是史料与史料靠什么逻辑合为一体，用什么时序贯穿起来，作者不得不

255

贡献自己的意图。这时，原本客观的史料事实，一旦置身作者安排的逻辑和时序，它们真就可以替作者说话了。此情此景，与写作者使用文字一模一样。写作者使用的单个文字，原本都只具有字典中的客观含义，并不会专门替谁说话，可是作者一旦把字与字用自己的方式组成句子，句子再组成文章，文章就不再客观了，它会体现作者的意图，开口替作者说话。多数史书不会像志书那样，只满足对史料的罗列和编排，它们还会深深地被作者的观念"改造"，即把观念注入史料。我们对此不必大惊小怪，我前面已讲过，事实只有背负观念等意义，才有真实可言。人世的一切真实，都是这样得来的，史书也概莫能外。人们在史书中追求的所谓"客观"，实则是作者意图的所谓合理性，即"作者意图"能否把史料整合成自洽的整体。好的"作者意图"能涵盖的史料，通常比不好的"作者意图"能涵盖的史料要多和广。为了达成一本史书的自洽，有的历史作者会通过减少史料的投放量，甚至改写史料之间的关联，竭力造成读者的心服口服。学者黄仁宇的《万历十五年》等史书，即为例证。作者调用史料写史书时，会预先设定他的主观意图：定量的行政管理比定性的行政管理，要高明、高效。

我之所以花费口舌先谈史书，是为了说明，真正适合客观的文体，人类至今还没有发明出来。既然史书也做不到客观，那么文学中的所谓"非虚构"作品，就更没有能力做到客观。非虚构作品唯一能做到的，是把材料等事实合为一体时，考查这样安排依据的逻辑和时序，是否合情合理。比如，美国作家诺曼·梅勒的《刽子手之歌》，是美国非虚构作品的开风气之作，他没有纠结于"非虚构"，是否必须找到那些并不存在的客观。相反，他把大量的小说虚构引入了"非虚构"。我举他小说中的片段，来说明虚构是如何进入"非虚构"的。

> 当天晚上他又一次和她通话。他已经在当天最后一
> 趟班机上搞到座位，抵达盐湖城后他会再打电话的。
> "加里，我们得花四十五分钟才能赶到机场呢！"
> "我不在乎。"
> 这事可真新鲜，布伦达想，大概是因为他很少乘坐
> 飞机，需要几十分钟放松放松吧。
> 连孩子们都兴奋不已，布伦达哪能睡着觉啊。午夜
> 过后，她和约翰尼守在电话机旁等着。她发誓说，谁敢
> 这个时候给她打电话她就宰了谁。她希望家里的电话一
> 直畅通。
> "我到了。"是加里的声音。这是凌晨两点钟。
> "好吧，我们去接你。"
> "快点啊！"电话挂上了。这是个绝不多说一句话的
> 家伙。[1]

这段是描写加里假释出狱后，布伦达去机场接他的情景。首
先，我们注意到，上述对话全部是"虚构"的。即便梅勒有一万
多页的采访笔记，也没有人能完整、准确无误，记得自己说过的
所有话。上述对话，只能视为采用小说虚构进行的情景"还原"。
所谓"还原"，不是复现人物说过的那些话，而是作家用虚构的
对话，把加里和布伦达彼此表达过的主要意思（可能还有其他意
思，已在两人的记忆中失踪），生动地传递出来。包括"这事可
真新鲜，布伦达想"这类心理活动，都是当事人事后的追述，再

---

1 梅勒 . 刽子手之歌（上）. 邹惠玲等，译 . 南京：译林出版社 .2008：10

由作家将追述"还原"成现场的心理活动。乍看很真实，问题是，谁会记得自己生活中无数瞬间的心理活动？这样就可以看出，"还原"实际上是对材料的加工和虚构。美国作家杜鲁门·卡波特在非虚构作品《冷血》中，就大肆"虚构"过书中人物的心理活动，我举片段为例。

> 佩里站在杂货店的外面，全身笼罩在阳光之中。还有一刻钟就到九点了，迪克晚了半个小时。不过，如果迪克在家的时候没有反复强调接下来的二十四小时的每一分钟都很重要，那么佩里是不会注意到时间的。对他而言，时间几乎没什么重要的，他有许多办法消磨时间，盯住镜子看，就是其中之一。迪克曾说："每次你一看镜子就变得恍惚起来。好像正在欣赏一件华丽的艺术品。天啊，你就不感到厌烦吗？"佩里不但不感到厌烦，反而被自己的脸深深地迷住了。每一个角度都会产生不同的印象，这是一张变化莫测的脸，照镜子的实验已经教会他唤起各种变化，怎样一会儿看起来凶神恶煞，一会儿看起来天真顽皮，一会儿又充满热情；脑袋这么一斜，嘴唇这么一抿，一个堕落的流浪汉就变得温文尔雅，风流倜傥。[1]

这是杀人凶手佩里等朋友时的心理活动。你会发现，这样的心理活动，十分小说化。比如，佩里盯着镜子时的心理活动。如果佩里有此嗜好，那么他杀人前的生活中，一定经历过无数盯着镜子的时刻，每一次盯着镜子的心理活动，不会一样，当卡波特

1　卡波特.冷血.张贺，译.海口：南海出版公司.2006：16

采访他时，他竟能像电脑一样，娴熟"调出"他某次盯着镜子的心理活动,他是神仙？以为"非虚构"就可以把"虚构"排斥干净，是错误和不切实际的想法，只有接受"虚构"这一杂质，我们才会真正成全"非虚构"作品。

为了让读者能启用自己的判断，找到自己认为的真实，白俄罗斯作家 S. A. 阿列克谢耶维奇的《二手时间》，采用了类似于芥川龙之介的《莽丛中》的方法，就是让多人讲述同一件事。就算每个人的讲述都含有虚构的水分，只要不止一个人讲述，读者就会更"了解"被讲述的那件事。当然，阿列克谢耶维奇采访《二手时间》中的那些人时，不是让他们讲述同一件事，而是让他们讲述同一个时代。这样一来，他们置身的同一个时代，固然会被各自讲述时的虚构带来诸多虚像，读者却可以利用这些虚像来思考：要么靠诸多虚像彼此校对，找到他认为的时代真实；要么靠诸多虚像的不同启发，找到看待时代的新思路。《二手时间》中有一段作者的自述，无意中透露了作者的文学观，即面对被采访者说的诸多事，作者认为什么事值得被"选中"，值得作为文学收入书中。

　　几年后，我又到了 N 城（按照受访人的请求，隐去城市名字）。我和他通了电话，然后见面。他在恋爱，很是幸福。于是我们谈起爱情。我甚至一时没有想到打开录音机，没想到要抓住这个生命转折的瞬间，简单说就是生活的瞬间，把它写入文学作品。在任何对话中，无论是私人的还是公开的对话中，我一直守卫着文学。虽然有时我会失去警惕，但"文学碎片"可能无处不在，有时会在一个意想不到的地方发光，就像这次一样，我

们本来只想一起坐下来喝杯咖啡，但是生活却带出了一个故事情节。幸好我还来得及记录下来……

我到朋友的公司去找他。我在走廊里脱下大衣正要挂上，厨房里有人出来，本来这与我无关，但是我无意间转过身去，就看到了她！我的脑子里出现了瞬间的短路，仿佛整个房子都断了电。就这样，一切都变了。我通常是不偷偷搭讪的，所以在这里只是一直坐着，坐着，甚至也不去看她，其实，也不是我不想看，我很长时间都在寻找她，就像塔可夫斯基电影里那样：从水壶里倒出了水，水却流到杯子外面，然后非常非常慢地和这个杯子一起旋转起来，我说得太多了，其实事情发生得很快，就是一瞬间。闪电一般！那一天，我觉得其他的一切都变得不再重要，甚至根本就分不清楚了……但我不明白这是为什么，反正是发生了……一切就这么发生了。它是如此持久。她的未婚夫接她回去，我了解到他们很快就要举行婚礼，这对我反正都一样。我回家时，已经不是孤独一人，她已经在我内心住下了。爱情开始了，生活突然有了不同的色彩，有了更多的声音，甚至都没有任何机会弄清楚是怎么回事……我想到的第一件事就是要找到她……[1]

斜体字部分是阿列克谢耶维奇的采访自述，楷体字部分是受访者的讲述。为什么作者认为受访者讲的事，重要到从普通生活材料升格为"文学碎片"了呢？原因就在于，讲述者讲述的爱情

1　阿列克谢耶维奇.二手时间.白宁思，译.北京：中信出版社.2016：449-450

故事分外传奇：他偶遇一个即将结婚的女子，瞬间就爱上对方，因为不能自拔，第二天他主动上门献花，第三天两人就一同坠入情网，一年后两人的女儿出生了……《二手时间》竭力遵循不干预受访者的策略，作者始终扮演旁观者角色，但其主观意图仍会通过选择得以体现，即面对受访者的海量讲述时，究竟选择哪些讲述入书，是体现作者意图的关键。我前面讲过文学为什么会青睐夸张，因为这是人的本性，人讲述时很难抵御夸张的诱惑。你如果问一个人十年前发生了什么，他凭什么来谈论呢？当然是留在他脑海中的印象。问题是，留在记忆中的印象可靠吗？加上人还会受人性的牵绊，即人人都有自我辩护的倾向，他会竭力美化自己，竭力为自己做过的事辩护，哪怕是坏事。所以，这些通过印象和人性过滤提供的谈话材料，很难没有主观性；轮到作者选择这些材料时，作者的人性倾向和文学观念，又会使作者难敌对传奇故事的青睐。这些都构成《二手时间》里的主观性，或者说"非虚构"中的"虚构"。阿列克谢耶维奇想"如实"反映俄罗斯的剧变历程，为了不让讲述者口中的时代被他们的主观意图带偏，她采取了类似《莽丛中》的做法，通过很多人的讲述，彼此矫正印象。就算每个人的讲述中都含有自我辩护等成分，读者通过阅读多人的讲述，就可以辨别一些是非、对错、善恶，窥见不同激情讲述中的时代"真相"。

我对此也深有体会。我写过非虚构作品《钟扬口述史》，钟扬是我的中学同学和挚友，复旦大学的顶级生物学家，为了采集西藏稀有植物种子，他落下一身病，遭遇车祸离世后成为公众人物。不少出版社找我写他的传记，甚至事先"帮我"想好主题，我没有将就他们，直到江苏文艺出版社的马铃薯兄弟和汪修荣来找我。他们知道我对真实的态度，没有让我写"命题作文"。我挑动真实的方法，与《莽丛中》和《二手时间》如出一辙，都是通过多人讲述让读者围绕真相打转，最终让读者自己辨出何为真相。这样就可以理解，我以前为何说读者是作者的一部分。读者以自己的思考和判断，参与作者寻求真相的历程，成为同谋者。我采访了钟扬的同学、妻子、父母、同事、学生、好友等，收集了钟扬与同学、师友、同行的通信，若干学者的言谈，钟扬自己的演讲、生活闲言短文等。所有讲述者的讲述都没有故意的成分，可是人下意识的人性需要，难免会让讲述者掺杂自我辩护和美化。采访时，就算发现对方说话夸张，我也不扎死对方的话头。我自信，通过多人讲述同一件事，可以有效控制讲述中的主观成分。有时，不同讲述者的说法甚至完全相反，我认为这恰恰值得称道，这些不同的讲述，恰恰提高了书中钟扬的真实感，揭示了他个性中的迷人之处，人性中的悖论之处。刚开始，钟扬的妻子不能接受讲述者的"主观成分"，她同样是生物学家，秉持科学实证的思想。我向她反复解释，人性不同于科学，书中的多人讲述可以帮助矫正主观成分，她终于认同了这本书的做法。当她把书稿交给钟扬父母审核时，讲述者的"主观成分"吓坏了他们。这些讲述者的讲述常常不一致，钟扬父母依旧秉持所有人的讲述口径，要完全一致的传统观念，不能接受这些有差异的讲述，认为这些差异是对钟扬的诋毁。我没有与他们争辩，因为我知道这是关于"真实"的观念之争，旧时代与新时代之争。为了不打扰他们的晚年生活，我放弃了出版这本书，相信将来会有出版它的"观念环境"。

严肃小说与类型小说的结合

有人把严肃小说与类型小说的结合，看作是严肃小说为了拯救自己的降格之举，即为了赢得读者不得不降低身段。我以为，严肃小说从来就不需要"降低身段"，我前面讲过，严肃小说要应对的读者审美需要，与类型小说要应对的读者审美需要，迥然有别。小众的审美需要，哪怕有时会与大众的审美需要重叠，多数时候还是泾渭分明的。总有学者以为，只要通过宣扬小众与大众并无分别的观念，就可以填平两者间的沟壑，附和者还颇多。这样的大一统观念，着实低估了人性，忘了读者只会一时受观念调遣，却会永远受人性调遣。你只需思考生活中的一件小事，就能想通人性的大事。比如，你下围棋下到入段水平，还会满足于成天和不入段的棋手下吗？肯定不会！为什么？人性中的自我肯定需要，会推动你挑战段位比你高的棋手，一旦赢了他们，你内心会获得自我肯定的巨大满足。相反，赢再多明显不如你的棋手、水平不够获得段位的棋手，你内心获得的自我肯定也微乎其微，因为下棋之前你就预期你会赢，下与不下并无分别。这个例子是

263

说，审美活动必然有等级，等级不是谁规定或发明的，完全是人性使然。严肃小说与类型小说的审美等级不同，它们应对的读者也不同。严肃小说不会有什么"降级"之举，如同入段的棋手不会甘心自己降级，成天跟未入段的棋手下棋。那么该如何看待严肃小说借用类型小说的手法呢？我以为推动此举的仍是人性。人性的夸张本性，推动文学创造出诸多夸张的手法，比如，因果律、情节、诗意、对抗、心理、悬念、"性格决定命运"等，以提高文学表现的感染力。只是，节奏缓慢的时代，严肃小说偏爱某一类夸张，比如，诗化、心理、深层对抗等，类型小说偏爱情节、悬念、众多对抗等。进入快节奏的时代，生活本身成为纷繁的小宇宙，无数物质和琐事支配着人，让人不断分心，人为了证明自己还活着，还是人，就需要把无以计数的注意力碎片和精神碎片，合成看起来有意义的整体，这时，跨界就成为必然。要跨越碎片间的嫌隙甚至鸿沟，不能只沿用过去时代的老办法，必须调用一切可以调用的手段。你会发现，严肃小说和类型小说都开始努力拓宽自己的偏爱，采用对方过去偏爱的手法。比如，严肃小说对科幻的吸纳，类型小说对心理的吸纳。我们不应把这些做法解读为严肃小说正在"降格"，类型小说正在"升格"。这是人性置身当代社会，对审美综合和创造整体感的新需要。

美国作家库尔特·冯内古特的《五号屠场》固然调用了科幻手法，可是没有忘记严肃小说的基本任务：探究人的心灵。科幻之于科幻小说，仍以娱乐、追求阅读快感为要。冯内古特使用科幻，是为了充分展示主人翁毕利的精神创伤。毕利"二战"被俘期间，被德军关押在德累斯顿，经历了德累斯顿大轰炸，患上轻度的精神分裂症，回国后开始出现幻觉。冯内古特把毕利的幻觉，用科幻加以夸张表现，非常巧妙又颇具感染力，让读者对毕利恍惚、错乱的精神状态，有身临其境之感。以下是《五号屠场》中的片段。

他就寝的时候是个衰老的鳏夫，醒来时却正举行婚礼。他从 1955 年的门进去，却从另一个门 1941 年出来。他再从这个门回去，却发现自己在 1963 年。他说他多次看见自己的诞生和去世，随心所欲地回到他的生与死之间的一切事件中去。

毕利曾作为步兵参加过欧洲的战斗，并被德军俘虏。他 1945 年光荣退伍后，重新进入埃廉验光配镜专科学校学习。念到四年级时，他与这所学校的创始人和校产所有人的女儿订了婚，而后就患了轻微的精神分裂症。

1967 年，毕利自称被来自 541 大众星的飞碟绑架。回来后变得更加精神恍惚，神经错乱，常常在报纸、电台等场合发表奇谈怪论，大谈他在大众星上的生活经历和感受。[1]

上述段落中，毕利的幻觉颇具科幻色彩，他从某个时代进去，却从另一个时代出来；他"看见"541 大众星的飞碟，不时飞来"绑架"他。《五号屠场》描述了他在 541 大众星上的传奇经历，他与同样被"绑架"的女明星，关在同一个笼子里，被大众星上的

1　冯内古特.五号屠场.云彩等，译.南京：译林出版社.1998：20

众人观看，这些"人"的眼睛都长在手心。毕利的幻觉越科幻得神奇，读者对二战带给他的精神创伤，就感受得越深，越能体会到虽然二战已了，"二战"带给毕利的噩梦未了。

我写《浮色》时也没有对写实言听计从。为了让读者看到历史对未来的影响，我不再用写实描述未来，而选择用科幻描述未来，就成为小说的不二选择。比如，各国擅长相互推诿，没有担起逆转大气变暖的责任和义务。为了让读者看到栩栩如生的未来恶果，就需要用科幻营造出一个大气完全暖化的未来世界：三百年后的地球变成像火星一样的赤红荒漠，科技发达的人类城市像孤岛一样，成为生命最后的栖息地。城市完全靠透明的石墨烯，把它与城外的灼热空气隔开，人类苦苦与地球暖化徒劳搏斗，未来堪忧。小说里的科幻哪怕再有趣，重点不是为了提供娱乐或阅读快感，当然不排除它附带这样的功能，但重中之重是为人类现在的错误，通过因果律展现未来的可能报应，达成对人类现在的警示。严肃小说是要探究问题的症结所在，将之生动揭示而已，所谓解决之道，只能寄希望于小说之外的政治家们。

博尔赫斯是用侦探手法写严肃小说的大师，他把侦探的"追踪"手法用到了极致。比如《小径分岔的花园》中，博尔赫斯一边通过"我"被敌方追踪，调度小说的紧张和悬念，一边把严肃小说擅长的心灵探索，塞入"我"被追踪的故事，既用来调度小说时间，又用来调度情感，创造出"我"为完成间谍任务，必须杀人的心灵困境。小说中，当"我"为了通知柏林轰炸一座叫艾伯特的城市，"我"决定杀死一个叫艾伯特的人，这样当地报纸报道凶杀案时，柏林就会猜出"我"这么做的意图。小说一开始，"我"就被叫马登的人追踪，"我"必须在被马登逮捕前杀死艾伯特。没想到，当"我"来到艾伯特的家，发现艾伯特居然是汉学家，更令"我"震惊的是，他还是"我"的曾祖父的膜拜者，研究曾祖父的专家。我以为，"我"与艾伯特的相遇，改变了"追踪"的性质，这不再是普通侦探小说中的追踪，被追踪的人和被杀的人也不再是普通侦探小说中没有心灵深度的人。一旦"我"和被杀的人都有心灵深度，小说就显现严肃小说的一维：读者被追踪的悬念，引导至"我"与艾伯特相遇的瞬间，这一刻起，"追踪"的俗套意义就被改变。读者开始进入两人的心灵空间，感受这个空间挑动起的文化情感，即"我"与艾伯特共有对中国文化的不舍情感。情感升涌起来的非理性，与"我"被"追踪"逼迫、必须尽快杀死艾伯特的任务理性，必然有矛盾、冲突，令"我"陷入心灵的两难困境。博尔赫斯这篇很体现智力的小说，依旧没有遗忘情感的擅长。如果心灵的共鸣发生在两个异性之间，我们会毫不犹豫地认定，爱情已降临到他们身上；现在心灵的共鸣发生在两个男人之间——尤其是杀手与被杀者之间，由此产生的深刻友情，不得不被"我"扣动扳机的一声枪响否定、终结，此中包含的悖论十分惊心，悲剧感由此生发。触发这一切的机关，就是侦探小说中的"追踪"。

博尔赫斯写《死亡与指南针》时，还把"追踪"与陷阱结合，让私家侦探伦罗特追踪谋杀线索时，一步步落入报仇者夏拉赫预设的陷阱，最后被杀。以下是《死亡与指南针》的结尾部分。

"第三件'罪案'是 2 月 3 日发生的。正如特莱维拉努斯猜测的，只是一场演习。格里菲斯—金茨伯格—金斯勃格就是我；我戴了假胡子在土伦路那个破房间里憋了一星期，等我的朋友把我绑架出去。他们中间的一个踩在马车踏脚板上在石板上写了名字的最后一个字母已经念出。这句话宣布说一系列的罪案是三件。一般人都是这么理解的；但是我反复插进一些迹象，以便让你这位推理家，埃里克·伦罗特，知道罪案是四件，城北出了怪事，城东城西都出了事，这便要求城南也有事；四个字母的名字，也就是神的名字 JHVH[1]，有四个字母；小丑面具和油漆厂的图案都暗示四。我在莱斯敦书中的一段文字下面画了道；那段文字说明希伯来人计算日子是从第一天傍晚到第二天傍晚；从而说明凶杀案是每月4日发生。我派人把那个等边三角形送给特莱维拉努斯。我料到你会加上欠缺的一点。组成一个完全的菱形的一点，预定一件精确的谋杀案将要发生的地点。我预先谋划了这一切，埃里克·伦罗特，以便把你引到荒凉的特里斯勒罗伊别墅来。"

伦罗特避开了夏拉赫的目光。他望着模糊的黄、绿、红菱形玻璃窗外的树木和天空。他感到有点冷，还有一种客观的、几乎无名的悲哀。已是夜晚了；灰蒙蒙的花园里升起一声无用的鸟鸣。伦罗特最后一次考虑对称和定期死亡的问题。

"你的迷宫多出三条线，"他最后说，"我知道一种希腊迷宫只有一条直线。在那条线上多少哲学家迷失了方向，一个简单的侦探当然也会迷失方向。夏拉赫，下次你变花样追踪我时，不妨先在甲地假造（或者犯下）

1　希伯来人对上帝的称呼"耶和华"用 JHVH 四个字母表示。

一件罪案，然后在离甲地八公里的乙地干第二件，接着在离甲乙二地各四公里，也就是两地中间的丙地干第三件。然后在离甲丙二地各二公里，也就是那两地中间的丁地等着我，正如你现在要在特里斯勒罗伊别墅杀我一样。"

"下次我再杀你时，"夏拉赫说，"我给你安排那种迷宫，那种只有一条线的、无形的、永不停顿的迷宫。"

他倒退了几步，接着，非常小心地瞄准，扣下扳机。[1]

这篇严肃小说的严肃，就在于它塞入追踪故事的仍是心灵，主要是伦罗特的心灵：那颗由追踪引发的、痴迷学问和犹太文化的心灵。小说的重心当然不在追踪故事，它是通过伦罗特的追踪，揭示伦罗特的哲学心灵。上面的引文表明，伦罗特被杀的前一刻，充盈内心的除了悲哀，主要还是他始终放心不下的对称和定期死亡问题。确切地说，一个智者濒临死亡时，缠绕他内心的，仍是学问和人生的终极问题，这与苏格拉底不把生死置于道义之上，为捍卫道义慨然赴死，如出一辙。小说中的智者形象越纯正，他最终被杀，令读者产生的惋惜感也越强烈，这就是严肃小说提供的悲剧意义：睿智的智者，他的悲剧命运恰恰来自他的智慧。博尔赫斯不过把苏格拉底的主动选择死亡，转变为伦罗特通过主动追踪，落入夏拉赫设置的死亡陷阱。苏格拉底慨然赴死，靠的是思辨的智慧；伦罗特主动追踪，落入死亡陷阱，同样靠的是思辨的智慧。

严肃小说家可以把心灵塞入任何类型小说的俗套故事中，以改变小说的性质，毕竟两者的功能着实不一样。所以，不是说严肃小说采纳了类型小说的手法，就会变成类型小说，或者相反，类型小说采纳了严肃小说的手法，就会变成严肃小说。目前不少学者对两者的认知存在诸多误区，根源就在于，他们对人性需要的审美等级，认识不足。主张严肃小说和类型小说并无分别的学者，他们想当然地以为，人类的审美可以无等级，可以完全民主化，可以只需要单一的审美层次。这恰恰是反人性的，最终会被人的审美现实，狠狠扇耳光。

第七课
小说写作的工作方法

定时定点定量写作

小说写作与诗歌写作不同，一篇或一部小说很少能在一天内完成，这样就要求作者杀青前必须天天写。天天写就牵涉所谓灵感问题：写作一旦有时间上的纪律要求，还能产生和维持灵感吗？这里我想以自己的经验揭示一个真相：真正的小说家并不操心灵感之事，甚至还会宣称他不靠灵感写作。为什么作家对灵感的看法，会与文学爱好者大相径庭？原因就在于，作家有比爱好者更高明的工作方法，他们懂得工作方法比灵感重要。爱好者被关于作家的传说误导，以为灵感是风物风情的一种成分，需要游荡到山上、湖面、街巷、草原、大漠，需要深陷恋情或置身冲突，才能捕捉一二。李贺骑驴外出觅诗的传说，古今诗人乘酒兴写诗的诸多故事，都强化了爱好者对灵感的"偏见"，以为灵感完全是无法无天的，不可能被纪律捕捉到。我想说，窥见纪律与灵感的关联，正是小说家们的工作"发现"，他们找到了与诗人不同的灵感之源，无须像李贺那样天天骑驴出行，他们刻意遵守时间纪律的做法，应验了歌德的一句话："在限制中才显示出能手，/只有规律能给我们自由"(《自然与艺术》)[1]。小说家工作起来真的像工匠，每天必须定时定点甚至定量写作，这种毫不浪漫的写作，反倒会令灵感集中产生。比如，我每天上午九点到中午一点之间写作，只要九点坐到电脑跟前，就思如泉涌，根本不担心没有灵感。为什么灵感可以如此乖巧、听话？秘密就在人的身体里。身体有对纪律的强大适应力，只要坚持十天半个月，哪怕刚开始你坐在桌前毫无感觉、不在状态，甚至写不出一个字，但渐渐地生物钟就会起作用。写作的时间一到，生物钟就会敲响，让身体紧急调动全部资源来应对写作的挑战。你想一想，为何李贺骑驴外出能觅得诗句，为何行万里路的画家能觅得灵感？无非是在某个时刻，身体对外部刺激有了出色的应和。单靠游历来寻觅灵感，那个产生灵感的"时刻"完全不可预知，身体无法用生物钟预先做好充分准备，这个"时刻"何时出现只能碰运气。这样就能理解李贺的苦吟究竟苦在哪里。李贺的苦，其实苦在风物的刺激何时能激起身体的良好应和。身体不会为一天中的每个时刻做好准备，李贺只能不停用风物来刺激，去试探一天中的每个时刻，直到像中彩一样，碰到某个时刻身体出现应和。可以看出，这么做的效率不高，李贺不一定每天都能收获应和的"某个时刻"。时间、精力投入甚巨，收获的应和甚微，这就是李贺的苦。

小说家们完全放弃了诗人的浪漫做法，他们利用生物钟，让身体为特定的时段做好充分准备——调动记忆、联想、幻想、感觉等所有资源。一边是小说家要处理的题材，一边是时刻"枕戈待旦"的身体，两者碰撞，收获"某个时刻"的概率远比去户外

1　歌德精选集.高中甫，编选.济南：山东文艺出版社.1997：75

游荡要高。无数事例说明，习惯定时定点写作的小说家，一旦置身生物钟开启的兴奋时段，很少有写不出东西的时候。对小说家来说，每一次身体的应和，都足够让他写出一段文字；实际上，小说家得到的应和是如此之多，令他完全可以不间断地写上数小时，这当然令诗人羡慕。波兰诗人希姆博尔斯卡在诺奖答奖辞《我不知道》中，谈到诗人灵感显现的窘境，她说诗人好不容易上午写出几行诗，再用一个下午把它们全部划掉。诗人能否像小说家这样，通过定时定点工作集中获得灵感呢？理论上是可行的，只是诗句的凝练度比小说高不少，导致每一两行诗几乎要耗掉一个灵感，不像小说靠一个灵感就可以写上一大段。这样一来，就算诗人定时定点写作，他的写作也会时写时停，不像小说家可以如一台马达，持续不停工作数小时。真正能定时定点写作的诗人不多，外国诗人中有歌德，他晚年定时工作，每天写出十行诗才会放过自己；国内诗人中有于坚，据说他每天五点起床写诗。我自己在两本著作的出版间隙，时长一年左右，也会定时定点写诗，效果甚佳。我有一些写诗的学生，同样迷上了定时定点写诗。比如，如山夫每天五点起床写诗，写完再去上班，如此"逼迫"出的诗作质量，是他以前工作没有章法时期的诗作无法比肩的。关于灵感与工作方法的关系，美国作家斯蒂芬·金说过一段精辟的话：

不要等待缪斯从天而降。我前面已经说过了，他是个固执的家伙，不容易受到创作悸动的蛊惑。我们不是在谈论灵异世界或者占卜板，而是在谈论与装下水道、开大卡车差不多的一件差事。你的工作就是要保证让缪斯知道，每天九点到中午，或者七点到三点，你都在。

他如果真的看到你这么做，我向你保证，他迟早会醒来，咬着雪茄，施展魔法。[1]

当然，小说家就算每天闭门写作，不得不远离诗人着意的户外风物风情，他们仍会在斗室的咫尺之内，自创一些"风物风情"，帮助身体提高应和的概率。比如，席勒会在抽屉里搁上烂苹果，烂苹果散发的腐败气味，令他写作时变得亢奋。海明威和歌德则有相同的斗室"风情"，他俩都必须站着写，不舒服的站姿带给身体的催促和压力，成了他们灵感的助产士。海明威甚至把自己文风的言简意赅，归功于写作时的站姿。我自己的斗室"风物"是绿茶，它颇能刺激思维神经，当然还需配上另一风物：光线——大白天窗帘必须全部拉上，桌上要开一盏台灯。小说家们的斗室"风物风情"，是常人眼中的怪癖，但它们给予写作的助益，与常人眼中的大好河山颇为相似，或者说，这些怪癖就是小说家斗室中的"大好河山"。这就是小说家们为何要定点写作的原因，斯蒂芬·金曾为"定点"这样辩护：

你几乎在哪里都能读书，但你要是写作，图书馆的阅览室、公园长椅或者出租室都是不得已时的选择——杜鲁门·卡波蒂曾经说，他最好的作品都是在汽车旅馆里写出来的，但他属于例外，我们大多数人还是在自己的房间里写得最顺。你在没找到一个属于自己的空间之前，会发现很难严肃对待自己刚立下的写作决心。[2]

---

1 金.写作这回事.张坤，译.北京：人民文学出版社.2016：136
2 金.写作这回事.张坤，译.北京：人民文学出版社.2016：134

写作纪律不光应该针对时间、地点，还应该针对产量。爱好者通常没有限产的概念，相反，他们会把产量视为写作能力的标志，以为多多益善。人的嗅觉只有二十秒左右的敏感，一个置身厕所的人，二十秒后就基本闻不出臭味；人对文字好坏的判断，同样有敏感的限度——每天究竟写多少字，作家还能甄别文字的好坏？我没见过谁研究此问题，只好以自己的经验来判断。医学中对过敏的治疗通常采用脱敏的方法。所谓脱敏，就是长时间让人接触过敏物，渐渐令人对过敏物失去敏感。比如，有人怕水，医生会让他每天数小时站在水边，直到他对水失去敏感。每天写作如果不限产，就等于你天天在接受文字的脱敏治疗，结果一定是你对文字的好坏变得不再敏感。如果作家对文字脱敏，当然是写作的灾难。从一些大作家每天写作的字数，可以窥见他们对脱敏早有心得。海明威每天四小时的写作，字数很少超过八百字，多数时候不超过六百字。托马斯·曼和格林每天四小时的写作，字数也不超过两页或两千字。克制产量带来的好处显而易见，作家可以保持对文字的审美敏感，确保文体质量。或者说，凡是限产的作家，一般也是文体家，写出的文字本身就有丰富的审美层次和魅力。我把每天四小时的写作字数，限定在一千字以内，如果写满四小时还没到一千字，也毅然停笔。英国作家安东尼·特罗洛普可谓恪守双重纪律的典范，斯蒂芬·金这样谈论他的写作：

　　他的写作时间固定，雷打不动。两个半小时结束时，他如果有一句话写到半截，他就第二天早上写下半句话。他的某本六百页皇皇巨著完成，而还差十五分钟才到他

规定的结束时间，他就写下"完"，把手稿收好，开始
写下一本书。[1]

　　这样的双重写作纪律，在引爆灵感的同时，又把文字从脱敏
的边缘，拉回能辨识好坏的正轨。有的作家声称，他每天写五千
字以上，仍能辨识文字的好坏。我想说，文字脱敏问题说到底是
一个生理问题，鉴于没有人能在生理上大大超过别人，他这样宣
称的"好"，我们就不必太相信。世上那些快手作家写的拙劣文字，
已经昭示了一切。他们的错误就在于，以为文字脱敏的生理问题，
可以用自诩的精神蔑视来克服。

1　金.写作这回事.张坤，译.北京：人民文学出版社.2016：130-131

写初稿的策略

美国文学批评家哈罗德·布鲁姆写过一本名作《影响的焦虑》，他认为后来的诗人，为了走出前辈诗人的影响阴影，只能通过误读前辈诗人，为自己作品的突围撕开一个缺口。我以为，布鲁姆无意中说中了常人的阅读心态：他们不敢误读经典！常人阅读经典，通常战战兢兢，生怕自己的理解有偏差，一旦出现所谓误读，他们会羞愧难当。这种心态几乎成了爱好者们的"政治正确"，必然也成为他们的写作心态。我自己早年就有这种心态，读完德国作家赫尔曼·黑塞的《彼得·卡门青》，完全被他的作品折服，要求自己写作的初稿也能与之媲美。那时的眼高手低和对初稿的认识错误，害得我一遍又一遍地写小说开头。那几年，我从没把一篇小说写完，抽屉里堆满小说开头，有的小说写了二十多个开头还是放弃了。放弃的原因是，不敢误读《彼得·卡门青》，认定铅印的完美文字是黑塞一开始就写出的样貌，他只需一气呵成，就能创造出历史、自然与青春合一的迷人世界。我的初稿开头当然达不到"野心"要求的水准。直到十年后，我才克服这种心态，意识到它存在误区。黑塞的经典作品并非一蹴而就，其实是不断修改初稿的成果，没有作家会把初稿当作定稿。托尔斯泰、巴尔扎克都是修改初稿的大师，经过十数遍，甚至数十遍的修改，初稿才长成令后人钦佩的经典模样。我们当然无法一窥大师们的初稿，不过，按照海明威的著名说法，作家们的初稿都好不到哪里去，他宣称"所有作家的初稿都是臭狗屎"。难怪秘鲁作家略萨写作长篇小说时，把初稿当作他要反复修改的粗糙对象，他会用最快速度写完初稿（通常一年），接着再花三四年精心修改，其间还会改写初稿，直到它长成"完美"的杰作。据说杰克·凯鲁亚克只用三周，就写完《在路上》的初稿，可为了达到出版的美国"标准"，他和编辑花了六七年反复修改。我的《第十一诫》初稿与定稿相去甚远，写第二稿时几乎推倒重来。如果初稿与定稿之间可能存在一条鸿沟，需要经历无数修改才能跨越，写作者就没有理由要求自己，必须把作品一次写成并定稿。考虑到完整初稿比残缺初稿修改起来更有方向感，至少拥有粗糙的"地图"可供作者按图索骥，逐一完善，所以，不管初稿如何"臭狗屎"，先写完初稿再尽心修改，才是写作方法的应有之义。

我喜欢把写作比喻成一只水龙头，写作时作者会同时受到两种力量的拉扯。一种力量要求作者把水龙头尽量开大，让意识之水尽可能多地奔涌出来，这时语言就试图追上意识，要把各种稍纵即逝的意识尽可能多地捕捉下来。另一种力量则要求作者把水龙头开小，让已经附着意识的语言，奔涌得慢点，慢到可以被作者的审美滤网——过滤，滤掉不合审美要求的修辞或搭配。如此一放一收，就构成写作中的悖论。斯蒂芬·金对此有类似心得：

我最好把这一点讲清楚些——我希望你能理解我对于写小说的基本信念：故事几乎都是自发的。

一个好故事再加上好文笔，能让人读得血脉贲张，仿佛被击倒在地。这是任何一个作家经受锻造的必由之路。[1]

斯蒂芬·金说的"好故事"与"好文笔"就是一对矛盾。"好故事"的"好"，需要把水龙头开大，通过畅写来产生，就是斯蒂芬·金说的"故事几乎都是自发的"。"好文笔"的"好"，则需要把水龙头开小，通过修辞过滤来完成。我前面强调过写完初稿的重要，不要在写完之前边写边改，不是希望作者写作初稿时完全不顾及文体。文体固然是长期锤炼的结果，可本质上是一定数量阅读的产物。写作之初，尚未经历长期阅读"锤炼"之前，如何用数量不多的阅读来"锤炼"文体呢？我有一个心得，可以分享给大家。这一心得不只属于我，也属于无数作家。为了让阅读能快速给你的文体塑形，你可以在写作的前一天晚上，阅读文体合你胃口的作品，第二天写作时，你会发现昨晚阅读的文体，会潜移默化地影响你写作的文体。换句话说，经过前一天晚上阅读文体对你意识的塑形，你第二天的写作文体会好过不阅读时的写作文体。这样的阅读塑形，只要坚持数年，必会有大的成效，你早晚会成为有文体魅力的写作者。如果你习惯晚上写作，则可以选择白天阅读你心仪的作品。根据我的经验，文体的阅读影响一般会持续一天。你只要一天之内动笔，阅读对你写作文体的塑形，就会潜移默化地产生，可谓"润物细无声"。我继续引斯蒂芬·金的例子为证。

1　金.写作这回事.张坤，译.北京：人民文学出版社.2016：125

我少年时代读雷·布拉德伯里时，写的东西也像他的东西——一切都翠绿青葱，异常神奇，仿佛是我透过陈旧而模糊的镜头看到的。我读詹姆斯·M.凯恩时，写的一切都简洁脆快，硬朗坚决。我读洛弗克拉夫特时，我的行文风格也变得华丽繁复，有拜占庭之风。所有这些风格糅合于我少年时代写的小说里，所以小说很是杂乱可笑。糅合不同风格，是你形成个人风格之前的必经阶段，但杂糅不是凭空发生的。我很难相信那些很少阅读或根本不读的人竟然也打算写作，并且期待别人喜欢他们的著作。[1]

斯蒂芬·金没有强调一次阅读，对写作文体的影响时间有多长，因为他心目中的写作者，应该会天天阅读。我也见识过一些声称讨厌阅读，甚至从不阅读的作家。我发现，要么有人会避人耳目"偷偷"阅读，以此造成他们有天赋，可以就地掘一个大海的天才假象；要么有人真的因为很少阅读，他们的文体风格只能乞灵于个人的口语经验。我们都知道，口语的交流实用功能，令其没有耐心去"打造"独一无二的个人风格。口语看重公共语感和常识，没有书面语的介入，单靠口语的日常使用经验，要让众多声称只用口语写作的人彼此截然有别，一定会捉襟见肘。所以，那些懒得阅读的作家能提供的文体风格，呈现出惊人的相似，甚至基本一致。真正有辨识度的口语作家，倒是那些口语杂糅了书面语的人。道理并不复杂：书面语的变化空间，实在比口语大太多，甚至有些哪怕变形到难懂的地步，仍能让一些读者依依不舍。

1　金.写作这回事.张坤，译.北京：人民文学出版社.2016：126

设想一下，假如你说的口语难懂，用它来应付工作和生活，是不是会立刻陷入困境？一个写作者不善用书面语的非实用功能，甚至完全排斥书面语，实在算不上明智。书面语中那些非实用的"创造"，还会通过阅读的持续传播，间接影响未来的口语。

写作规则与自发性写作

前面花了很多篇幅讲小说的写作规则，这是整个课程的可教部分；同时，我们也要尊重写作的不可教部分，就是课程一开始提到的自发性写作。不可教不等于完全束手无策，实际上，通过把自发性写作镶嵌到写作规则中，自发性写作就有方向可以施展，容易被写作者掌握。比如，前面讲过的结尾写作法，就是把自发性写作与预设的结尾相结合，令自发性写作有的放矢。再比如，前面讲过为行动设置困难的规则，如果你把行动与困难冲突的细节，全部设想出来再下笔，可以说，你会写得索然无味。如果你今天上午的写作，只是对昨晚腹稿的"抄写"，这样"抄写"脑中想好的所有细节，既枯燥，也会大大降低创造力。哪怕你学了再多写作规则，仍要设法为自发性写作留下即兴发挥的空间，让写作规则与自发性写作互补短长。我每天开始写作前，往往只粗略知道会发生什么事，却不知道具体将如何发生，详细过程又是怎样的，会产生什么结果——一句话，翔实的具体情节、场景等都是未知的。一想到要用未知的情节、场景等，去讲述脑中想好的"什么事"，我就特别激动，有动力坐在桌前把未知变成已知。这样的即兴发挥，能极大激发想象力，作家常常会写出令自己吃惊的故事、情节、场景、人物行动，甚至意想不到的"谋篇布局"。当然，写作规则仍十分重要，如果没有写作规则，自发性写作会因为失去针对的对象，而丧失节奏和分寸，容易变得枝蔓、随意、布局失衡。你每天想好的已知部分，与即兴发挥的未知部分，一张一弛，彼此镶嵌，是两者结合的最佳法度。你只需一天天写下去，就能成全小说的节奏、分寸、布局，等等。我主张每天想好大约要写什么，再放任想象去发挥。前面讲结尾写作法时，我没有讲每天如何工作，现在补上每天的工作方法。你会发现，一部小说的自发性写作，可以镶嵌在一系列想好的"什么事"之间，同时受到已知结尾的有效牵引。

设想每天要写"什么事"时，我前面讲的写作规则，比如穿甲模型、设置困难的规则等，就能派上用场。小说的写作规则，如果单纯讲技术，可以总结成一句话：**设法不让人物做成他（她）想做的事**。自发性写作的本质，类似于禅宗的直觉或顿悟，利用偶然中的灵光一现，达成叙事中的诸多意外，这是让小说变得新鲜、陌生的法宝。它常常能让你设想的"什么事"，脱离常见的叙事逻辑，令人耳目一新。未知与已知，始终是文学写作中的一对冤家，好的作家都是走平衡木的行家里手，不会偏执一端。

我写《方向正北》的时候，天天需要上大半天的班，每天只有余力写不足一千字。回家路上，我会预先想好要写"什么事"，到家就下笔即兴发挥。这篇小说的故事很简单，为改善女孩的近视症状，哥哥给她买了一只刺猬，想让她吃了明目。没想到女孩不想吃，偏要把它养在楼道，与邻居、家人产生了矛盾。一天清晨，她早早出门，拎着刺猬去城外放生，当她在林中放生成功的时候，突然被尾随的男人扑倒……开笔写作前，我只知道两件事：一是结尾，女孩会被人侵害；二是开头，她找字典想查"刺猬"的条目。

整篇小说的写作，是要解决如何从已知的开头，把小说引向已知的结尾。我讲的写作规则，要求为女孩的行动设置一些困难，但当时我脑中只有一些模糊的意识：要让女孩的行动不断受阻。记得我开笔写作前，分别设置了以下困难：一是她查完字典，一无所获，十分失望；二是她养在楼道的刺猬引起了邻居的不满；三是散步回来的父母，不满女儿把刺猬养在楼道，准备第二天把刺猬杀掉；四是哥哥的初衷和街坊的舆论，都逼女孩要杀掉刺猬；五是她偷偷放生刺猬时遭到侵害。这些已知的困难，就是写作前已想好的"什么事"，但这些已知会导致出现什么情节、场景、行动、心理活动等，我完全不知，只得交给每天的自发性写作。如果按照前面讲过的穿甲模型，女孩就像穿甲的弹丸，要逐一穿过产生上述困难的钢板，直到卡在最后一块钢板中——她没有逃出男人的魔爪，没能克服最后一个困难。自发性写作一旦有了方向，它就会收敛成有序的结构，常给作家带来惊喜。这篇小说结尾的诗意渲染，就是即兴发挥创造的惊喜。常规写作一般会让读者过多关注侵害的场面，或多或少会产生污秽感，这不符合这篇小说要求的纯净调性。我当时只是觉得两者相悖，并不知该如何处理，直到即兴写作时灵机一动，想到可以把上帝视角，转换成女孩自己的视角，以女孩仰望天空的狭小视野，来结束小说，这样就避开了写侵害的场面。一旦让女孩的视线投向天空，而不是投向男人，叙述就恢复了纯净感，甚至带着令人心痛的诗意，与读者知道女孩正落入魔爪，形成强烈反差，令他们唏嘘不已。这样的视角转换，兴许算得上神来之笔吧。

刺猬倒出来后和网兜缠绕在一起，她用牙刷柄兜底一挑，刺猬便脱离了网兜，像一只足球似的滚落到灌木丛中去了。接触到杂草和露水后，它表现出了不可思议的敏捷。在绿茵地上显得格外扎眼的红网兜、白袋子以及浅黄牙刷，又被芳芳收集到一块，准备带走。为了刺猬的安全，她不想留下有人来过空地的任何迹象。

当她心情惬意地转回身子，立刻觉得天旋地转——一个男人堵住了她的去路。他像一只老练的豹在接近猎物之前，未发出任何声响。嗓子早已被什么东西卡住了，除了陡然急促起来的喘气声，嘭嘭的心跳声，两片颤抖的嘴唇已经发不出任何清晰的字音。腿一软，身子顺着一棵幼树溜向地面。这样她的眼睛无力地仰向被树枝割碎的天空，看见晨风摇曳的树丫上，几只山雀倏地一声腾起，振翅向后山飞去。[1]

---

1 黄梵.女校先生.北京：作家出版社.2005：161

写前功课与言说的陌生化

居住在城镇的人，几乎天天会乘电梯，对电梯已熟视无睹。如果要写电梯题材的小说，光仰仗每天乘电梯的日常经验，你觉得够用吗？肯定不够！人用一瞥或几瞥熟悉的事物，可谓千千万万，经年累月积累成脑中的纷繁印象，如果用它们来做引燃写作的烛芯，或引爆灵感的引信，再合适不过。可是用印象来定夺深广的内容，必定捉襟见肘。这些印象只适合引燃，不要指望它们本身能熊熊燃烧，毕竟它们都是漫不经心的产物，破碎不堪，并无深度和广度。比如，你处理电梯题材时，如果知道电梯有若干不可违反的规定，了解其结构和功能，懂得沟槽效应和康达效应，那么当你构想电梯着火的故事时，就可以利用电梯何时会轰燃，火焰将如何附壁流动等构想出有新意的情节和场景，这些知识会成为小说事理或叙事逻辑的来源。充分了解某事物的相关知识，不是为了用来炫耀、满足虚荣心，让它们成为小说中的装饰物。这些知识为叙事服务，让你可以自如地调遣事物。比如，美国作家托马斯·品钦的《万有引力之虹》中，弹道学知识对营造小说中的悬念和神秘气氛是必不可少的。我摘录其中两段文字，让大家体会。

没错吧？咦，东方粉红的天边，冒了一下火花，非常耀眼。一颗新星，没什么稀奇。他倚在栏杆上望着。亮点已变成一道短直的白线。好像是北海那边的什么地方……起码是那个距离……下面冰原绵延，一抹冷寒的日光……

到底是什么呢？这种情况还从来没有过。

突然间，那条白线停止了上升。应该是燃料供应中断了，烧光了，叫什么词来着……brennschluss（燃烧终止）。这东西我们没有。有也是机密。白线的低端，就是星星刚才出现的部位，已在红色的朝霞中消退了。看样子，不等他海盗看见日出，火箭就会飞到身边。

白色的尾迹仍然悬立在空中，但已变得污暗，向四面微微溢散开来。火箭完全进入了弹道，继续升高，此时已彻底脱离视线。[1]

上述两段讲述的是，值得称道的德国弹道火箭。天空出现白线时，火箭处在用燃烧作动力的主动段，一边向前飞行一边爬升；燃烧一旦结束，火箭就转入被动段，接着靠抛物线的惯性飞向目标。而火箭一旦进入被动段，肉眼就不可见。最后一段表明，作者懂得主动段和被动段之分，知道主动段结束后，火箭还会依靠抛物线惯性先继续上升，再向下滑翔，且不可见。当时的德国 V 型火箭可以飞行数百公里，所以，作者写道："好像是北海那边的什么地方……起码是那个距离……"白线出现又消失，会给读者带来巨大悬念，可以帮助作者推动叙事。

1　品钦.万有引力之虹.张文宏等，译.南京：译林出版社.2009：7

知识如何成为小说事理或叙事逻辑，我举我的小说《枪支也有愿望》中的片段为例。

膨胀的枪管没有爆炸，真是不幸中的万幸！不然它爆炸的威力，不会比一枚手榴弹小，如果那样，学生肯定已经倒在血泊中。待烟雾慢慢散去，陆家开始仔细勘察现场。他发现冷塞管和枪管之间有个小孔，枪管中的大部分气体是从小孔泄出的。无疑是这个小孔救了学生的命。当他看见扳机处于连发位置，又陷入了沉思，甚至百思不解。小孔也许能排出单发子弹的爆炸气体，但如果连续发射，小孔显然来不及排出那么多的气体，必然会发生爆炸。事实是枪管并没有爆炸。为什么？当他拉开枪栓，似乎找到了答案，原来第二发子弹卡壳了，枪栓才是学生的救命恩人。可是他转念一想，又觉得不可思议。这支枪来到靶道已经有三年，从未卡过壳，唯一一次卡壳竟救下一条人命。

这段冷塞管的知识必不可少，它是"救下"学生的根据，同时也成了整篇小说揭示枪支"道义"的证据——枪支关键时刻如何牺牲自己，救下学生。本来这只是普通的武器实验事故，但我故意使用另一套事理来解释它，解释的成败与否，当然与知识的精通与否有关。我懂点枪械，全仰仗我在弹道实验室工作过数年。冷塞管成了枪支牺牲的始作俑者，它和管壁的缝隙又成了救下学生的恩人。这里的冷塞管和枪支知识，是我提供夸张事理的客观依据，也成了整篇小说悲壮道义的支撑点。

我前面讲过博尔赫斯在《小径交叉的花园》中，运用他掌握的中国古典文化，"培育"出杀手与汉学家的"文化情感"，让杀手陷入杀人与不舍的两难困境。如果杀手不是中国人，或者他厌恶中国文化，那么汉学家谈论的中国知识，就成了博尔赫斯小说中的装饰物，无法增益小说的事理，无法让杀手生出"文化情感"，造成两难困境。

博尔赫斯长年置身书斋，非常清楚自己懂的范围在哪里。所以，他用小说操纵的世界，除了有他精通的书籍，也把他不懂的事物排除干净。比如，他自认不懂爱情（他有过寥寥数次恋爱，不代表他懂爱情），于是就遏制自己去写爱情。相反，他用他精通的书籍，演绎出了惊人的书籍小说，比如《沙之书》《死亡与指南针》《赫伯特·奎因作品分析》等。乔伊斯也是扬长避短的大师，他近视得厉害，自然无法"懂得"视觉风景，但视力的窘促令他的听力变得灵敏，这样就可以理解他为何会在《尤利西斯》中，纵情于对声音的种种描述。

> 丁零零。空的容器发出的响声最大。因为从声学上来说，共鸣就像水压相等于液体下降的法则那样起变化的。正如李斯特所作的那些狂想曲。匈牙利味儿，吉卜赛女人的经验。珍珠。水滴。雨。快快摇啊，混作一团，一大堆啊，嘘嘘嘘嘘。现在，多半是现在。要么就更早一些。
>
> 有人笃笃敲门，有人砰砰拍。他，保罗·德·科克拍了。用响亮、高傲的门环，喀呵，咔啦卡啦卡啦、喀呵。喀呵喀呵。
>
> 敲。笃，笃。[1]

1　乔伊斯.尤利西斯.萧乾、文洁若，译.南京：译林出版社.1994：171

圣埃克苏佩里一生迷恋飞行，他写的所有小说基本都与飞行有关。他小说中的飞行氛围，不仅精准，还有普通读者不大了解的另一番洞天，极具陌生感和神秘感。比如《夜航》中写到，飞行员法比安驾驶的班机，遭遇横贯南美内陆的暴风雨，起先他飞在暴风雨前头，不久暴风雨就越过他，占据了他前方的所有区域。曾经有一度，他似乎找到了生机，在黑茫茫的暴风雨中，瞥见一个天井似的云缝，他驾机飞了出去。当他飞到可以看见璀璨星光的云层上空，读者以为他得救了，可是，圣埃克苏佩里的"专业知识"令法比安意识到，"他仿佛一名囚徒被松了绑，准许独自在花径上散一会儿步"。法比安知道，"我们可是没救了"。作家这时并不急于解释为什么没救了，他继续渲染这个悬念带来的陌生感和神秘感，说法比安"如同神话中的城市小偷，闯进了珍宝室再也走不出来。他们在珠光宝气中遨游，说不尽的风光，可也别想有指望"。直到下一章，作家才抖出真正的包袱：

"困在暴风雨上空三千八百米。漂移到海面上空，现朝正西方向往内陆飞。下面全被乌云堵住。不知是否还在海面上空。告诉我们暴风雨是否扩至内陆。"

由于雷雨，这份电讯拍发给布宜诺斯艾利斯，要一站接一站传达。这份电讯在黑夜中递送，像瞭望台上相继点燃的烽火。

布宜诺斯艾利斯让人回答：

"暴风雨遍及内陆。还剩多少汽油？"

"半小时的。"

这句话又由守夜人接力传到布宜诺斯艾利斯。

过不了三十分钟，机组注定要卷入旋风，旋风吹得它飘飘荡荡，摔落在地上。[1]

文中的"专业知识"，为理解为何没救了提供事理，让读者"看清"法比安和机场人员，判断飞机结局的依据，且因为知识的"专业"，令读者信服专业人士行使判断时的言行。有的写作者，因为"专业知识"有良好的陌生化效果，试图把"专业知识"当作小说"特色"来追求，深陷卖弄知识的装饰泥沼，忘了事理与装饰的差别。事理可以提供人物行动的真实依据，装饰并无这样的功能，它影响的是叙述风格。我想提醒一句，创造小说特定风格或调性的同时，也不可本末倒置，遗忘了小说的本质：小说可以追求风格的"好看"（或者说"色彩"），可是"好看"永远无法代替小说中的"对抗"，事理是为"对抗"服务的，这是"专业知识"的根基所在。就算博尔赫斯小说中有大量"专业知识"，甚至影响了叙述风格，可是博尔赫斯始终没有忘记，"专业知识"主要是为他的小说提供事理，比如《小径分岔的花园》中，中国文化的"专业知识"，是为了创造杀手与被杀者的文化情感，让杀手陷入内心困境，造成他杀人时有阻止他行动的情感牵绊。可以说，博尔赫斯很好地兼顾了"专业知识"的主次功能：主功能是提供事理依据，次功能是创造有趣的叙述风格。

2020 年 8 月至 2021 年 7 月一稿

2021 年 8 月至 9 月二稿

1　圣埃克苏佩里. 马振骋译文集·圣埃克苏佩里作品. 北京：人民文学出版社. 2021：143

"小说是将人物的经历陌生化。"

图书在版编目（CIP）数据

人性的博物馆：七堂小说写作课 / 黄梵著 . -- 北
京：北京联合出版公司，2023.5
ISBN 978-7-5596-6737-3

Ⅰ . ①人… Ⅱ . ①黄… Ⅲ . ①小说创作－创作方法－
指南 Ⅳ . ① I054-62

中国国家版本馆 CIP 数据核字 (2023) 第 038435 号

人性的博物馆：七堂小说写作课

作　者：黄　梵
策划机构：雅众文化
策　划　人：方雨辰
出　品　人：赵红仕
特约编辑：谭山山　廖　珂
责任编辑：管　文
装帧设计：尚燕平

北京联合出版公司出版
（北京市西城区德外大街 83 号楼 9 层　　100088）
北京联合天畅文化传播公司发行
山东临沂新华印刷物流集团有限责任公司印刷　新华书店经销
字数 200 千字　830 毫米×1092 毫米　1/32　9.5 印张
2023 年 5 月第 1 版　2023 年 5 月第 1 次印刷
ISBN 978-7-5596-6737-3
定价：76.00 元